HEXENVISION
DIE HEXEN VON KEATING HOLLOW
BUCH ZEHN

DEANNA CHASE

Übersetzt von
HELENA TAMIS

Die Hexen von Keating Hollow 10: Hexenvision

Originaltitel: Vision of the Witch © 2021 Deanna Chase

Copyright für die deutsche Übersetzung: Die Hexen von Keating Hollow 10: Hexenvision

© 2022 Helena Tamis

Lektorat: Nadine Manz

Lektorat Original: Angie Ramey

Cover Art: © Ravven

ISBN: 978-1-953422-59-0

Deutsche Erstausgabe

Bayou Moon Press, LLC

www.deannachase.com

ÜBER DIESES BUCH

Amelia Holiday hätte nie gedacht, dass sie alleinerziehende Mutter wird. Aber als der Vater ihres Kindes spurlos verschwindet, kommt es so. Der Umzug in das zauberhafte Städtchen Keating Hollow hätte ein Neustart sein sollen. Allerdings sieht es aus, als wäre die Vergangenheit ihr gefolgt. Jetzt muss sie entscheiden, ob sie wieder Vertrauen fassen kann, oder ob es ihr bestimmt ist, dieselben Fehler wieder zu machen.

Grayson Riley hat die Frau seiner Träume getroffen. Das Problem? Er ist ein Mann mit Geheimnissen, und als er in sein altes Leben zurückkehren musste, hatte er keine andere Chance, als sie zu verlassen. Jetzt hat er sein ganzes Leben gegen die Wand gefahren, und mit der Hilfe seiner Visionen sucht er nach einem Neuanfang. Aber wird die Frau, die er liebt, ihm verzeihen? Oder wird er am Ende alles verlieren, wonach er sich je gesehnt hat?

KAPITEL 1

*A*melia Holiday beobachtete, wie alle Farbe aus Grayson Rileys attraktivem Gesicht wich. Das passierte eben, wenn einem die Ex die Nachricht vor den Latz knallte, dass man in fünf Monaten Vater sein würde.

„Was – ich meine, wie?", stotterte er, seine dunklen Augen aufgerissen und voller Panik.

„Ich denke, das Wie ist dir bekannt", sagte Amelia trocken. „Du weißt doch noch, wie wir diese paar Monate verbracht haben, bevor du im Dezember abgehauen bist?"

„Ja, aber ..." Er schüttelte den Kopf, seine Stirn war vor Verwirrung gerunzelt. „Wir haben doch aufgepasst."

Amelia gab ein schnaubendes Lachen von sich. „Ja. Haben wir. Das ist offenbar gescheitert." Sie schlüpfte an ihm vorbei, ignorierte den leichten Tumult des Festes, das um sie herum stattfand. Sie waren auf Brians und Shannons Hochzeit am Weingut der Pelshes in Keating Hollow, fast fünftausend Kilometer von der Stadt entfernt, in der sie sich zuletzt unterhalten hatten. Jede Zelle ihres Körpers brüllte ihr zu, dass sie hier raus sollte. Nach Hause gehen und sich ins Bett unter die Decke verkrümeln, wo sie sich nicht mit ihm befassen musste. Aber es gab noch mehr zu sagen, und wenn sie es nicht gleich jetzt ausspuckte, würde sie es ihm nur später erzählen müssen. „Aber keine Sorge, Grayson. Ich will oder brauche nichts von dir. Niemand wird versuchen, dich in etwas zu verwickeln, das auch nur annähernd eine Verpflichtung wäre. Ich dachte nur, du hättest ein Recht, es zu wissen. Von hier an übernehme ich."

Ohne auf eine Antwort zu warten, eilte Amelia aus dem Festsaal hinaus in die Nacht. Die kühle Februarluft legte sich um sie, machte das Atmen schwer. Oder lag dass er an der Tatsache, dass sie gerade einfach geflüchtet war, nachdem sie Grayson eröffnet hatte, dass sie von ihm schwanger war? Sie war sich nicht sicher, ob sie die Antwort auf diese Frage überhaupt wissen wollte.

Ihre hohen Absätze klickten auf dem gepflasterten Bürgersteig, als sie direkt zu ihrem Auto auf dem großen Parkplatz rechts ging.

„Amelia! Warte!", rief Grayson ihr hinterher.

Die Überraschung ließ sie abrupt innehalten. Wenn sie allerdings richtig nachgedacht hätte, wäre ihr klar gewesen, dass er ihr folgen würde. Was für ein anständiger Mann hätte das nicht getan, nachdem sie diese Bombe hatte platzen lassen? Das Problem war, das Grayson Riley keine Beziehungen einging. Er war nicht der Typ zum Heiraten, und Kinder standen für ihn völlig außer Frage. Laut ihm war sein Leben nicht für traditionelle Vorstellungen geschaffen.

Warum? Da hatte sie keine Ahnung. Sie warf einen Blick zurück auf den hochgewachsenen Mann in seiner teuer wirkenden Wollhose und dem schmalen weißen Hemd. Verdammt. Warum musste er so attraktiv sein? Sein Charme und sein gutes Aussehen waren genau das, was sie in ihren derzeitigen Schlamassel manövriert hatte. Sie musste weg. Jetzt. „Es gibt nichts mehr zu sagen, Grayson." Amelia lächelte ihn traurig an. „Ich kenne deine Haltung dazu bereits. Es gibt keinen Grund, über irgendwas zu reden."

Er blieb direkt vor ihr stehen und schüttelte den Kopf. „Natürlich gibt es den. Du bist von mir schwanger."

Sie zuckte mit den Schultern. „Und? Ich bekomme das Baby. Ich werde sie hier in Keating Hollow aufziehen. Was gibt es denn sonst noch zu sagen?"

„Sie?", fragte er mit einem Hauch Ehrfurcht.

„Ja", erwiderte sie leise. „Das habe ich erst vor ein paar Tagen erfahren."

Er trat einen Schritt vor, in seinem umwerfenden Gesicht stand Verwunderung, während er ihr eine Hand an die Wange legte. „Du bekommst unser Baby. Das ist … unfassbar."

Amelia starrte ihn an, ihr Herz raste. Der ganze Gefühlsreigen der letzten paar Monate brodelte in ihr, drohte sie zu überwältigen. Dieser Mann, in den sie sich kopfüber verliebt hatte, war nicht in dem Augenblick weggelaufen, in dem er die Neuigkeiten erfahren hatte. Wie war das möglich? Hatte sie alles falsch verstanden? Freute er sich über ihre Eröffnung?

Plötzlich wurde Graysons Miene hart, und er trat einen Schritt zurück, ließ seine Hand sinken und Kühle an ihre Wange dringen. „Ich habe letzten Monat nach dir gesucht. Ich habe meine Nummer auf der Feuerwache hinterlegt. Warum hast du mich nicht angerufen?"

Ach, verdammt. Sie wusste sofort, dass sie es versaut hatte. Vorher, als er spurlos verschwunden war, war sie die geschädigte Partei gewesen. Wie hätte sie ihm denn von der Schwangerschaft erzählen sollen, wo sie ihn doch nicht mal hatte finden können? Aber er hatte recht. Er hatte seine

Nummer auf der Feuerwache hinterlegt, und sie hatte ihn ignoriert. Sie hatte sich eingeredet, dass sie sich melden würde … irgendwann. Wenn kein Baby im Spiel gewesen wäre, hätte sie jedes Recht gehabt, ihn zu ignorieren. Niemals wieder mit ihm zu reden, nachdem er sich einfach so in Luft aufgelöst hatte. Die Lage war allerdings eine andere. Aber verdammt sollte sie sein, wenn sie sich entschuldigen würde.

Nachdem sie sich geräuspert hatte, verschränkte sie die Arme vor der Brust, hob trotzig das Kinn und sagte: „Ich hatte vor, dich anzurufen. Ich war nur noch nicht bereit. Aber ich *hätte* angerufen."

„Es ist zwei Wochen her." In seiner angespannten Stimme lag Wut.

„Genau. Und du hast über *zwei Monate* gebraucht, um zu versuchen, mich zu finden", spuckte sie aus. „Du bist derjenige, der seine Telefonnummer geändert hat. Du bist derjenige, der gesagt hat, *Liebe wäre nichts* für ihn. Was hätte ich denn tun sollen? Einen Privatdetektiv anheuern?"

Bei ihren Worten fuhr er zusammen und schaute weg, richtete seinen Blick auf die Reihen von Rebstöcken, die unter dem Mondlicht gerade noch sichtbar waren.

„Weißt du, ich habe drüber nachgedacht, einen Privatdetektiv anzuheuern", fuhr sie fort. „Aber dann, nachdem ich dich bis in die Hölle verflucht habe, habe ich beschlossen, dass du die Mühe nicht wert bist." Das war eine Lüge. Aber er hatte sie verletzt, und in diesem Augenblick wollte sie ihm das Ganze einfach nur heimzahlen. „Meine Tochter braucht keinen Vater, der ‚in seinem Leben keinen Platz für Verpflichtungen' hat." Das hatte er zu ihr gesagt, nachdem sie ihm ihr Herz ausgeschüttet und ihm offenbart hatte, dass sie ihn liebte. Seine Abweisung war auf den Fuß gefolgt, und zehn Minuten später war er weg gewesen. Sie wirbelte herum, wollte hier weg, doch er griff vor und nahm sie sanft am Handgelenk.

„Amelia, bitte."

Der Schmerz in seiner Stimme hielt sie auf. Sie warf ihm einen Blick zu. „Was *bitte*?"

„Können wir zu mir und reden? Es ist kalt draußen, und wir haben Dinge zu besprechen."

Sie blinzelte. „Du wohnst jetzt hier in Keating Hollow?"

Er nickte.

„Warum?"

„Habe ich dir doch schon erzählt. Ich arbeite jetzt für einen Getränkegroßhandel. Das hier ist mein Vertreterbezirk."

„Nur Keating Hollow?" Das konnte nicht stimmen. Die Stadt war nicht groß genug, um einen eigenen Handelsvertreter zu haben.

„Nein. Ich habe einen großen Teil der nordkalifornischen Küste. Ich hätte mich überall niederlassen können, aber Keating Hollow ist da, wo …" Er hielt inne und strich sich mit der Hand durch das dichte, dunkle Haar. „Na ja, als ich zum letzten Mal hier war, habe ich mich in das Städtchen verliebt. Die Leute sind geerdet, und es hat sich einfach richtig angefühlt."

Amelia schaute ihn aus zusammengekniffenen Augen an. „Hast du diese Entscheidung gefällt, bevor oder nachdem dir klar wurde, dass ich hier lebe?"

Er schaute wieder weg, wirkte unbehaglich. Aber dann richtete er den Rücken gerade auf und sah sie direkt an. Als er gerade den Mund öffnen wollte, hob sie eine Hand und hielt ihn auf.

„Nein. Sag es mir nicht. Ich glaube nicht, dass ich das wissen will." Sie schnappte nach Luft, wusste, dass er recht hatte. Sie mussten reden, und sie dachte über seine Bitte nach.

Sie wäre lieber an einen öffentlichen Ort gegangen, damit sie nicht mit ihm allein sein musste. Aber es wurde spät, und alles, was ihr einfallen wollte, war entweder wegen der Hochzeit geschlossen oder bereits ausgebucht, weil Valentinstag war. Sie verbiss sich ein Ächzen. Valentinstag. Natürlich.

„Amelia?" Die Stimme ihres Bruders drang durch die Stille, die zwischen ihr und Grayson hing. „Geht es dir gut?"

„Ja. Natürlich", sagte sie und lächelte ihrem Bruder beruhigend zu.

Rex beäugte Grayson argwöhnisch. „Wer ist das, und was macht ihr hier draußen in der Kälte?"

Amelia seufzte. „Wir haben uns nur unterhalten. Grayson Riley, das ist Rex Holiday, mein Bruder."

Grayson drehte sich zu Rex um und streckte eine Hand aus. „Ist schön, dich endlich kennenzulernen."

Rex behielt seine Hände in den Jackentaschen und beäugte Graysons Hand. Er hob den Blick und schaute den Mann finster an. „Ich wünschte, das könnte ich auch sagen."

„Ich schätze, das habe ich verdient." Grayson schob sich die Hände in die Hosentasche und wandte sich an Amelia.

Rex schnaubte und öffnete den Mund, um noch etwas zu sagen, aber Amelia schnitt ihm das Wort ab.

„Das reicht, Rex. Ich kann meinen eigenen Kampf ausfechten." Das letzte, was sie brauchte, war, dass Rex sich in ihren Schlamassel einmischte. Er war ihr beschützender älterer Bruder, und wer wusste schon, was er zu dem Mann sagen würde, der ihr das Herz gebrochen und sie geschwängert hatte.

„Gut. Aber bringen wir dich wieder rein. Es ist zu kalt für dich, wenn du hier draußen stehst. Du hast doch nicht mal deine Jacke." Rex legte einen Arm um sie und versuchte, sie zurück auf die Party zu manövrieren.

Amelia regte sich nicht, während sie den Kopf schüttelte. „Ich gehe da nicht wieder rein."

„Okay", sagte Rex, der in seine Tasche griff und sein Handy herausholte. „Lass mich nur schnell Holly sagen, dass ich dich nach Hause fahre und dann gleich zurück bin."

„Ich brauche doch niemanden – oh. Verdammt." Sie war so überwältigt davon gewesen, Grayson wieder zu sehen, dass sie glatt vergessen hatte, dass sie mit ihrem Bruder und Holly auf die Hochzeit gekommen war. Ihr Auto stand in ihrer Garage, den halben Weg den Berg rauf. „Das musst du nicht", sagte sie und hielt ihn davon ab, Holly zu schreiben. „Ich gehe einfach wieder rein, bis ihr bereit zum Aufbruch seid."

Rex schaute sie sich an. „Du siehst erschöpft aus. Es ist kein Problem, dich nach Hause zu fahren."

„Ich mache es", sagte Grayson. „Wir wollten sowieso irgendwohin und reden."

„Nein", erwiderte Rex, der den Kopf schüttelte. „Ich habe das im Griff."

Amelia schaute ihren Bruder vorwurfsvoll an. „Ich fasse es nicht."

„Was?", fragte Rex. „Ich habe gar nichts gemacht."

Sie schnaubte. „Du gibst hier gerade voll der Höhlenmann. Hast du eigentlich mal kurz in Erwägung gezogen, dass ich vielleicht auch für mich selbst sprechen kann?"

Rex blinzelte sie an, dann nahm er sie in die Arme und flüsterte: „Tut mir leid, Schwesterchen. Bist du sicher, dass du mit ihm mit willst?"

Sie nickte. „Ich bin sicher. Wir müssen uns aussprechen, und es ist besser, wenn wir es jetzt machen, nicht später."

Er nahm sie fester und sagte: „Ruf an, falls du *irgendwas* brauchst. Und lass mich wissen, sobald du sicher zu Hause bist."

Amelia lachte leise. „Er ist doch nicht gefährlich, das weißt du doch."

Rex ließ sie los und warf Grayson einen skeptischen Blick zu. „Das werden wir sehen."

Sie verdrehte die Augen. „Geh wieder rein, bevor Holly sich noch Sorgen macht. Mir geht's schon gut."

„Wenn du es sagst." Rex wandte sich an Grayson. Ihr Bruder war ein paar Zentimeter kleiner als ihr Ex und schmaler gebaut, aber seine einschüchternde Miene reichte aus, um Amelia einen Schritt zurücktreten lassen zu wollen. *Huch.* Ihr normalerweise lockerer Bruder hatte sich in jemanden verwandelt, den sie kaum wiedererkannte.

„Ich kümmere mich um sie", sagte Grayson, offenbar unbeeindruckt.

„Das bezweifle ich." Rex schaute den anderen Mann aus zusammengekniffenen Augen an. „Aber wenn du sie verletzt, musst du dich vor mir und der halben Stadt verantworten."

Grayson nickte. „Ich würde es nicht anders erwarten."

Rex trat einen Schritt zurück, in seiner Miene stand ein gewisses Einvernehmen, und dann nickte er Amelia zu. „Wir sehen uns bei dir."

„Wir gehen zu Grayson", erwiderte sie, nur damit er sich keine Sorgen machte, wenn sie nicht zu Hause war, sobald sie dort eintrafen. Rex und Holly wohnten in Christmas Grove und übernachteten dieses Wochenende bei ihr.

Er runzelte die Stirn, sagte aber nichts, als er sich umdrehte, um wieder nach drinnen zu gehen.

„Bereit?", fragte Grayson.

„War das so eine Art Übereinkunft unter Männern, was da gerade zwischen dir und meinem Bruder abgelaufen ist?", fragte sie, während er sie zu einem grauen Toyota Highlander führte.

„Es war nur ein gegenseitiges Einvernehmen." Er öffnete ihr die Beifahrertür.

„Was? Dass du einvernehmlich akzeptierst, dass er dir die Eier mit einem Löffel entfernt, wenn du mir was antust?", fragte sie.

Er lachte leise. „So ziemlich." Grayson nickte zur Tür hin. „Steig ein, bevor du dich verkühlst."

„So kalt ist es auch wieder nicht", sagte sie, während sie sich auf den Beifahrersitz setzte.

„Noch nicht, aber das wird es." Er schaute sich in der Dunkelheit um. „Sieht aus, als würde es schneien."

„Schneien?" Sie grinste ihn an, wusste bereits, dass die Wettervorhersage ein wenig Nieselregen angekündigt hatte, und dass es an diesem Abend nicht unter fünf Grad kalt werden würde. „Ist das Wunschdenken, oder hattest du gerade eine Vision?"

„Ich schätze, das müssen wir abwarten und rausfinden."

KAPITEL 2

Grayson konnte nicht aufhören, Amelias Worte im Geiste immer wieder zu hören. *Gratuliere, Grayson. In etwa fünf Monaten bist du Vater.* Diese Aussage hatte ihm eine Heidenangst eingejagt. Aber wenn er ehrlich war, hatte es in seinem Inneren noch etwas angestellt, das er nicht ganz erklären konnte. In seiner Brust war eine Sehnsucht, die es ihm sowohl warm als auch eiskalt werden ließ.

Was genau war da los? Vielleicht bekam er eine Erkältung. Er schnaubte leise und fuhr seinen Toyota zur Hauptstraße.

„Was sollte denn das bedeuten?", fragte Amelia, die ihn von der Beifahrerseite aus musterte.

Er warf ihr einen Blick zu, immer noch verblüfft von ihrem veränderten Aussehen. Er hatte sie immer als blond gekannt. Aber inzwischen waren ihre Haare braun und etwas länger als früher. Die Rundung ihre Hüfte und diese großen, braunen Augen waren allerdings unverkennbar gewesen. „Ich habe nur … es ist nichts."

„Aha."

In ihrem Tonfall konnte er fast hören, wie sie die Augen

verdrehte. Und wer hätte es ihr übelnehmen können? Grayson war ein Vorzeigeexemplar von einem Geheimniskrämer. Er verstand, dass sie wütend auf ihn war. Während der Zeit, in der sie zusammen gewesen waren, hatte er ihr beinahe nichts über sich erzählt. Auf jeden Fall nichts Wichtiges. Das sorgte dafür, dass er sich immer noch fragte, weshalb sie sich in ihn verliebt hatte, oder ob sie sich das nur einbildete. Wie konnte man sich in jemanden verlieben, von dem man nichts wusste? „Tut mir leid", sagte er, lächelte ihr entschuldigend zu. „Es war wirklich nichts Wichtiges. Nur idiotisches Verhalten von mir."

„Schon wieder?", fragte sie.

Grayson konnte nicht anders, er lachte. Sie hatte alles Recht, ihm seinen Schwachsinn vorzuhalten. Tatsächlich war es eines der Dinge, wegen der er sich überhaupt erst zu ihr hingezogen gefühlt hatte. Sie war stark, selbstbewusst und brauchte auf jeden Fall weder ihn noch irgendeinen anderen Mann in ihrem Leben, damit es ein Erfolg wurde. Und obwohl er wusste, dass sie ihn nicht brauchte, wollte er sich unbedingt um sie kümmern. Aber soweit war er schon einmal mit einer Frau gewesen, die ihm wichtig war, und das Ergebnis war ein Desaster gewesen. Das war kein Weg, den er noch einmal einschlagen konnte. Nicht, dass Amelia es überhaupt zugelassen hätte. „Das scheint ein Muster zu sein."

„Würde ich auch sagen." Sie sah aus dem Fenster auf das magische Städtchen, das mit roten und rosaroten Lichtern übersät war.

Die Hauptstraße hatte sich für den Valentinstag herausgeputzt. Die Glaskugeln der Straßenbeleuchtung waren gegen herzförmige Abdeckungen ausgetauscht worden, das Wasser in den Brunnen des Parks, wo der Wochenmarkt stattfand, war durch blubbernden pinken Sekt ersetzt, jedes Schaufenster in jedem Laden hatte ein magisches Thema, und animierte kleine Amors waren immer wieder zu sehen, die herumliefen und ihre Plüschpfeile auf Paare abschossen, die die Straße entlang marschierten. Er hatte sogar gehört, dass das *Incantation Café* Kakao-Liebestränke verkaufte. Grayson war stillschweigend dankbar, dass er es geschafft hatte, diesem speziellen Gebräu aus dem Weg zu gehen. Eine weitere Komplikation war das Letzte, was er brauchte.

„Das ist schon was Besonderes, oder nicht?", fragte Grayson.

„Was denn?" Amelia wandte sich ihm zu, legte sich die linke Hand auf den Bauch.

Er war sich nicht mal sicher, ob sie sich bewusst war, dass sie die Hand bewegt hatte. Und die Götter mochten ihm helfen, er konnte nicht leugnen, dass zärtliche Gefühle durch ihn strömten. „Die Stadt. Ich habe noch nichts Vergleichbares gesehen."

„Ja." Sie lächelte ihn an, das erste aufrichtige Lächeln, das er an diesem Abend bei ihr gesehen hatte. „Es ist ein echt besonderer Ort. Meine Freundinnen sagen, sie putzt sich für jede Jahreszeit und jeden Feiertag so heraus. Anfangs klang das ein wenig überwältigend, aber inzwischen liebe ich es."

Er lachte leise. „Es hat sich anfangs angefühlt, als würde man durch eine Filmkulisse laufen. Etwas übertrieben, weißt du?"

Sie zuckte mit den Schultern. „Vielleicht. Aber ich bin gerade aus Christmas Grove gekommen. Dem Städtchen, das das ganze Jahr lang weihnachtliche Magie ausstrahlt, darum war es kein so großer Schock für mich."

„Ernsthaft?" Es fiel ihm schwer, sich vorzustellen, das ganze Jahr lang mit Weihnachten zu leben.

„Ja. Mein Bruder wohnt da mit seiner Freundin Holly. Ist von hier aus ein paar Stunden weiter im Landesinneren. Es ist

ein wunderbarer Ort, aber ich bin lieber näher an der Küste."
Keating Hollow war etwa fünfzig Kilometer vom Meer
entfernt. Sie kniff die Augen zusammen und schaute ihn an.
„Wenn du es für so übertrieben hältst, weshalb hast du
beschlossen, dich hier niederzulassen?"

„Wegen der Menschen. Außerdem hat es nicht lang
gedauert, bis die Magie des Städtchens in mich eingesickert ist.
Es hat sich einfach … richtig angefühlt, wenn du dir das
vorstellen kannst."

Amelia nickte. „Kann ich. Ich habe mich hier sofort zu
Hause gefühlt."

Nach seinem anfänglichen Schock war es ihm auch so
ergangen. Er hatte den Job an der Westküste schon
angenommen, als er herausgefunden hatte, dass Amelia auch
umgezogen war. Zu diesem Zeitpunkt hatte er gehofft, dass sie
wieder anfachen konnten, was sie gehabt hatten, obwohl er
gewusst hatte, dass es nicht leicht werden würde. Nicht,
nachdem er sie im letzten Dezember verlassen hatte.

Als er nach rechts in seine Straße abbog, begann es leicht
zu schneien. Er grinste Amelia an. „Ich habe es dir doch
gesagt."

Sie schaute auf die Windschutzscheibe und schüttelte den
Kopf. „Du hattest eine Vision, oder?"

So war es gewesen, aber er wollte nicht noch einmal darauf
eingehen, darum zuckte er nur die Schultern. „Ich habe dir
doch gesagt, dass es sich nach Schnee anfühlt."

„Die ganzen Wetterberichte haben gesagt, es würde wärmer
bleiben." Sie zog ihr Handy heraus, und nachdem sie ein
paarmal darauf getippt hatte, runzelte sie die Stirn. „Die
Wetter-App hat sich nicht mal aktualisiert. Da steht immer
noch was von Regenwahrscheinlichkeit."

Grayson schaute auf die Temperaturanzeige auf dem

Armaturenbrett. „Draußen hat es minus zwei Grad."

Amelia schlang die Arme um sich und schüttelte sich unwillkürlich.

Das war neu. Amelia, einer Feuerhexe, war fast niemals kalt. Das war der Grund, weshalb sie von der Hochzeit gehen konnte, ohne auch nur an ihre Jacke denken zu müssen. Grayson griff auf ihre Seite hinüber und stellte die Heizung an.

„Danke. Mein innerer Temperaturfühler ist ein wenig wacklig, seit du mich geschwängert hast. Derzeit sind Temperatur-Achterbahnfahrten gar nichts Ungewöhnliches." Sie lächelte ihn ein weiteres Mal schwach an, und trotz der Tatsache, dass ihn ihr Kommentar mit dem Schwängern leicht ausflippen ließ, beschloss Grayson, dass sich die Dinge langsam zum Besseren wandten.

Bis Grayson in seine Zufahrt fuhr, blieb der Schnee bereits liegen. „Komm schon. Gehen wir rein. Ich mache heiße Schokolade."

Amelia nickte, stieg aus dem Toyota und folgte ihm in das kleine, blaue Haus im Craftsman-Stil. „Wohnt Hope Garber vom Spa nicht in der Nähe?"

Er nickte. „Ja. Gleich auf der anderen Straßenseite. Das Haus mit den roten Fensterläden. Warum?"

„Kein Grund", sagte Amelia. „Sie hat mich mal zu einem Mädelsabend eingeladen. Ich dachte mir doch, dass diese Nachbarschaft vertraut aussieht."

Grayson schaltete das Licht an, sodass es in seinem kleinen Wohnzimmer hell wurde. Es war ein wenig beengter, als ihm lieb war, aber es war das einzig verfügbare Haus zum Mieten in der ganzen Stadt gewesen. Und es war schon möbliert gewesen, was ein Bonus war, da er seine ganzen Möbel zurückgelassen hatte, als er vor einem Monat aus New York aufgebrochen war. Mit einer Geste zum Ledersofa sagte er:

15

„Setz dich", bevor er direkt in die offene Küche weiter hinten im Haus ging.

Amelia warf einen Blick darauf, aber anstatt seiner Weisung zu folgen, ging sie hinüber zur Küche und stellte sich mit vor dem Bauch verschränkten Armen neben ihn. „Wie kann ich helfen?"

„Du kannst den Kakao aus dem Vorratsschrank holen." Er beobachtete, wie sie hinüber zum Hochschrank ging, und bewunderte die lange Linie ihres Halses. Ihre Haut war so weich, und er hatte es geliebt, mit dem Daumen ihren Puls zu spüren, der vor Aufregung schneller wurde, wenn er sie berührte. Das hatte er vermisst, diese vertrauten Augenblicke, mehr, als ihm klar gewesen war.

„Hör auf, mich so anzugaffen", sagte sie, ohne sich umzudrehen.

„Wie denn?"

„Als ob du mir hier in der Küche die Kleider vom Leib reißen und dich mit mir vergnügen willst." Sie schnappte sich den Kakao und drehte sich zu ihm um, eine Augenbraue gehoben.

Grayson lachte leise, denn sie hatte recht. Das wollte er. Das hatte er sich erhofft, bevor er herausgefunden hatte, dass sie schwanger war, und völlig schockiert worden war. Obwohl, wenn sie es jetzt anbot, war es unwahrscheinlich, dass er ablehnte. Leider sagte der Ausdruck auf ihrem Gesicht, dass das nicht drin war. Zumindest nicht in naher Zukunft. „Ich kann doch nichts dafür, wenn dein Hals so sexy ist."

„Mein Hals?" Nun war es an ihr, zu lachen. „Es ist schon eine Weile her, was, Grayson?"

Er wurde nüchtern. „Seit dem frühen Dezember."

Ihre Augen wurden groß, während sie nach Luft schnappte. „Aha."

Warum hatte sie das überrascht? Glaubte sie wirklich, dass er sie verlassen hatte und einfach nur ins nächstbeste Bett gesprungen war? *Sei kein Idiot, Grayson,* sagte er sich. Was hätte sie denn sonst denken sollen? Er hatte ihr überhaupt keinen Grund genannt, weshalb er gegangen war, oder weshalb er plötzlich einen neuen Job am anderen Ende des Landes angenommen hatte. Er räusperte sich und hielt eine Hand für die Schokolade hin. „Gib mir das, damit ich loslegen kann."

Sie tat, wie geheißen, und setzte sich dann auf einen der Hocker an der Mücheninsel.

Er machte rasch die heiße Schokolade, schnappte sich einen Teller mit Keksen, die er aus dem *Incantation Café* mitgenommen hatte, und führte sie dann ins Wohnzimmer.

Amelia kuschelte sich unter einer Decke in die Ecke seines Ledersofas.

Grayson wusste, dass er vermutlich den dazu passenden Sessel nehmen sollte, aber er wollte einfach nicht so weit von ihr entfernt sein. Stattdessen setzte er sich ans andere Ende des Sofas, beäugte die Decke.

„Denk nicht mal dran", sagte sie und nahm die Decke fester. „Hol dir deine eigene."

Er lachte. „Das ist meine eigene."

„Jetzt nicht mehr." Sie grinste ihn an und nahm einen Schluck von ihrer heißen Schokolade. Der Ausdruck reinen Vergnügens auf ihrem Gesicht, kombiniert mit ihrem anerkennenden Laut, sorgte dafür, dass er ein Stöhnen unterdrücken musste. „Die ist wirklich gut", sagte sie. „Preiswürdig gut sogar."

„Ich glaube, es ist einfach nur lange her, dass du eine heiße Schokolade hattest", erwiderte er, doch er spürte, wie Wärme durch ihn durchströmte, weil sie ihm ein Kompliment gemacht hatte.

„Ich hatte vor zwei Tagen eine. Die war überhaupt nicht wie die hier. Was hast du reingetan? Irgendeine Art Gewürz?"

„Sogar ein paar. Hast du jemals was von mexikanischer heißer Schokolade gehört?", fragte er sie.

Sie schüttelte den Kopf und nahm noch einen Schluck, schloss die Augen, während sie das Getränk genoss. „Die ist echt unglaublich."

„Du bist unglaublich", sagte er und bedauerte es sofort. Was zum Teufel tat er da? Das war nichts, was er einfach so rausblöken sollte. Sie hatten wichtigere Dinge zu besprechen, nicht, wie sehr sie ihn erstaunte.

Amelia senkte die Stimme und schaute ihn finster an. „Das kann doch nicht wahr sein."

„Doch, kann es", sagte er bestimmt, wollte offensichtlich noch einmal so richtig ins Fettnäpfchen springen. „Du bist die unglaublichste Frau, die mir je begegnet ist."

Sie schnaubte und stand auf. „Mach das nicht."

„Was?" Er stand ebenfalls auf, trat einen Schritt vor, sodass nur wenige Zentimeter zwischen ihnen waren. „Dir die Wahrheit sagen?"

„Solche Sachen sagen, nach allem, was damals in Cape Cod passiert ist. Das ist … grausam." Sie hatten gerade eine Woche in Cape Cod verbracht, als Grayson den Anruf bekommen hatte. Er hatte nicht mal gewartet, bis sie zurück in New York waren, bevor er sie verlassen hatte.

Amelia wich vor ihm zurück und war unterwegs zur Küche, wo sie ihre Tasse in die Spüle stellte. „Ich glaube, du solltest mich einfach nach Hause bringen. Es ist klar ersichtlich, dass wir nicht über das Offensichtliche reden wollen, und ich könnte wirklich etwas Schlaf brauchen."

Grayson ging langsam dort hinüber, wo sie in seiner Küche stand. „Tut mir leid. Das hätte ich nicht sagen sollen."

„Nein. Hättest du nicht. Du hast dich vor ein paar Monaten perfekt klar ausgedrückt, als du gesagt hast, dass du kein Typ für eine Beziehung wärst, und ich habe dich verstanden. Ich wäre nicht mit dir hierhergekommen, wenn nicht die Kleine wäre, die ich mit mir rumschleppe." Sie drückte sich die Hände auf den Bauch, schien ihr Kind schützen zu wollen. „Das Flirten macht alles nur schwerer."

Verdammt. Er hatte gewusst, dass er es vermasselte, in dem Augenblick, als er die Worte ausgesprochen hatte. „Hör mal, Amelia, das tut mir leid. Du hast recht, ich …"

Sie hob eine Hand, hielt ihn auf. „Kein Grund für eine Entschuldigung. Lassen wir es einfach unter den Tisch fallen, okay?"

Er nickte, wollte unbedingt weiter machen. Er fühlte sich bereits wie ein kompletter Esel. Auf genau dieser Reise nach Cape Cod, gleich nachdem er den Anruf bekommen hatte, hatte sie ihm gesagt, dass sie ihn liebte. Und was hatte er gesagt? *Ich mag dich auch.* Auf diese Aussage war ein großes „Aber" gefolgt, und er hatte rasch all die Gründe aufgezählt, weshalb er keine Beziehung eingehen konnte. Er hatte ihr das Herz gebrochen. Das war leicht zu sehen gewesen, aber was sie nicht wusste, war, dass auch sein Herz gebrochen worden war. Er hatte ihr sagen wollen, was er empfand, hatte sich sogar danach gesehnt, es ihr zu sagen, aber sein Leben war zu kompliziert gewesen.

Er schüttelte den Kopf, um seine Gedanken zu klären, und sagte: „Es gibt ein paar Dinge, die ich dir sagen muss, bevor ich dich nach Hause bringe."

„Was denn?", fragte sie, klang argwöhnisch, als würde sie darauf warten, dass er noch eine Bombe platzen ließ.

Er holte tief Luft, dann stieß er sie langsam wieder aus.

„Gehen wir ins Wohnzimmer und setzen wir uns, während wir reden."

Amelia nickte und folgte ihm. Sie setzten sich auf gegenüberliegende Enden des Sofas und drehten sich, um einander anzusehen.

Grayson tippte mit den Fingern auf sein Knie, versuchte, die Tatsache zu ignorieren, dass seine Nerven überreizt waren. „Ich werde nicht so tun, als ob deine Neuigkeiten mich nicht aus der Bahn geworfen hätten. Das haben sie auf jeden Fall."

„Das dachte ich mir", sagte sie, sank zurück an die Armlehne des Sofas und schloss die Augen, als wollte sie ihren Schmerz vor ihm verstecken.

In seiner Brust hämmerte sein Herz, und er sehnte sich danach, sie in die Arme zu nehmen, doch er wusste, dass er das nicht konnte. Nicht jetzt. Er hatte kein Recht mehr, sie noch so zu berühren. „Ich bin viele Dinge, manche gut, manche nicht so toll, aber ich bin auf jeden Fall loyal. Als du mir gesagt hast, dass du nichts von mir erwartest, dass du unsere Tochter allein aufziehen würdest, hat mich das erschüttert."

Ihre Augen gingen rasch auf, und darin blitzte Feuer. „Was hätte ich denn sagen sollen? Ich weiß, dass du keine Verpflichtungen eingehst, aber hier sind wir nun eben. Gewöhn dich dran?"

Die meisten Leute, die Grayson kannte, *hätten* das gesagt. Es überraschte ihn nicht, dass es Amelia nicht in den Sinn gekommen war, auch diesen Weg einzuschlagen. Sie war viel zu unabhängig und stolz, um etwas von jemandem zu erwarten, der nicht in ihrem Leben sein wollte. Aber sie hatte keine Ahnung, wie sehr er bei ihr sein wollte. Und ihrem Kind. „Das hättest du sagen können. Du hattest jedes Recht dazu. Aber das geht an der Sache vorbei." Er konnte nicht anders. Er griff nach vorne, ließ seine Finger zwischen ihre gleiten und drückte ihre Hand. Er musste sie berühren, irgendwie mit ihr in Verbindung stehen. „Ich werde dich das nicht ohne mich tun lassen. Ich werde da sein, auf jedem Schritt des Weges."

Grayson meinte jedes Wort ernst, aber in seinem Magen machte sich ein hohles Gefühl breit. Sein Leben war über zehn Jahre lang nicht wirklich das seine gewesen. In der Zeit, seit er Amelia verlassen hatte und bis er in Keating Hollow gelandet war, hatte er endlich die Verbindung zu den Verpflichtungen aus seiner Vergangenheit gekappt. Aber würde er bei dieser Entscheidung bleiben? Wenn Kira anrief, würde er sie ignorieren? Er hoffte wie verflixt, dass er das tun würde, denn es gab nichts, was er mehr wollte als eine Familie. Und er wusste es besser als die meisten, wie toxisch Kiras Leben sein konnte. Er wusste nur einfach nicht, ob er mit sich leben könnte, wenn er ihren Anruf ignorierte und etwas Schreckliches passierte, wie es vor ein paar Jahren der Fall gewesen war.

„Ich weiß nicht, was ich dazu sagen soll", erwiderte Amelia, die ihre Hände anstarrte, die immer noch verbunden waren.

„Du musst gar nichts sagen. Ich will nur, dass du Bescheid weißt, wo ich in dieser Sache stehe."

„Du hast es erst vor einer knappen Stunde rausgefunden." Sie zog ihre Hand aus seiner und verschränkte beide ineinander. „Ich glaube nicht, dass jetzt der richtige Zeitpunkt für solche Erklärungen ist."

„Nicht?", fragte er, versuchte die Abwehrhaltung aus seiner Stimme fernzuhalten. „Was ist mit dir? Wie hast du dich gefühlt, als du erfahren hast, dass du schwanger bist?"

„Verängstigt und angepisst."

Er lachte beinahe über die Wut auf ihrem Gesicht. „Okay. Verständlich. Aber was war danach? Hast du mal in Betracht gezogen, sie nicht zu bekommen?"

Amelia riss schockiert den Kopf zurück, ihre Augen wurden wieder groß. „Natürlich nicht. Das würde ich niemals tun."

Er lächelte sie sanft an. „Genauso empfinde ich auch."

Amelia sah ihn einen langen Augenblick an, bis sie schließlich nickte. „Okay. Klingt nur fair. Was ist das zweite, was du mir sagen musst?"

Das war schwerer. Es gab Dinge, die er ihr nicht erzählen konnte, obwohl er es wollte. Verdammt, er wollte es unbedingt. „Es gibt Teile meines Lebens, über die ich nicht reden kann."

Sie schnaubte. „Ach was. Das habe ich kapiert, als du letztes Mal verschwunden bist. Was bist du, ein Spion oder so was?"

Wenn es nur so einfach gewesen wäre. Und er konnte ihr nicht übelnehmen, dass sie das dachte. Nachdem er sie in Cape Cod zurückgelassen hatte, war in weniger als vierundzwanzig Stunden sein Telefon ausgetauscht gewesen, und all seine Sachen aus seiner Mietwohnung in New York waren weggepackt und ins Lager geschickt worden. Er neigte den Kopf und schaute sie an. „Sehe ich aus wie ein Spion?"

„Nein." Sie ließ den Blick über ihn schweifen. „Du siehst aus wie ein Geschäftsmann, der eine Menge reist und eine Menge Frauen in Hotelbars aufgabelt."

Mit einem leisen Lachen schüttelte er den Kopf. „Du bist die einzige Frau, die ich je in einer Hotelbar aufgegabelt habe."

Amelia verdrehte die Augen. „Klar, Grayson."

Er verabscheute es, dass sie ihm nicht vertraute. Aber er war selbst schuld. „Ich bin kein Spion. Aber du solltest wissen, dass der Grund, weshalb ich dich verlassen habe, darin lag, dass ich Verantwortlichkeiten hatte, die ich nicht ignorieren konnte. Ein Anruf kam rein, und ich musste los."

„Das klingt, als ob du entweder ein Spion oder ein Agent

im Zeugenschutzprogramm bist", sagte sie.

„Ich stelle mir vor, dass beides leichter zu erklären wäre", erwiderte er mit einem Seufzen. „Sagen wir einfach, es war eine ... familiäre Verpflichtung."

Ihr ganzer Körper spannte sich an, während sie die Zähne fletschte und fragte: „Du bist doch nicht schon verheiratet, oder? Denn wenn ich mit einem verheirateten Mann geschlafen habe, dann schwöre ich bei allem, was heilig ist, dass ich eine Möglichkeit finden werde, dir wehzutun, Grayson Riley."

Er hob ergeben die Hände und schüttelte den Kopf. „Ich schwöre, ich bin nicht verheiratet. Keine anderen Kinder. So ist es nicht. Das verspreche ich."

Die Anspannung wich aus ihrem Gesicht, und sie schaute ihn neugierig an. „Du sagst, du bist so schnell aufgebrochen wegen einer familiären Verpflichtung?"

„Ja, so was in der Art." Da er sich völlig bloßgestellt fühlte, wandte er den Blick ab. Er wollte nicht darüber reden, aber er hatte ihr so viel von der Wahrheit gegeben, wie es ihm möglich war. „Jemand, der mir wichtig ist, brauchte mich, und ich bin losgezogen, um die Bruchstücke für diesen Menschen aufzuklauben, nachdem alles in die Hose ging. Es war nicht das erste Mal, nicht mal annähernd. Aber es war das letzte Mal. Wir gehen getrennte Wege. Für immer."

Amelia beäugte ihn argwöhnisch. „Eine Ex?"

„So was in der Art. Vor langer Zeit waren mir mal kurz zusammen. Ich kann nicht wirklich darüber reden. Tut mir leid. Ich würde es, wenn ich könnte."

Amelia wedelte mit der Hand, legte nahe, dass seine Beichte kein großes Ding war. „Du musst mir das nicht erklären. Du schuldest mir gar nichts."

Und da lag sie falsch. Er schuldete ihr alles.

23

KAPITEL 3

*A*melia wusste nicht, wie sie zu Graysons Beichte stand. Also hatte er eine Vergangenheit, über die er nicht reden konnte. Eine, mit der er nicht abgeschlossen hatte, während sie zusammen gewesen waren. Sie war nicht sicher, dass sie im glaubte, als er andeutete, dass diese Person keine Ex war. Offensichtlich war, wer immer das war, für ihn wichtig genug gewesen, um abzuhauen, als der- oder diejenige angerufen hatte. Trotzdem, er hatte im letzten Monat sein Leben komplett umgeworfen, oder nicht? Und er war nicht weggelaufen, als sie verkündet hatte, dass sie schwanger war. Das waren gute Zeichen.

Und trotzdem war es schwer, zu vertrauen, besonders, wenn man ihre Vergangenheit bedachte, und im Augenblick wollte sie nur noch nach Hause und sich entspannen. Die Ereignisse des Abends verarbeiten. Grayson lebte in ihrer Stadt und wollte an ihrem und dem Leben ihres Kindes teilhaben. Das war gut, oder nicht?

Es war ehrlich gesagt überwältigend.

„Geht es dir gut?", fragte er, Sorge strahlte von ihm aus.

„Ja. Ich bin nur erledigt. Glaubst du, du könntest mich jetzt nach Hause bringen? Es war ein langer Tag, und ich werde inzwischen schnell müde."

„Natürlich." In seiner attraktiven Miene stand Enttäuschung, was sie beinahe zum Lachen brachte.

Als sie sich auf der Hochzeit wieder begegnet waren, war offensichtlich gewesen, dass er gerne gleich da weitergemacht hätte, wo sie aufgehört hatten. Wenn die Dinge anders gewesen wären, wäre sie womöglich ganz bei ihm gewesen. Denn es ließ sich nicht leugnen, dass zwischen ihnen die Funken stoben. Selbst jetzt gab es etwas, das sie zu ihm hinzog. Wie leicht wäre es, wieder mit ihm in sein Bett zu fallen und eine Weile alles zu vergessen, was in den letzten paar Monaten passiert war?

Zu schade, dass sie immer noch mit einem vernünftigen Gehirn arbeitete. Sex konnte nicht zur Debatte stehen. Nicht jetzt. Das Risiko war zu hoch. Sie hatten eine Tochter, an die sie denken mussten. Außerdem, was, wenn er beschloss, abzuhauen, nachdem er Zeit gehabt hatte, über alles nachzudenken? Ihr Herz würde das nicht überleben. „Lass mich nur kurz ins Bad gehen, bevor wir losziehen."

„Es ist am Ende des Korridors." Er deutete auf den kleinen Flur, der zwischen das Wohnzimmer und den Kochbereich gequetscht war.

Amelia eilte durch den Flur, konzentrierte sich auf das, was sie tun wollte. Als sie wieder rauskam, konnte sie, als sie etwas Rotes in dem Schlafzimmer links von ihr aufblitzen sah, nicht verhindern, einen genaueren Blick darauf zu werfen. Sie blieb abrupt stehen und starrte auf die roten Rosenblüten, die auf dem grauen Bettlaken ausgebreitet lagen. Es gab auch eine Reihe Kerzen auf der Kommode, die aber nicht angezündet waren. Sie blinzelte. Er hatte wirklich erwartet, jemanden zu verführen.

Das Geräusch, wie Grayson sich hinter ihr räusperte, ließ sie zusammenfahren und sich eine Hand aufs Herz drücken.

„Ernsthaft?", fragte sie, während sie sich umdrehte, um sich vor ihn zu stellen. „Du hast erwartet, dass ich mit dir ins Bett steige?"

Er lächelte ihr verlegen zu. „Es ist selten, dass meine Visionen nicht wahr werden. Aber vielleicht habe ich es selbst vermasselt, als ich die Rosenblätter hingelegt habe. Diesen Teil habe ich nicht gesehen. Aber es ist Valentinstag, darum ... habe ich mich ins Zeug gelegt."

„Was hast du gesehen?", fragte sie, hob eine Augenbraue und bedauerte es sofort, als er mit einem attraktiven schiefen Lächeln auf sie herabschaute.

„Dich, nackt, wie du mich ins Bett führst."

Ihr Mund wurde trocken, während sie wieder auf die Rosenblüten schaute, und sie wusste, wenn sie nicht gleich hier rauskam, würde sie diese Vision womöglich in die Realität überführen. Sie konnte einfach nicht leugnen, dass die Chemie zwischen ihr und Grayson stimmte. Die Göttin möge ihr helfen, sie wollte es nicht einmal leugnen. Sie schob sich an ihm vorbei und sagte: „Es ist Zeit zu gehen."

Er stieß ein leises Seufzen hinter ihr aus, während er ihr folgte, seine Schritte hallten auf den Holzdielen.

Bevor sie an der Tür ankamen, nahm Grayson einen Mantel von seinem Mantelständer und reichte ihn ihr. „Hier. Zieh den an."

Sie warf einen Blick auf den langen Wollmantel und lehnte beinahe ab, aber als sie aus dem Fenster schaute, hatte es richtig zu schneien begonnen. Selbst mit ihrer Fähigkeit, sich normalerweise trotz der Elemente warm zu halten, musste sie vernünftig sein. Sie musste sich um mehr als nur sich selbst kümmern. „Danke."

Er nickte, zog eine Jacke an und hielt ihr dann die Tür auf.

Amelia eilte hinaus in den Schnee, die Kälte stach auf ihrem Gesicht. Heiliger Bimbam. So kalt wurde es fast nie in Keating Hollow.

Grayson hielt ihr die Tür auf und joggte dann hinüber, um auf die Fahrerseite zu springen. Er startete den Motor und rieb sich die Hände, um sie zu wärmen. „Wie gut, dass wir jetzt aufbrechen. Es sieht aus, als würde dort draußen heute Nacht viel liegen bleiben."

Amelia nickte, hoffte, dass ihr Bruder und Holly bereits auf dem Weg nach Hause waren.

Grayson fuhr aus seiner Zufahrt, aber bevor er auf die Straße einbog, stieg er in die Bremse und blieb neben einem schwarzen Truck stehen. Die Kühlerhaube stand offen, und zwei junge Männer sahen sich den Motor an.

Grayson ließ das Fenster herab. „Hey, Jungs. Ist alles in Ordnung?"

Der größere wandte sich an Grayson, und Amelia erkannte sofort Silas Ansell, einen jungen Hollywood-Star und den Bruder der frisch verheirateten Shannon Ansell-Knox, der nach Keating Hollow gezogen war, um die Zeit zwischen seinen Aufträgen hier zu verbringen. Der etwas kleinere, lockige Teenager neben ihm war sein Freund Levi Kelley, der Bruder von Hope Garber. Silas schüttelte den Kopf. „Levis Truck springt einfach nicht an. Wir würden ja bei ihm bleiben, aber ich habe einen jungen Welpen zu Hause, der sein Abendessen braucht."

„Springt rein", sagte Grayson, ohne zu zögern. „Ich nehme euch mit."

„Bist du sicher?", fragte Silas. „Mein Haus ist den halben Weg den Berg rauf."

„Da habt ihr Glück. Denn Grayson ist in diese Richtung unterwegs. Ich glaube, wir könnten Nachbarn sein", erklärte Amelia, die sich erinnerte, gehört zu haben, dass das herrliche Haus, das kürzlich hinter ihrem gebaut worden war, dem Star gehörte. „Ich habe das Bradley-Haus gemietet."

„Perfekt." Er warf einen Blick auf Levi. „Ist das in Ordnung? Es bedeutet, dass du vielleicht über Nacht bei mir festsitzt."

Levi lachte. „Das ist ja wohl kaum ein Problem." Er grinste seinen Freund an, und die beiden beeilten sich, in Graysons Toyota zu steigen.

„Hi, ich bin Silas", sagte er zu Amelia. „Ich bin mir nicht sicher, ob wir uns schon begegnet sind."

Sie schaute zu ihm zurück. „Offiziell nicht." Sie bot ihm ihre Hand. „Schön, dich kennenzulernen. Ich bin Amelia Holiday."

„Freut mich, endlich meine Nachbarin zu treffen. Ich entschuldige mich, dass ich nicht vorbeigekommen bin, aber … " Er zuckte mit den Schultern. „Ich kann ein Einsiedler sein, wenn ich in der Stadt bin."

Levi schnaubte. „Er ist nicht wirklich so asozial. Aber es ist einfach schwer, zu wissen, wie Leute reagieren, wenn sie den berühmten Silas Ansell treffen."

Silas warf ihm einen finsteren Blick zu. „Du kannst mich doch nicht immer so auffliegen lassen. Was, wenn sie nicht gewusst hat, wer ich bin? Du hast meine Chance auf Anonymität ruiniert."

Amelia lachte. „Zu spät. Ich wusste es bereits. Aber keine Sorge. Ich werde nicht in deine Fenster starren oder deinen Müll durchwühlen." Sie zwinkerte ihm zu. „Noch nicht auf jeden Fall."

Er stieß ein humorloses Lachen aus. „Wenn du nur wüsstest, wie oft das passiert."

„Echt? Hier in Keating Hollow? Das kannst du doch nicht ernst meinen."

„Ach, nein. Hier nicht. Es passiert zum Großteil, wenn ich in L.A. bin." Er lächelte sie schwach an. „Die Hexen dieser Stadt lassen sich so einen Unfug nicht gefallen. Und dann ist da noch Levi." Er warf einen zärtlichen Blick auf seinen Freund. „Eine seiner Gaben ist es, Leute zu spüren. Das macht es schwerer, uns auszuspionieren."

„Das ist ein praktisches Talent." Amelia lächelte sie an, begeistert von der Art, wie sie einander anschauten. Liebe strahlte von ihnen aus, sodass ihr das Herz aufging.

„Ist es." Silas nahm Levis Hand in seine, und Amelia drehte sich um, weil sie sich im Augenblick wie das fünfte Rad am Wagen vorkam.

„Also, Amelia, woher kennst du denn Grayson?", fragte Levi ein paar Minuten später.

Amelia öffnete den Mund, um zu antworten, schloss ihn aber wieder, weil sie nicht wusste, was sie sagen sollte. Dass sie zusammen gewesen waren? Dass er der Vater ihres Babys war? Beides fühlte sich viel zu persönlich an, um es einfach nur vor den Nachbarn rauszulassen.

„Amelia und ich kannten einander in New York. Es war für uns beide eine Überraschung, dass wir hier gelandet sind", erwiderte Grayson locker, während er auf die kurvenreiche Bergstraße abbog, die zu ihrem Mietshaus führte.

„Echt? Das ist ja cool", sagte Silas. „Und ihr seid jetzt beide für immer hier?"

„Das habe ich vor", sagte Amelia. „Ich arbeite in der Feuerwache. Feuerhexe."

„Nett. Jetzt weiß ich, was ich mache, wenn ich in meinem Holzofen das Feuer nicht in Gang bekomme", erwiderte er.

Sie lachte. „Ich helfe gerne."

Sie plauderten über den Film, den Silas gerade fertig gedreht hatte, und welche neuen Verpflichtungen auf ihn zukommen würden. Levi schwieg den Großteil der Unterhaltung über, sprach erst, als sie in Amelias Zufahrt einbogen und einen Blick auf das moderne Haus mit drei Zimmern erhaschten, das sie glücklicherweise hatte mieten können, nachdem die Bradleys wegen einer Jobgelegenheit zurück nach Osten gezogen waren. „Das ist ein echt süßes Haus, Amelia. Ich wette, das kann man leichter sauber halten als das Monster, das Silas gebaut hat."

„Mein Haus ist kein Monster. Es sind nur vier Zimmer", beharrte Silas.

Levi schnaubte. „Vier große Zimmer und ein Büro für nur eine Person."

„Wenn ich hier bin, sind wir normalerweise zu zweit. Und jetzt habe ich auch noch einen Hund", sagte Silas empört. „Und es gibt Platz für Erweiterungen. Was, wenn wir … äh, eines Tages Kinder haben?"

„Kinder?", fragte Levi, seine Stimme zittrig und sowohl von Überraschung als auch Schrecken durchdrungen.

„Eines Tages. Vielleicht." Silas schob die Finger durch die von Levi und küsste dann den Handrücken seines Freundes. „Das war nur so ein Gedanke für irgendwann in der Zukunft."

Levi schüttelte den Kopf, und da hörten sie alle ein lautes Krachen, das von einem donnernden Grollen begleitet wurde.

Amelia sprang etwa einen halben Meter in die Luft, ihr Herz hämmerte, während sie den Baum anstarrte, der etwa zehn Meter vor ihrer Zufahrt über die Straße gefallen war.

„Heiliger Bimbam", murmelte sie, griff sich an die Brust. „Das war viel zu nah."

Grayson legte die Arme um sie, zog sie an sich, während Silas und Levi sich aneinanderklammerten. „Wir bringen lieber mal alle nach drinnen. Es schneit sehr viel nasser und schwerer, als ich mir das gedacht habe." Er warf einen Blick auf Amelias Haus. „Wer immer hier gebaut hat, hat um das Haus herum ziemlich gut gerodet. Es ist unwahrscheinlich, dass da irgendwelche Bäume drauf fallen."

Sie eilten alle vier zum Haus, und Amelia ließ sie rasch hinein. Sie standen am vorderen Fenster, sahen zu, wie sich immer mehr Schnee auf dem Berg anhäufte. „Sieht so aus, als würdest du hierbleiben", sagte Amelia zu Grayson. „Deinem Toyota ist vorerst der Weg versperrt."

Er zuckte mit den Schultern, ganz eindeutig überhaupt nicht betroffen durch die Neuigkeiten.

„Wir sollten zu meinem Haus gehen, bevor es schlimmer wird", sagte Silas. „Es ist nicht so weit, wenn wir durch den Waldsaum am Rand des Grundstücks gehen."

„Passt auf", sagte Amelia, die den Schnee beäugte. „Bleibt zusammen, und wenn die Sicht schlecht wird, kommt gleich zurück. Ich habe ein zusätzliches Gästezimmer, das ihr nutzen könnt. Das ist das Kinderzimmer, aber da drin steht auch ein Doppelbett. Holly und Rex haben gerade das andere."

„Danke, Amelia. Ich glaube, wenn wir jetzt gehen, wird es nicht so schlimm." Silas drückte ihr die Hand und wandte sich dann an Grayson. „Danke noch mal für die Fahrt." Die beiden Teenager winkten, während sie auf die Hintertür zugingen.

„Wir sind da, falls ihr irgendwas braucht", rief Amelia ihnen nach.

„Danke", wiederholte Levi, während er Silas hinaus in Schnee folgte.

Amelia schaute ihnen nach, bis sie sah, wie sie unter den spärlichen Bäumen zwischen ihren beiden Häusern verschwanden.

Grayson wandte sich zu ihr. „Sieht aus, als wären es nur wir."

Da wurde ihr klar, dass ihr Bruder und Holly es noch nicht nach Hause geschafft hatten. Sie schnappte sich ihr Handy und schickte ihnen rasch eine Nachricht. Einen Moment später schrieb Rex zurück, dass sie noch in der Stadt waren und die Bedingungen sich verschlechterten. Es sah aus, als würden sie an diesem Abend in der Pension übernachten. „Es sind echt nur wir zwei", sagte sie zu Grayson, ihr Herz schlug schneller bei der Aussicht darauf, dass die beiden die Nacht über allein im Haus sein würden. Rasch wandte sie sich ab und ging zu ihrem Holzofen. „Ich bringe mal ein Feuer in Gang."

„Hast du Hunger?", fragte er. „Mir macht es nichts, wenn ich…"

„Ich komme klar", sagte sie und wedelte abwehrend mit der Hand. „Ich hatte genug bei der Hochzeit zu essen. Wenn du was willst, schau dich gern um und sieh nach, was du findest."

Grayson nickte und verschwand in die Küche, die links vom Wohnzimmer war.

Nachdem sie aus ihrem Kleid geschlüpft war und etwas Gemütlicheres angezogen hatte, ging Amelia zurück auf ihre hintere Veranda, holte ein Bündel Feuerholz aus ihrem Vorratsschuppen und kehrte dann ins Wohnzimmer zurück, wo sie ihre Magie nutzte, um das Feuer in ihrem Holzofen zu entzünden. Es dauerte nicht lang, da wärmte die Hitze das kleine moderne Haus, während sie sich mit einer Decke auf das Sofa kuschelte und aus dem vorderen Fenster auf die erstaunliche Aussicht des Tals von Keating Hollow schaute, das mit Schnee bedeckt war. In der Ferne konnte man gerade noch

33

den Fluss erkennen, der durch die Stadt lief, und sie fragte sich nicht zum ersten Mal, wie sie das Glück gehabt hatte, einen so magischen Ort zu finden.

„Das ist ein wirklich ein umwerfender Wohnort, Amelia", sagte Grayson hinter ihr.

Sie warf einen Blick auf ihn zurück, stellte fest, dass er auf den Füßen wippte, während auch er aus dem Panoramafenster schaute.

„Manchmal kann ich nicht glauben, dass ich hier bin."

„So werde ich mir dich von jetzt an immer vorstellen." Er ließ die Hände auf ihre Schultern sinken und massierte sie sanft.

„Verdammt, das fühlt sich gut an", sagte sie, schloss die Augen und genoss seine Berührung. Er wusste genau, wie sehr sie es liebte, massiert zu werden, und obwohl ihr klar war, dass sie ihn bitten sollte, damit aufzuhören, fühlte es sich einfach zu gut an.

Er bohrte die Daumen in die Muskeln an ihrem Nackenansatz und sagte: „Ich habe eine Überraschung für dich."

„Was für eine Überraschung?", fragte sie, eigentlich war ihr die Antwort ziemlich egal.

„Du musst aufstehen, um sie zu sehen."

Sie warf einen Blick zu ihm zurück, kniff die Augen argwöhnisch zusammen. „Was hast du vor?"

Er kam um das Sofa und hielt ihr eine Hand hin. „Komm schon. Das magst du bestimmt."

Ihre Abwehrmechanismen waren heruntergefahren, und sie war plötzlich zu entspannt, um ihm zu widerstehen. Sie ließ die Hand in seine gleiten und sich von ihm vom Sofa aufhelfen.

Er legte ihr eine Hand auf den Rücken und führte sie sanft den Gang entlang.

Amelia beäugte ihn. „Was hast du denn vor? Ich schlafe nicht mit dir." Sie sagte die Worte mechanisch, aber dahinter war eigentlich gar kein Druck.

Grayson lachte nur leise. „Das habe ich schon gehört." Er zog sie in ihr großes Schlafzimmer, aber anstatt in der Nähe des Bettes stehen zu bleiben, wie sie es von ihm erwartet hätte, führte er sie weiter auf ihr großes Bad zu. Nachdem er die Tür aufgezogen hatte, schob er sie hinein. „Auf Shannons Hochzeit hast du mir erzählt, du hättest eine Vision gehabt, wie du dich in der Wanne entspannst, anstatt die Nacht mit mir zu verbringen. Und so sehr mich das auch schmerzt", sagte er mit einem Grinsen, „wollte ich nicht, dass deine Vision ruiniert wird, nur weil ich hier bin, also habe ich dir ein Bad eingelassen."

„Das hast du getan?", fragte sie, während sie auf die Tasse Tee und die entzündeten Kerzen am Rand der Wanne blickte, rund um ein Schaumbad, das bereits eingelassen war.

„Na ja, Silas oder Levi waren es nicht." Er zwinkerte, und dann ging er rückwärts aus dem Zimmer. „Genieß es. Ich werde mich in deinem Gästezimmer einrichten."

„Grayson?", sagte sie, bevor er die Tür schloss.

„Ja?"

„Vielen Dank dafür."

„Gern geschehen."

Als er weg war, zog sie sich aus und stieg in das warme Wasser, ein zufriedenes Lächeln auf dem Gesicht. Es gab einen Grund, weshalb sie sich damals in New York in ihn verliebt hatte.

KAPITEL 4

*G*rayson wachte früh auf. Er hatte die halbe Nacht lang wach gelegen und an Amelia im anderen Zimmer gedacht, sich gewünscht, er wäre bei ihr und würde sie festhalten, während sie schlief. Er hatte sie mehr vermisst, als ihm klar gewesen war. Einfach nur in ihrer Nähe zu sein, beruhigte ihn, besänftigte all die Stimmen in seinem Kopf, die seine Lebensentscheidungen infrage stellten. Er war nicht gereizt oder besorgt darüber, was als nächstes kommen würde. Er war einfach nur glücklich, im Augenblick zu existieren.

Es war das komplette Gegenteil dessen, was er in Kiras Anwesenheit empfand.

Er wusste jetzt, dass er verrückt gewesen war, Amelia im Dezember gehen zu lassen. Aber er hatte Jahre damit verbracht, Geschichten über Kira in der Regenbogenpresse verschwinden zu lassen, und es war eine Angewohnheit, die sich nur schwer brechen ließ. Besonders, da sie diejenige gewesen war, die für ihn da gewesen war, als er am meisten jemanden gebraucht hatte.

Die Dinge waren jetzt anders. Das waren sie schon seit ein

paar Jahren, aber ihm war es nicht möglich gewesen, das zu sehen. Erst als er zurück nach New York gekommen war und Kira knietief in einer weiteren Runde selbstzerstörerischen Verhaltens vorgefunden hatte, hatte er getan, was er konnte, um sie wieder auf die Beine zu stellen, und ihr dann gesagt, dass er für immer damit fertig war.

Das war nicht gut gelaufen, aber als er dann gegangen war, hatte er das sichere Gefühl gehabt, dass er endlich weitergezogen war. Er hatte alles gegeben, was er zu geben hatte, und der Star würde einfach herausfinden müssen, wie sie ihr Leben ohne ihn weiterführte.

Grayson spähte durch das Fenster, um festzustellen, dass es immer noch schneite. Es war klar, dass er in nächster Zeit nirgendwohin gehen würde. Er tappte in die Küche, in seinen Kleidern vom Vortag, und machte sich eine Kanne Kaffee. Dann machte er sich an die Arbeit, ein Frühstück vorzubereiten.

Als er gerade den Tisch deckte, hörte er Amelias Schritte im Flur. Er schaute sich um und sah sie in ihrem Flanellschlafanzug und einem dicken Bademantel. Er lächelte sie an und sagte: „Guten Morgen."

„Morgen." Sie warf einen Blick auf die Waffeln, den Speck, das frische Obst, und sah ihn dann überrascht an. „Du hast das alles gemacht?"

„Sieht so aus." Er reichte ihr eine Tasse Kaffee, mit ihrer favorisierten Vanillesahne darin. „Setz dich."

Sie glitt auf einen der Stühle an ihrem Tisch und lächelte ihn an. „Daran könnte ich mich gewöhnen."

Wärme breitete sich in seiner Brust aus, und er lächelte ihr still zu, während er sagte: „Ich auch."

Amelias Wangen wurden rosig, und plötzlich war sie sehr an ihrer Waffel interessiert.

Grayson setzte sich neben sie und beobachtete sie einen Augenblick, bevor er seinen eigenen Teller füllte. Zwischen ihnen baute sich Stille auf, bis er schließlich sagte: „Ich werde das vermissen, wenn der Schnee weg ist."

Sie hob den Kopf, fing seinen Blick auf und grinste. „Du meinst, mir Frühstück zu machen und mich von vorne bis hinten zu bedienen? Das werde ich auch vermissen."

Er lachte leise. „Wenn da eine Stelle offen ist, werfe ich doch gern meinen Hut in den Ring."

Mit einem Grinsen erwiderte sie: „Du hast den Job."

„Angebot angenommen. Jetzt wirst du mich nie wieder los." Sein Tonfall war neckend, aber er meinte jedes Wort ernst. Er hatte bereits beschlossen, wenn sie ihm noch eine Chance gab, würde er ihr zeigen, dass er voll und ganz dabei war.

Ihr Grinsen verflog, als seine Worte schließlich bei ihr ankamen, aber Grayson tat so, als würde er es nicht merken. Sie würde es schon noch sehen. Nachdem sie mit dem Frühstück fertig waren, räumte Grayson den Tisch ab und fragte: „Hast du eine Motorsäge?"

„Was?", fragte sie, eindeutig überrascht von seiner Frage.

„Eine Motorsäge. Wenn du eine hast, kann ich damit anfangen, den Baum zu entfernen, damit deine Straße, sobald der Räumdienst losfährt, geräumt werden kann."

Sie runzelte die Stirn. „Ich habe keine Ahnung. Wir können im Schuppen nachschauen."

„Okay, das mache ich, wenn ich mit dem Geschirr fertig bin."

Amelia starrte ihn an, als er anfing, den Geschirrspüler einzuräumen. Dann schüttelte sie den Kopf. „Was machst du denn?"

„Den Geschirrspüler?"

Sie verdrehte die Augen. „Du weißt, was ich meine. Erst das

Bad, dann das Frühstück, und jetzt das Geschirr. Du willst irgendwas. Was ist es?"

Grayson stellte den Teller in seiner Hand in den Geschirrspüler und drehte sich dann um, lehnte sich an den Küchentresen, als er beschloss, völlig ehrlich mit ihr zu sein. „Dich."

Amelia schnaubte laut. „Grayson, du bist von mir weggegangen. Erinnerst du dich noch?"

„Das bin ich, und ich habe es jeden Tag bedauert."

Sie verschränkte die Arme vor der Brust und schaute ihn an, die Augenbrauen zusammengekniffen, und in ihren großen dunklen Augen stand Misstrauen.

Der Ausdruck auf ihrem Gesicht fühlte sich an wie ein Schlag in die Magengrube. Er wusste, dass er ihre Reaktion verdient hatte, aber das hieß nicht, dass es ihn nicht umbrachte. „Ich weiß, es ist zu früh, um diese Unterhaltung zu führen. Dass ich mir dein Vertrauen verdienen muss. Aber ich dachte, ich würde mich mal perfekt klar ausdrücken. Ich bin nicht von dir weggegangen, weil ich dich nicht wollte. Ich habe es getan, weil ich das Gefühl hatte, es zu müssen. Meine Lebensumstände haben sich verändert, und wenn du mich lässt, tue ich alles, was ich kann, um dir zu beweisen, dass du mir vertrauen kannst."

„Das wird nicht in knapp vierundzwanzig Stunden passieren", sagte sie, ihr Tonfall eisig.

Verdammt. Sie gab keinen Zentimeter nach, oder? Das war schon in Ordnung. Er würde nicht zurückweichen. „Ich weiß. Ich will nur sichergehen, dass du meine Absichten kennst." Er zwinkerte ihr zu und ging dann dazu über, das Geschirr abzuräumen. Nach einem Augenblick hörte er, wie sie ein lautes Schnauben ausstieß und sich dann wieder in ihr Schlafzimmer zurückzog.

Grayson machte das Geschirr fertig, und als er gerade nach einer Motorsäge suchen wollte, verdüsterte sich seine Sicht. Als sie sich wieder klärte, stand er in einem unbekannten Zimmer, schaute über eine dramatische Küste hinaus. Die Möbel waren alle weiß, die Wände hatten überhaupt keine Farbe. Er stand mitten im Zimmer, starrte auf Kira hinab, die auf einer Chaiselongue lag und nichts trug als eine kurze Seidenrobe. Sie hielt ihm eine Hand hin und sagte: „Willkommen zu Hause, Grayson."

Seine Sicht wurde wieder dunkel, und als er blinzelte, war er zurück in Amelias blaugrauer Küche. Er packte die Arbeitsfläche und schnappte heftig nach Luft, sein Herz raste vor Furcht.

„Nein", flüsterte er atemlos, mit heftiger Überzeugung.

Das geschah nicht. Es war selten, dass seine Visionen nicht wahr wurden. Es war nur ein paar Mal in seinem Leben passiert. Aber wenn es eines gab, was er sicher wusste, dann, dass er unter gar keinen Umständen diese wahr werden lassen würde. Wenn Kira anrief, und er wusste, dass sie das tun würde, würde er nicht rangehen. Er war noch keine vierundzwanzig Stunden zurück in Amelias Leben, und er wusste bereits, dass er alles tun würde, um bei ihr zu bleiben.

Er war hundertprozentig fertig damit, sich für jemanden zu opfern, dem es nur um sich ging.

KAPITEL 5

*A*melia stand unter der Dusche, ließ das heiße Wasser auf ihren Nacken prasseln. Nach dem Bad in der Nacht zuvor hatte sie sich in ihrem Bett zusammengerollt und fester geschlafen als in den ganzen letzten Wochen. Endlich wusste Grayson, dass er Vater werden würde, und zu ihrer völligen Überraschung war er nicht weggelaufen.

Ihr war nicht klar gewesen, unter wie viel Stress sie wegen der Tatsache gestanden hatte, dass er es nicht wusste. Und sie war enorm erleichtert, dass er sie nicht verabscheute, weil sie sich nicht gemeldet hatte, gleich als er vor ein paar Wochen in der Stadt aufgetaucht war. Sie war ein Feigling gewesen. Das ließ sich nicht wegdiskutieren. Es war nur eben so, dass sie verletzt worden war, als er sie im Dezember verlassen hatte. Das war nichts, was sie noch einmal durchmachen wollte.

Darum war es so schwer, zu hören, wie Grayson sagte, dass er sie wollte. Der Schmerz, den sie in den letzten paar Monaten erlebt hatte, war unerträglich gewesen. Wenn er noch einmal ging, würde sie es nicht überleben. Der Schmerz, ihm ihre Seele offengelegt zu haben und sich dann von ihm abweisen zu lassen, war immer noch zu frisch. Obwohl er erklärt hatte, dass er wieder auf Dauer in ihrem Leben sein wollte, war es ja nicht, als hätte er ihr gesagt, dass er sie liebte. Er hatte nichts versprochen. Nach allem, was sie wusste, hatte er es sich nur noch einmal anders überlegt, weil Amelia mit seinem Kind schwanger war. Sie war bereit, ihn zurück in ihr Leben zu lassen, aber wenn es um ihr Herz ging, war die Tür geschlossen. Es war kein Risiko, das sie eingehen wollte.

Nach der Dusche nahm sie sich Zeit, sich die Haare zu trocknen und sich wieder präsentabel herzurichten. Als sie schließlich herauskam, trug sie eine Jeans, ein T-Shirt unter einem dicken Pulli und Wollsocken, und war bereit, sich am Holzofen einzuigeln. Aber als sie sah, dass Grayson tatsächlich eine Motorsäge gefunden hatte und draußen im Schnee zugange war, um den gefallenen Baum zu zerschneiden, seufzte sie, zog sich ein altes Sweatshirt an, stieg in ihre Stiefel und trottete hinaus in das Winterwetter, um zu sehen, ob sie helfen konnte.

„Hey, Hübsche", sagte er und lächelte sie an. Er hatte sich eine Jogginghose und ein Sweatshirt angezogen.

„Wo kam denn dieses Outfit her?", fragte sie.

„Aus meinem Toyota. In der Sporttasche." Die Motorsäge lag am Straßenrand, und es dauerte nicht lang, bis sie feststellte, dass er den Baum bereits zerlegt hatte und es nur noch die Einzelteile des Stamms an den Rand der Straße zu schaffen galt. Er musterte sie. „Was machst du denn hier draußen?"

„Ich bin gekommen, um zu helfen." Sie griff hinab nach einem Teil des Baumstamms.

„Nein, mach das nicht. Ich krieg das schon hin", sagte er, ging bereits zu ihr und hatte eindeutig vor, sie davon abzuhalten, etwas zu heben.

Aber es war zu spät. Sie hat sich bereits nach einem Stammbruchteil gebückt. Sobald sie versuchte, es aufzuheben, spürte sie einen Stich im Rücken und hielt sofort inne. „Oh, aua. Das tut weh."

Grayson war in wenigen Sekunden bei und legte ihr die Hände von hinten an die Hüfte, stützte sie. „Wo tut es weh?"

„Im unteren Rücken. Ich schätze, ich hätte die Knie beugen sollen, was?"

„Du hättest es überhaupt nicht heben sollen. Bei der Göttin, Amelia, du bist schwanger." Er klang nicht wütend. Er klang besorgt. „Komm schon. Bringen wir dich rein."

„Es geht schon", sagte sie und versuchte langsam, wieder aufrecht zu stehen. Aber der Schmerz in ihrem Rücken ließ sie nur zusammenfahren. „Oh, verdammt. Das ist nicht gut."

„Komm. Nimm meinen Arm. Ich helfe dir zurück hinauf zum Haus."

Sie tat, was er gesagt hatte, und langsam bewegten sie sich durch den Schnee. Bis sie es wieder zu den Eingangsstufen geschafft hatten, klapperten ihr die Zähne von der Kälte, und ihr unterer Rücken hatte sich völlig verkrampft. „Ich brauche unbedingt einen Heiler."

„Sehen wir mal, dass wir dich nach drinnen kriegen, und dann bringen wir raus, was wir von da aus tun können."

Nur mit seiner Hilfe konnte sie die Stufen zur Veranda hinaufsteigen, und sobald sie im Haus war, kroch sie sofort auf den Boden, legte sich flach auf den Rücken, während sie einfach nur den Schmerz wegatmete. „Das ist nicht gut", sagte sie durch zusammengebissene Zähne. „Ich glaube nicht, dass ein Heiler hier raufkommen kann."

„Ich rufe die Heiler vor Ort an und sehe mal, ob sie irgendeinen Rat haben", erwiderte Grayson, der bereits nach seinem Handy in der Hosentasche griff.

Amelia starrte auf die offenen Balken der Decke und hörte zu, wie Grayson mit Gerry Whipple sprach. Als er sagte, dass sie schwanger war, legte Amelia beide Hände auf ihren Bauch und verfluchte sich, dass sie nicht besser aufgepasst hatte. Sie wusste, dass ein wenig körperliche Aktivität zu diesem Zeitpunkt der Schwangerschaft in Ordnung war, aber nun, da sie sich verletzt hatte, war es ihr eigentlich egal, was die Experten sagten. Sie wollte nur für ihr Kind gesund sein.

Grayson hörte der Heilerin zu, dann fragte er Amelia: „Hast du irgendwelche Notfall-Schmerztränke oder Kräuter, um welche zu machen?"

„Ich will nichts tun, was dem Baby schadet", sagte sie mechanisch.

„Ich weiß. Sie sagt, es gibt ein paar Dinge, die du probieren kannst, die sicher sind."

„Es spielt sowieso keine Rolle", erwiderte sie durch zusammengebissene Zähne. „Ich habe die letzten Tränke vor einem Monat weggeschmissen. Und was Kräuter angeht, wirst du nachsehen müssen. Ich weiß, dass ich Dill und Schnittlauch habe, aber ich bezweifle, dass die was gegen Schmerzen ausrichten."

„Ich sehe mir an, was du hast." Er verschwand in ihrer Küche. Ein paar Minuten später kam er mit einem grimmigen Ausdruck auf dem Gesicht zurück. „Das Einzige, was du hast, ist ein bisschen Ingwer, und es wäre besser, wenn du den mit grünem Tee nehmen würdest."

„Kein grüner Tee", sagte sie mit einem Zischen. „Ich bin ein Kaffeemädchen."

„Ist mir aufgefallen. Ich werde einen Ingwer-Honig-Trank machen. Das ist das Beste, was wir vorerst tun können. Aber ich hole erst etwas Eis."

Amelia stöhnte, doch sie wusste, dass er recht hatte. Vielleicht hätte sie einfach draußen im Schnee bleiben sollen.

Ein Klopfen erklang an der Tür. Instinktiv versuchte Amelia sich hochzuschieben, gab den Gedanken aber sofort auf, als ein Stechen in ihr Bein schoss. „Heiliger Amor auf dem Hexenbesen", murmelte sie.

Die Tür ging einen Spalt breit auf, und Levi steckte den Kopf herein. „Amelia, es tut mir so leid, aber ich habe durch das Fenster gesehen, dass du auf dem Boden liegst. Ist alles in Ordnung?"

„Hey, Levi. Du brauchst dich nicht zu entschuldigen. Ich hätte es nicht zur Tür geschafft. Komm rein."

Der Teenager schlüpfte herein, mit Silas und einem felligen gelben Welpen gleich dahinter.

„Ich hoffe, das macht nichts. Wir haben Cappy dabei. Wir wollten nicht, dass ihm zu kalt wird", sagte Silas.

„Überhaupt nicht", erwiderte Amelia, die sich innerlich wand, weil sie das süße Ding nicht in die Arme nehmen konnte. „Er ist goldig."

„Danke." Silas lächelte sie dankbar an, während sie ihre Stiefel und Jacken auszogen. Als sie fertig waren, ging Levi, um sich neben ihr auf den Boden zu setzen, während Silas den Welpen zurückhielt, damit er sie nicht gleich ansprang. „Was ist passiert?", fragte er.

„Hexenschuss. Grayson macht einen Ingwertrank, damit wir loskönnen, um zum Heiler zu fahren. Was bringt euch beide her?"

Silas, der sich auf ihrer Couch eingerichtet hatte, mit dem Welpen zu seinen Füßen, beugte sich vor und sagte: „Im Haus Ansell ist der Strom weg. Wir wollten kommen und nachsehen, wie die Dinge hier laufen." Er schaute sich um. „Sieht aus, als wären wir die einzigen Unglücklichen."

Amelia sagte: „Ich hoffe, das bleibt so. Hast du irgendeine Ahnung, was bei euch den Strom gekappt hat?"

„Wir haben keine umgeknickten Leitungen gesehen."

„Ihr dürft gerne bleiben, bis ihr den Berg runter könnt oder der Strom wieder da ist", sagte Amelia. „Ich habe genug zu essen, und ich bin ziemlich sicher, falls wir auch einen Stromausfall haben sollten, gibt es hier einen Generator."

„Meiner wird erst nächsten Monat installiert", sagte Silas mit einem Seufzen. „Das Gerät, das wir bestellt haben, war gerade ausverkauft. Danke. Ich weiß das zu schätzen."

„Kein Problem." Sie lächelte dem Schauspieler zu, dann wandte sie ihre Aufmerksamkeit Levi zu. „Was machst du hier auf dem Boden mit mir?"

„Wenn du dafür zu haben bist, kann ich, glaube ich, helfen", sagte er und deutete auf ihren Rücken. „Ich habe drüben in Eureka mit Heilerin Snow gearbeitet."

„Äh ..." Sie biss sich auf die Unterlippe, nicht sicher, was sie tun sollte. Der Schmerz war schrecklich, aber sie wollte nichts tun, was ihr Kind einem Risiko aussetzte.

„Was ist denn?", fragte er, seine Stirn war gerunzelt.

„Nichts, ich ..." Amelia schnaubte laut. „Ich bin schwanger, und ich will einfach nichts tun, was irgendwie schädlich sein könnte."

Levi fing an zu grinsen. „Das erklärt die gegenläufige Energie, die ich bei dir spüre. Ich muss sagen, das war echt seltsam, aber deine Schwangerschaft ergibt völlig Sinn."

„Du kannst meine Energie spüren?", fragte sie. „Geisthexe?"

Er nickte. „Deine Tochter ist auch eine starke. Ich glaube nicht, dass du dir Sorgen machen musst. Ich kann deinem Rücken helfen, ohne sie auf irgendeine Art zu beeinträchtigen."

„Du weißt, dass sie ein Mädchen ist?", fragte Amelia überrascht. „Wie?"

„Ich kann das einfach erkennen." Er musterte ihren Körper. „Leg dich links auf die Seite, dann kann ich helfen, glaube ich."

„Das sollte schon in Ordnung sein", sagte Grayson vom anderen Ende des Raumes aus. Er hielt eine Tasse, aus der sich Dampf hochringelte. „Gerry Whipple hat gesagt, ein Heiler könnte die Anspannung mit einer Berührung lösen."

Levi nickte. „Genau das habe ich vor."

Amelia holte tief Luft und zuckte zusammen, als der Schmerz wieder in ihr Bein hinabschoss. Mehr war nicht nötig, damit sie sich herumrollen wollte. „Leg los. Ich kann nicht den Rest meines Lebens hier auf dem Boden verbringen."

„Okay. Entspann dich einfach." Levi schloss die Augen und drückte die Hände aneinander. Nach einem Augenblick, in dem er sich sammelte, strich er mit den Fingern auf jeder Seite ihrer Wirbelsäule hinab. Es dauerte nicht lang, bis er den Bereich fand, der sich verspannt hatte, und dann plötzlich schien der Schmerz zu verfliegen.

„Huch. Das ist unfassbar", sagte Amelia, die es mit dem Atmen probierte und lächelte, als sie nichts als Erleichterung spürte. „Wie hast du das gemacht?"

„Levi ist eine sehr talentierte Hexe", sagte Silas mit einem Hauch Bewunderung.

Amelia rollte sich wieder auf den Rücken, um festzustellen, dass Levis Gesicht sich rosarot gefärbt hatte. Sie lächelte zu dem Teenager mit den Locken und freundlichen braunen Augen auf, legte eine Hand über seine. „Das bist du wirklich. Vielen Dank."

„Ich bin einfach nur froh, dass ich helfen konnte. Mach dir keine Sorgen wegen deiner Tochter. Sie ist perfekt."

In Amelias Augen brannten Tränen, und als sie sich zum Sitzen hochschob, ohne nur einen Hauch Schmerz zu spüren, schlang sie die Arme um ihn und zog ihn an sich. „Du bist ein Schatz, weißt du das?"

„Dankeschön." Seine Stimme wurde durch ihre Haare gedämpft, was sie zum Lachen brachte.

Als Amelia ihn losließ, warf sie einen Blick hinüber zu Silas. „Da hast du einen Guten erwischt. Sorg dafür, dass du ihn festhältst."

„Das habe ich vor." Silas hielt Levi eine Hand hin und zog ihn hoch, damit er sich neben ihm auf das Sofa setzte. Nachdem er Levi einen Arm um die Schultern gelegt hatte, flüsterte er dem jungen Mann etwas ins Ohr und küsste ihn dann auf die Wange.

Amelia legte sich eine Hand an die Brust. „Meine Güte, ihr beiden seid zu süß, um es in Worte zu fassen."

Sie lachten beide und beobachteten, wie Grayson Amelia hoch half, ihr einen Kuss auf die Schläfe drückte und ihr eine Tasse reichte. „Ich weiß, dass es dir besser geht, aber trink das trotzdem. Wenn irgendeine Entzündung bleibt, wird das helfen."

Sie nahm einen Schluck und war angenehm überrascht, als sie feststellte, dass der Ingwer nicht zu scharf war und sie den Trank tatsächlich mochte. „Der ist ziemlich gut."

Als sie sich wieder an die Jungs auf dem Sofa wandte, schauten sie beide immer noch zwischen ihr und Grayson hin und her.

„Was?", fragte sie.

„Nichts", sagte Silas, der versuchte, ein Grinsen zu verstecken, während Levi sagte: „Er ist der Vater deines Babys."

Amelia blinzelte ihn an, völlig verblüfft. „Woher hast du das gewusst?"

„Sie hat seine Energiesignatur." Levi lehnte sich auf dem Sofa zurück und verzog verlegen das Gesicht. „Tut mir leid.

Das ist mir einfach rausgerutscht. Ich hätte nicht so in eure Privatsphäre eindringen sollen."

„Schon in Ordnung", sagte Amelia mit einem nervösen Lachen. „Obwohl ich mich frage, was du sonst noch über uns weißt."

Er lachte. „Nichts. Es ist nur, dass ich ziemlich auf deine Energie fokussiert war, während ich an deiner Muskelverspannung gearbeitet habe. Ich lese nicht deine Gedanken oder so was."

„Wie schade aber auch", scherzte Silas, während er zwischen Grayson und Amelia hin und her deutete. „Denn da gibt es eine Geschichte. Das kann ich spüren."

Nun war es an Grayson, ein nervöses Lachen auszustoßen. „Sie ist nicht so aufregend. Ihr wisst schon, Junge trifft Mädchen. Junge verliebt sich in Mädchen. Junge schwängert Mädchen, verlässt die Stadt, und nachdem er sie dann wieder aufspürt, muss er sie überzeugen, ihm noch einmal zu vertrauen."

„Ach, das ist auf jeden Fall spannend", sagte Silas.

„Wie denn das?", fragte Amelia, fasziniert, dass er so interessiert schien.

„Es ist das, was eigentlich nicht gesagt wurde." Er lehnte sich vor, drückte seine Schulter an die von Levi. „Der interessante Part ist, weshalb er gegangen ist, und weshalb sie so sehr zögert, ihm zu vergeben. Wenn sie das lösen, dann können sie ihr glückliches Ende kriegen." Er zuckte mit den Schultern. „Oder zumindest funktioniert es so in den Filmen."

Levi stieß ein leises Lachen aus. „Wenn es nur immer wie im Film wäre."

„Hey. Für uns hat es funktioniert, oder nicht?", beharrte Silas.

Sein Freund zuckte mit einer Schulter. „Schätze schon."

Amelia starrte Grayson an und wusste, dass Silas hundertprozentig ins Schwarze getroffen hatte. Ihre Geschichte lag in den Einzelheiten und ihrer Vergangenheit. Das Problem war, keiner von ihnen war bereit gewesen, die Vergangenheit mit dem anderen zu teilen. Sie waren beide im Blindflug unterwegs, und man braucht kein Genie zu sein, um zu erkennen, dass sie, ohne diese Teile voneinander zu verstehen, vermutlich mitansehen würden, wie ihre Beziehung in sich zusammenfiel, bevor sie auch nur begann.

KAPITEL 6

$\mathcal{B}$is zum Mittag hatte es noch fast einen Meter mehr geschneit, aber zumindest hatte es aufgehört. Amelia und Silas waren in der Küche und machten einen Eintopf und selbst gebackene Semmeln zum Abendessen, während Cappy, der kleine Golden Retriever, sich in der Ecke zusammengerollt hatte und schlummerte.

Grayson, der unbedingt etwas tun wollte, rekrutierte Levi, um ihm zu helfen, den Schnee von der Veranda zu schaufeln. Sie gingen zum Holzschuppen, um die Zufahrt freizuräumen, damit Grayson loskonnte, sobald die Räumfahrzeuge kamen, um die Straße freizumachen.

Als sie fertig waren, ging Grayson hinein, um ihnen beiden einen Kaffee zu machen, und kehrte mit Cappy auf den Fersen zurück. Der Hund rannte die Stufen hinab und wirbelte im Schnee herum, während Grayson sich mit Levi auf die Stufen setzte, beide dankbar um das warme Getränk.

„Danke für die Hilfe", sagte Grayson.

„Kein Problem. Es tat gut, sich ein wenig zu bewegen. Mir gefällt es nicht, eingesperrt zu sein."

„Mir auch nicht", erwiderte Grayson, erinnerte sich plötzlich an düstere Tage, als er ein Kind gewesen und im Haus eingeschlossen worden war, ohne mit den Nachbarkindern spielen zu dürfen. Wie viele Wintertage hatte er am Fenster gesessen und sich verzweifelt gewünscht, durch den frischen Schnee zu laufen oder mit den anderen Kindern einen Schneemann zu bauen? Aber seine Pflegemutter hatte den nassen Schlamassel nicht gewollt, der immer damit einherging, dass Kinder draußen herumliefen, also hatte sie ihn stattdessen gezwungen, entweder still zu sitzen oder Aufgaben zu erledigen oder sich Fernsehzeit in dem grusligen Keller zu verdienen, wo ihr Mann das Sagen hatte.

Grayson konnte den leicht übergewichtigen Mann immer noch mit seiner Bierdose in der Dunkelheit sitzen sehen, eine Zigarette in der anderen Hand, während er die Kinder beobachtete, die unbedingt ihre Cartoons sehen wollten. Er hatte nie etwas gesagt, nur beobachtet. Aber die finstere Energie, die von ihm ausgestrahlt war, hatte in Grayson eine Angst ausgelöst, die er niemals vergessen hatte.

Levi regte sich neben ihm und räusperte sich. „Ist alles in Ordnung?"

Grayson drehte sich, um den jungen Mann anzusehen. „Ja. Natürlich. Weshalb sollte es das nicht sein?"

„Du hast nur gerade ..." Er schüttelte den Kopf. „Deine Energie hat eine Signatur. Leicht, hell, irgendwie einladend. Aber plötzlich fühlte sie sich ganz schwer an, und ... Ich weiß auch nicht. Das bedeutet normalerweise, dass jemand beunruhigt ist." Levi verzog das Gesicht und warf ihm einen schmerzerfüllten Blick zu. „Ach, egal. Tut mir leid. Das geht mich nichts an. Ich hätte das nicht sagen sollen."

„Mach dir keine Sorgen deswegen", sagte Grayson mechanisch, während er aufstand, sich nicht so entblößt fühlen wollte. Levi hatte recht. Er war beunruhigt. Es kam selten vor, dass er sich gestattete, wieder an diese Tage zu denken, als er in der Elk Street gewohnt hatte, bevor Kira nebenan eingezogen war, und er endlich jemanden gehabt hatte, dem er wichtig war. „Ich habe eine Idee. Warum bauen wir Amelia keinen Schneemann?"

Levi lachte. „Echt? Warum?"

Grayson zuckte mit den Schultern. „Das gibt uns was zu tun, damit wir nicht im Haus rumsitzen. Außerdem macht es Spaß, oder?"

„Wenn du das sagst." Levi stand auf, zog seine Handschuhe an, und die beiden machten sich an die Arbeit, sammelten Schnee für ihr Projekt, während Cappy sich weiterhin verausgabte, indem er eingebildeten Schneebällen hinterherjagte. Es dauerte nicht lang, bis sie sich wirklich darauf einließen und begannen, an einer Schneefamilie mit zwei Erwachsenen und einem Kind zwischen ihnen zu arbeiten.

Als sie fast fertig waren, rückte Levi davon ab, musterte ihre Arbeit. „Weißt du, so was habe ich als Kind nie gemacht."

In seinem Tonfall lag eine Traurigkeit, die Grayson nachvollziehen konnte. „Ich auch nicht. Das ist verrückt, denn ich bin in Massachusetts aufgewachsen."

Levis Augenbrauen gingen hoch. „Echt? Wow. Ich bin hier in Kalifornien aufgewachsen, aber in unserem Städtchen hat es nicht oft geschneit. Und die paar Mal, als es so war, war ich nicht wirklich in der Lage, viel zu tun, außer einfach nur zu überleben."

Grayson warf ihm einen Blick zu. „Klingt heftig."

Levi zuckte mit den Schultern. „War es. Mein Dad hat mich rausgeworfen, und der einzige Ort, an den ich gehen konnte, war zu meinem Onkel. Er war kein guter Mann. Das Leben war ziemlich schlecht, bis das Universum Hope in mein Leben geführt hat. Seither ist es besser."

„Das klingt vertraut", sagte Grayson, der Fragen zu Levis Leben unterdrückte. Es gab ein paar Dinge, die besser ungesagt blieben. Er war nur allzu vertraut mit dem Schmerz, ein Trauma aus der Vergangenheit wieder zu erleben. Aber verdammt sollte er sein, wenn er Levi die Verpflichtung auferlegte, darüber zu reden.

„Du warst auch obdachlos?", fragte Levi, der überrascht klang.

„Bei Pflegeeltern", sagte er nüchtern. „Es war schrecklich ... bis Kira nebenan einzog. Sie hat die Dinge besser werden lassen."

Levi nickte, sagte aber nichts. Das musste er nicht. Sie verstanden einander.

„Ich glaube, sie brauchen Schals", sagte Grayson plötzlich. „Ein wenig Farbe reinbringen."

„Ja. Klingt nach einer guten Idee", erwiderte Levi, während er Zweige als Arme für die Schneeleute holte.

„Ich habe Schals", ließ sich Amelia hinter ihm vernehmen.

Überrascht fuhr Grayson herum, stellte fest, dass sie oben an den Verandastufen stand, mit Cappy, der bereits auf der Veranda war und an ihren Beinen hinaufsprang, um ihre Aufmerksamkeit zu bekommen. Sie bückte sich und streichelte den Welpen, völlig unbeeindruckt von dem nassen Hund. „Amelia", sagte er mit einem nervösen Lachen. „Wie lange stehst du schon da?"

„Nicht lang", sagte sie mit einem weichen Lächeln, was ihn zu der Frage brachte, wie viel von der Unterhaltung sie mitgehört hatte. „Ich wollte euch Jungs einfach nur wissen lassen, dass der Eintopf fertig ist" Sie nickte zu der Schneefamilie hin. „Tolle Arbeit."

„Wir sind sehr stolz auf uns", sagte Grayson, der sie angrinste.

„Ja. Das ist womöglich meisterhafte Bildhauerkunst", fügte Levi an.

Amelia lachte. „Ich würde euch einen Orden verleihen, aber erst braucht ihr diese Schals." Sie wies mit dem Kopf auf die Eingangstür. „Kommt rein, holt euch was zu essen, dann könnt ihr eure Schneeleute einkleiden."

Die beiden Männer folgten Amelia und dem Hund nach drinnen, und nachdem sie sich die Hände gewaschen hatten, setzten sie sich alle an den Tisch zum Abendessen. Cappy sprang an Silas hinauf, aber als Silas ihm befahl, sich hinzusetzen, senkte er seinen kleinen Hintern gehorsam auf den Boden. Und nachdem Silas ihm einen Happen gegeben hatte, legte sich der Welpe platt wie eine hingeworfene Marionette in der Nähe seiner Füße hin.

„Beeindruckend", sagte Amelia.

Er zuckte halb mit den Schultern. „Das Set, auf dem ich gerade war, hatte eine Hundetrainerin. Sie hat die meiste Arbeit erledigt."

„Lass dich von ihm nicht täuschen, Amelia", sagte Levi. „Er verbringt mehr Zeit mit Cappy als mit irgendjemand sonst. Ich bin mir nicht sicher, wer hier wen um den Finger gewickelt hat ... oder die Pfote, schätze ich. Denn Cappy ist völlig verdorben, würde aber auch alles für ihn tun. Ich? Vergiss es." Er stieß ein leises Lachen aus und schüttelte den Kopf. „Wie gut, dass er so süß ist, ansonsten hätten wir inzwischen mal ernste Worte gewechselt."

Sie lachten alle und ließen sich das Essen schmecken.

„Das riecht schon so lecker", sagte Grayson, sein Magen grollte vor Hunger. „Silas, kochst du viel zu Hause?"

Der Schauspieler schüttelte den Kopf. „Dieser Tage ist

dafür nicht viel Zeit. Aber mir gefällt das Gefühl, etwas mit den eigenen Händen zu machen. Wenn ich einen Job habe, ist es fast nur Lieferessen. Nur wenn ich hier bei Levi bin, habe ich Zeit, selbst was zu kochen." Er griff hinüber und drückte die Hand seines Freundes, bevor er anfügte: „Leider kommt es dazu nicht so oft, wie es mir recht wäre."

„Er ist erst ein paar Tage zu Hause", sagte Levi, den Blick fest auf den Eintopf gerichtet. „Bald muss er zurück nach Kanada, um einen Film fertig zu drehen."

„Im März bin ich wieder da", sagte Silas, seine Stimme voll erzwungener Fröhlichkeit.

„Am 30. März", verbesserte Levi. „Diesmal sechs Wochen." Die Bitterkeit in seiner Stimme ließ sich nicht leugnen.

Silas seufzte. „Ich weiß. Es ist zu lang, aber ich habe nicht wirklich eine Wahl. Du könntest mich besuchen kommen."

Levi nickte und schob dann den Eintopf in seiner Schale herum.

Grayson, der mehr als einmal schon an Levis Stelle gewesen war, lächelte dem Kleinen mitfühlend zu. „Zumindest musst du dich nicht mit aufdringlichen Paparazzi, unbequemen Betten und langweiligem Essen vom Catering herumschlagen."

Silas beäugte ihn. „Du klingst, als hättest du schon mal als Schauspieler gearbeitet."

„Ich?", fragte Grayson überrascht. „O nein. Ich … war mal eine Weile mit jemandem in diesem Geschäft zusammen. Es gab eine Menge, das nicht so toll daran war, ein Promi zu sein, aber das Schlimmste war die fehlende Privatsphäre. Niemand sollte einem solchen Level an Beobachtung ausgesetzt sein."

„Dazu sage ich Amen", erwiderte Silas, der sein Glas mit Malzbier hob.

„Wirklich?", fragte Amelia mit großen Augen. „Mit wem denn?"

Scheiße. Was hatte er sich denn bloß gedacht? Das war der Grund, weshalb er niemals über Kira redete. Es war zu leicht, etwas auszuplaudern. Was sollte er denn sagen? Dass er eine Vertraulichkeitsvereinbarung mit der einen Person hatte, der er jemals wichtig gewesen war? Es war die Wahrheit, aber es auszusprechen, gab ihm das Gefühl, dass er sich übergeben musste. Er zog eine Grimasse und verlegte sich auf die einstudierte Lüge, die er in all den Jahren erzählt hatte, als er sich in dieser Position befunden hatte. „Es war jemand aus dem Umfeld von Katy Carmichael. Sie hieß Kira." Das war fast die Wahrheit. Irgendwie.

Silas runzelte die Stirn. „Was für Rollen hat sie gespielt?"

„Sie hatte ein paar Rollen, ohne dafür genannt zu werden", log er. „Hauptsächlich hat sie gemodelt. Zum Großteil auf Laufstegen und für Kataloge. Aber weil sie Teil von Katys Gruppe war, habe ich einen direkten Blick auf das Leben als Promi mitbekommen. Das war nicht hübsch." Sobald Katys Stern am Aufsteigen gewesen war, war das eigentlich der Anfang des Endes für sie gewesen. Es war kein Leben, für das Grayson gemacht war.

„Es kann brutal sein", sagte Silas.

„Für diejenigen, die zurückbleiben", ergänzte Levi verbittert und stand auf. Er legte seine Stoffserviette auf den Tisch, murmelte ein Dankeschön und machte sich auf zur Hintertür.

„Levi!", rief Silas. „Wohin gehst du denn?"

„Raus. Ich brauch nur mal kurz." Silas wollte ihm schon nach, doch Levi schüttelte den Kopf und sagte: „Nicht. Nicht jetzt."

Silas setzte sich wieder und sank in seinem Stuhl zusammen. Er kniff die Augen zu und murmelte: „Verdammt."

„Er fängt sich schon wieder", sagte Grayson leise. „Ich kenne ihn nicht gut, aber nachdem ich den Nachmittag mit ihm verbracht habe, ist es ziemlich offensichtlich für mich, dass du ihm wirklich wichtig bist."

„Ich weiß, dass ich das bin, aber wir bekommen im Augenblick so wenig Zeit miteinander, und ich weiß einfach nicht, ob er irgendwie zu dem Schluss kommt, dass das für ihn in Ordnung ist", sagte Silas mit einem Seufzen. Er starrte auf die Hintertür, durch die Levi verschwunden war, das Verlangen, ihm zu folgen, stand ihm klar ins Gesicht geschrieben. „Ich hätte sechs Wochen hier sein sollen und dann zu einem weiteren Dreh aufbrechen, aber der Job wurde verschoben, und jetzt soll ich morgen los. Ich habe ihn gebeten, auf Besuch zu kommen, aber er hat seine eigene Sache mit Heilerin Snow am Laufen. Außerdem ist Geld ein Problem. Ihm gefällt es nicht, wenn ich für alles bezahle."

„Das ist verständlich", sagte Grayson leise. „Es ist schwer, von demjenigen getrennt zu sein, den man liebt. Es ist sogar noch schwerer, wenn man das Gefühl hat, dass man nichts beizutragen hat." Grayson identifizierte sich mit Levi mehr, als er zugeben wollte.

„Ich weiß. Ich weiß nur nicht, was ich dagegen unternehmen soll." Silas schaute Amelia an. „Würdest du ihm nachgehen? Dafür sorgen, dass es ihm gut geht?"

„Natürlich." Sie drückte Silas die Hand, packte sich in eine Jacke ein und schlüpfte nach draußen.

„Kann ich dir einen Rat von jemandem mitgeben, der schon an Levis Stelle gestanden hat?", fragte Grayson.

„Ich bin ganz Ohr, Mann", sagte Silas, der gequält wirkte. „Levi ist der wichtigste Mensch in meinem Leben."

Grayson nickte. „Ich sehe schon, dass er die wirklich wichtig ist. Also, es ist so … Du bist jung, darum bin ich sicher, dass jeder um dich herum dir sagt, dass du Entscheidungen treffen musst, die für dich persönlich am besten sind, nicht für deine Beziehung."

„Ja. Niemand erwartet, dass wir zusammen bleiben. Selbst meine Schwester Shannon, die toll ist und Levi liebt, sagt mir immer, dass ich ihn nicht in meine Karriereentscheidungen einbeziehen kann."

„Und sie hat recht. Zum Großteil. Aber ich schätze, wenn sie das sagt, bedenkt sie vermutlich nicht deine Bedürfnisse außerhalb deiner Karriere", sagte Grayson.

Silas runzelte die Stirn. „Ich glaube nicht, dass das stimmt. Shannon liebt mich und ist immer darauf bedacht, meine Entscheidungen zu unterstützen. Wenn ich ein Projekt nicht machen möchte, ist sie immer auf meiner Seite, selbst wenn alle anderen glauben, dass es der richtige Schritt für meine Karriere ist."

„Das ist gut. Du hast Glück, dass du sie hast. Nicht alle jungen Stars haben jemanden wie sie, der sich für sie einsetzt. Aber das ist etwas anderes, als zu wissen, was du da drin brauchst." Grayson tippte sich auf seine Brust. „Ich sage nicht, dass du deine Beziehung mit Levi über deine Karriere stellen solltest, insbesondere, wenn er nicht unterstützt, was …"

„Levi unterstützt mich. Das ist nicht das Problem", beharrte Silas.

„Toll. Das höre ich gerne. Ich sage nur, dass du auch auf dich achten musst. Wenn es für dich wichtig ist, Zeit mit ihm verbringen, dann mach es zu deiner Priorität, denn nichts ist wichtiger als die Leute, die dir wichtig sind. All der Ruhm und alles Geld der Welt können die Verbindung nicht ersetzen, die du zu demjenigen hast, den du liebst. Und noch schlimmer, wenn du es zulässt, können der Ruhm und die Bekanntheit die Verbindung zerstören, die ihr habt. Lass dich einfach nicht von all dem mitreißen, oder du könntest feststellen, dass du alles auf der Welt hast, nur nicht den, den du am meisten liebst."

Silas starrte ihn lange an. „Du klingst wie ein Mann, der aus Erfahrung spricht."

„Das könnte man so sagen."

„Es ist doch mehr an dieser Geschichte mit, wie heißt sie noch … Kira?", fragte er.

„Ja. Aber das ist eine Geschichte für einen anderen Zeitpunkt. Denk nur daran, was ich gesagt habe. Levi hat mehr verdient, als in einem Hotelzimmer zurückgelassen zu werden, während du achtzehn Stunden am Tag damit verbringst, an einem Film zu arbeiten."

KAPITEL 7

„Hallo auch", sagte Amelia, die Levi fand, während er am Geländer ihrer hinteren Veranda lehnte.

„Hi." Er verzog das Gesicht. „Tut mir leid, dass ich da drin eine Szene gemacht habe."

„Du hast keine Szene gemacht. Du bist nur wütend." Sie richtete sich am Geländer neben ihm ein. „Willst du darüber reden?"

„Was gibt es denn zu sagen?" Er starrte auf den Schnee hinaus, der ihr Grundstück bedeckte. „Silas' Karriere geht so richtig ab. Damit kann ich nicht mithalten."

„Da habe ich gute Nachrichten", sagte sie, lächelte ihn sanft an. „Du musst nicht mithalten. Darum geht es bei Beziehungen nicht."

„Bei *manchen* Beziehungen. Er ist nie da. Nicht mehr. Vier Tage. Mehr bekomme ich nicht, und dann ist er wieder weg und macht was, und ich weiß nicht mal, was."

Amelia runzelte die Stirn. „Befürchtest du, dass er mit jemand anderem zusammen ist, während er weg ist?"

Levis Augen wurden groß. „Nein. Überhaupt nicht. Er ist

nur … immer beschäftigt, ohne die Zeit zu haben, auch nur einen Videoanruf zu machen. Das ist echt schwer."

Amelia nahm seine Hand und drückte sie. „Das klingt nach einer Herausforderung. Ich schätze, du musst dich wohl fragen, ob er es wert ist, auf ihn zu warten."

„Natürlich ist er das." Er zog seine Hand weg und fuhr damit voller Frust durch seine Haare. „Ich weiß nur nicht mehr, ob er glaubt, dass ich es wert bin."

„Ach, Levi", sagte Amelia sanft. „Ich denke nicht, dass er plötzlich aufhört, mit dir zusammen sein zu wollen. Aber deine Ängste sind nicht von Hand zu weisen, und das ist etwas, womit ihr beiden euch wahrscheinlich mal hinsetzen und drüber reden solltet. Sag ihm, was du empfindest, damit ihr beide damit umgehen könnt."

„Das kann ich nicht machen", erwiderte er, seine Augen waren aufgerissen, während er sich umschaute, als würde Silas gleich vor ihm aus dem Boden wachsen. „So eine Art Druck braucht er nicht. Außerdem, was, wenn er mir sagt, dass er das zu schwierig findet, und es beendet? Ich bin …" Er schüttelte den Kopf. „Dafür bin ich nicht bereit."

Sie lachte leise.

Er riss den Kopf nach oben und sah sie aus zusammengekniffenen Augen an. „Worüber lachst du denn?"

„Mein Lieber, wenn ich raten müsste, würde ich sagen, du bist der eine Mensch, den Silas niemals fallen lassen möchte. Ich habe den ganzen Tag zugehört, wie er über Hollywood redet. Und so, wie es klingt, bedeutet ihm eigentlich nichts davon etwas, bis auf die tatsächliche Schauspielkunst. Für mich sieht es so aus, als wärst du sein sicherer Hafen abseits des ganzen Rummels. Ich weiß, dass du dir Sorgen um die Zukunft machst und um die Zeit, die ihr zusammen bekommt, aber rede einfach mit ihm, okay?"

Levi sah nicht direkt überzeugt aus, doch er nickte. Und einen Augenblick später folgte er ihr zurück ins Haus.

Silas sprang vom Tisch auf, Cappy eilte ihm nach. „Levi, ich – es tut mir leid." Er legte die Arme um den jungen Mann und flüsterte ihm etwas ins Ohr.

„Komm schon", sagte Amelia, die Grayson an der Hand nahm und ihn zum Wohnzimmer zog. „Geben wir ihnen einen Augenblick."

„Ist mit Levi alles in Ordnung?", fragte Grayson, sein Tonfall eher besorgt als neugierig, als er sich auf das Sofa niederließ.

„Ich glaube, das wird schon, wenn sie eine Möglichkeit finden, über ihre Ängste zu reden", sagte Amelia, während sie sich in den großen Sessel setzte.

„Ich verstehe." Grayson runzelte die Stirn, zwischen seinen Augen bildete sich eine kleine Falte. „Das könnte schwieriger sein, als du dir vorstellen magst."

Amelia hob überrascht die Augenbrauen. „Warum? Sie wirken beide wie aufrichtige Jungs."

„Aufrichtigkeit ist nicht das Problem." Grayson strich sich mit den Fingern übers Knie. „Es ist Mut. Levi hat ein paar ziemlich klassische Verlustängste. Da Silas eine Menge weg ist, wird das ein wiederkehrendes Problem werden."

„Wie kommst du denn darauf?", fragte sie neugierig.

„Nur eine Unterhaltung, die wir heute geführt haben. Levi und ich haben eine Menge gemeinsam."

„Ihr habt beide Verlustängste?", fragte sie schockiert. Es war das erste Mal, dass Grayson etwas auch nur annähernd Persönliches aus seinem Leben angedeutet hatte.

„Äh, das hätte sich auf Levi beziehen sollen", sagte er leise.

Frust brodelte in ihrer Brust hoch, sodass es ihr schwerfiel, zu atmen. Wie sollte sie irgendeine Art Beziehung mit ihm haben, wenn er sich niemals auch nur ein kleines bisschen öffnete? „Das klingt nicht, als wäre Levi derjenige mit dem Mut-Problem. Wie soll ich dir denn vertrauen können, wenn du mir niemals was erzählst?"

Er kniff die dunklen Augen zusammen, seine Schultern spannten sich an. Er wirkte, als wäre er bereit zur Flucht, nur dass er nirgendwohin konnte. „Willst du das wirklich so machen, Amelia?"

„Nein. Überhaupt nicht." Sie erhob sich, Schuldgefühle nagten an ihrem Inneren. Hatte sie sich wirklich hingesetzt und versucht, ihn dazu zu drängen, über etwas zu reden, das er eindeutig nicht besprechen wollte? „Es tut mir leid. Ich hätte das nicht sagen sollen." Sie bedeckte das Gesicht mit den Händen und stieß ein leises Stöhnen aus. „Es ist nur so, dass ich überhaupt nichts über deine Vergangenheit weiß, gar nichts. Das gibt mir das Gefühl, dass ich den Vater meines Kindes nicht kenne. Und ich sage das nicht, um dich dazu zu manipulieren, mir Dinge zu erzählen, über die du nicht reden willst. Ich erkläre nur, was bei mir los ist. Du hast gesagt, du willst, dass ich dir vertraue, aber du vertraust mir eindeutig nicht." Sie schüttelte den Kopf und fügte an: „Es war ein langer Tag. Ich lege mich mal hin. Sag Levi und Silas, dass sie gern über Nacht bleiben können, wenn sie möchten."

Grayson erwiderte gar nichts, während sie den Flur entlang zu ihrem Schlafzimmer ging. Sobald sie sicher im Inneren war, lehnte sie sich an die Tür und murmelte einen Fluch. Sie hatte nicht mit Grayson streiten wollen. Und auf gar keinen Fall wollte sie ihn dazu drängen, sich ihr anzuvertrauen. Er hatte angedeutet, dass er verlassen worden war. Vermutlich irgendeine Art Trauma. Das war nichts, was man einfach nur so ausplapperte.

Was war nur mit ihr los?

Sie kannte die Antwort auf diese Frage bereits. Amelia war immer noch verletzt, weil er sie verlassen hatte. Sie hatte ihm ihr Herz ausgeschüttet, und er hatte sie zurückgelassen, mit nichts als einer überraschenden Schwangerschaft. Das reichte doch aus, um jedes Mädchen leicht in den Wahnsinn zu treiben.

„Nimm dich zusammen, Amelia", tadelte sie sich. „Du kannst ihn nicht ständig für etwas bestrafen, wozu er völlig berechtigt war." Er hatte ihr niemals irgendwas versprochen. Sie hatten beide gesagt, dass die Beziehung nur locker war. Sie war diejenige gewesen, die Regeln gebrochen hatte, indem sie sich in ihn verliebt hatte. Und nun bestrafte sie ihn weiter dafür, dass er nicht genauso empfand. Es war nicht richtig, und sie musste das ein für alle Mal loslassen.

Enttäuscht von sich zog sie sich einen Satin-Schlafanzug an und kroch ins Bett. Dort lag sie eine Weile, starrte hinauf zur Decke, bis das graue Abendlicht sich in Dunkelheit verwandelte. Schließlich schlief sie unruhig ein und wurde achtzehn Jahre in die Vergangenheit katapultiert, zu einem regnerischen Tag an einem Bergsee.

Der Traum fing an, wie er es immer tat. Victoria saß auf dem Anleger, ihre Füße baumelten über dem Rand, sie hielt eine noch nicht angezündete Zigarette in der Hand.

„Die wirst du doch nicht rauchen, oder?", fragte Amelia, die die Nase über den wenig ansprechenden Gegenstand rümpfte.

„Natürlich rauche ich die. Weshalb sonst sollte ich sie aus Madisons Handtasche klauen?" Sie schnippte das Feuerzeug ein paarmal an und beobachtete, wie der Funke flog, aber nicht richtig zündete.

Madison war die dritte Frau ihres Vaters und nur sechs Jahre älter als die beiden Freundinnen. Mit einundzwanzig Jahren war Victorias neueste Stiefmutter dreiundzwanzig Jahre jünger als ihr Mann. „Sie wird es deinem Dad erzählen", sagte Amelia.

„Ihm ist es egal", sagte sie mit verdrehten Augen. Diesmal entstand flackernd eine Flamme, und sie schob sich die Zigarette zwischen die Lippen, während sie daran zog und meisterhaft die gestohlene Marlboro Red anzündete. Nachdem sie den Rauch aus ihrer Lunge geblasen hatte, fügte sie an: „Solange ich sie nicht störe, wenn sie sich zum Ficken ins Schlafzimmer zurückziehen, interessiert es ihn einen Scheiß, was ich mache."

Ihre giftige Stimme machte Amelia stutzig. Noch nie hatte sie ihre Freundin so reden hören. Es war nicht die Gossensprache, die sie schockierte, es war der reine Ekel, der auf ihren Vater zielte. Victorias Mutter war gestorben, als sie ein Baby gewesen war, sodass ihr Dad alleinerziehend geblieben war. Die beiden waren unzertrennlich gewesen, und Victoria verehrte ihn. Nichts hatte sich zwischen den beiden verändert, als er vor drei Jahren Carol geheiratet hatte, und Amelia hatte gedacht, Victoria hätte die Familie bekommen, die sie sich immer gewünscht hatte.

Dann war es hässlich geworden.

Carol hatte ihren Dad vor knapp einem Jahr beim Fremdgehen mit Madison erwischt, und ihr Leben flog ihnen um die Ohren. Victoria war am Boden zerstört, als Carol wegging und regelrecht trotzig, als Madison einzog. Aber jetzt? Sie klang verbittert und wütend und überhaupt nicht wie das fröhliche, sorglose Mädchen, das seit der ersten Klasse Amelias beste Freundin war.

„Willst du heute Abend bei uns übernachten? Ich bin diese Woche bei meiner Mutter", bot Amelia an. „Es ist Pfannkuchenabend."

Victoria schüttelte den Kopf. „Nein. Ich habe Pläne mit Craig Baxton. Er bringt mich rauf auf den Hügel."

„Was?" Amelia beugte sich vor, roch die fies stinkende Zigarette und hustete, bevor sie flüsterte: „Weiß das dein Dad?"

„Natürlich nicht." Victoria schaute sie an, als hätte sie den Verstand verloren. „Warum sollte ich es ihm erzählen? Er würde mir nur sagen, dass Craig zu alt für mich ist. Als hätte er irgendeine Berechtigung, übers Alter zu reden. Dreiundzwanzig Jahre ist sehr viel problematischer als vier."

Amelia musste zugeben, dass ihre Freundin damit recht hatte. Nur das neunzehn so viel älter klang als ihre fünfzehn Jahre. Craig hatte bereits seinen Abschluss und war am College, während Amelia und Victoria gerade mal in der Mittelstufe waren. „Ich habe gehört, dass er letzte Woche Candy auf den Hügel mitgenommen hat."

In Victorias Augen blitzte Zorn. „Weshalb sagst du mir so was?"

„Weil ich mir dachte, du solltest es wissen. Darum", schoss Amelia zurück. „Du weißt, dass er dich nur aus einem Grund dorthin bringen will. Wie wirst du dich denn fühlen, wenn er nächste Woche mit einer anderem dort ist?"

„Hast du mal kurz darüber nachgedacht, dass ich vielleicht weiß, was ich tue?", fragte Victoria.

„Äh, nein", erwiderte Amelia aufrichtig. Sie machte sich viel zu viele Sorgen um ihre Freundin, um etwas zurückzuhalten. „Denn wenn du das tätest, würdest du wissen, dass er nur mit dir schläft und dann nie wieder mit dir redet. Ehrlich, Vic, wozu sollte er denn so ein junges Mädchen sonst ausführen? Warum sollte er denn nicht mit Mädchen vom College ausgehen? Hältst du es nicht für merkwürdig, dass er an dir interessiert ist, wenn es einen riesigen Campus voller Mädchen in seinem Alter gibt?"

„Soll ich dir was sagen?", fragte Victoria, ihre Stimme tödlich ruhig, während sie aufstand.

„Was?" Amelia erhob sich, um sich ihrer Freundin zu stellen, und sie wurde so nervös, dass ihr der Magen wehtat. Sie wusste, was immer Victoria sagen würde, würde etwas sein, das sie nicht hören wollte.

„Ich habe Craig angemacht. Ich habe ihn gefragt, ob er mich auf den Hügel mitnimmt. Ich will, dass er mich fickt." Ihre Unterlippe bebte, und Tränen füllten ihre Augen, als sie fortfuhr: „Dann verstehe ich es vielleicht."

Amelia holte scharf Luft. „Victoria", sagte sie leise. „Nein. Das willst du doch nicht." Sie wollte ihre Freundin in die Arme nehmen, aber Victoria schüttelte den Kopf und zuckte zurück.

Victorias Fuß rutschte auf dem Rand des Anlegers aus, und einfach so fiel sie seitlich hinein, aber vorher ertönte noch ein lautes Knacken, als ihr Kopf auf die Holzbohlen traf.

„Victoria!" Amelia brüllte, während sie beobachtete, wie der Körper ihrer Freundin unter dem trüben Wasser verschwand. Sie wurde von Angst erfasst und ganz starr, konnte sich nicht bewegen, als pures Entsetzen sie wie angewurzelt am Anleger stehen ließ. Aber dann richtete sich ihr Blick auf das Wasser, wo Victoria verschwunden war, und Amelia schnappte heftig nach Luft. Irgendetwas an der kalten Luft, die auf ihre Lunge traf, riss sie aus ihrem Schock, und ohne noch einmal nachzudenken, tauchte sie in den eiskalten See, suchte panisch nach ihrer Freundin.

Amelia tauchte ins Wasser hinab, auf der Suche nach Victoria. Das Wasser war zu trüb, um etwas zu sehen, darum tauchte sie blind und suchte immer wieder, selbst als ihr ganzer Körper von der Kälte taub wurde, selbst als ihre Zähne klapperten. Sie wusste nicht, wie lange sie im Wasser war, aber sie brüllte den Namen ihrer Freundin jedes Mal, wenn sie an die Oberfläche kam, von Panik erfasst und beinahe außer sich, während Tränen über ihr Gesicht strömten. Schließlich erschien Victorias Vater und zerrte Amelia aus dem Wasser, um sie der bleichen Madison zu übergeben, während er selbst in den See sprang und erfolglos nach der Tochter suchte, die er bereits verloren hatte.

Amelia brach zusammen und schluckte, verloren in ihrer eigenen persönlichen Hölle, ohne die Vision vom letzten Augenblick ihrer

Freundin aufhalten zu können, als sie auf dem Anleger ausgerutscht war.

„AMELIA, WACH AUF", flüsterte ihr eine vertraute Stimme ins Ohr. „Ist schon okay, Kleine. Du bist in Sicherheit." Starke Arme legten sich um sie, wärmten ihre ausgekühlten Glieder.

„Victoria", murmelte Amelia, schmeckte salzige Tränen auf den eigenen Lippen. „Sie ist weg."

„Ssschhhh, es ist jetzt in Ordnung. Du bist in Sicherheit. Das verspreche ich."

Amelias Augen gingen flatternd auf, und sie starrte auf das verdunkelte Fenster. Sanftes Licht strömte in ihr vertrautes Zimmer, während starke, tröstliche Arme sie von hinten hielten.

Grayson. Er war in ihrem Bett, hielt sie fest, eine Hand auf ihrem Bauch, und die andere strich sanft durch ihre Haare. Sie wusste, dass sie sich von ihm lösen sollte, aber das konnte sie nicht. Sie war immer noch zu sehr von dem Traum erschüttert. Dem, den sie schon seit zehn Jahren nicht mehr gehabt hatte.

„Ach, du liebe Götter", hauchte sie. „Sind Levi und Silas noch hier?" Sie würde sterben, wenn sie sie im Schlaf schreien gehört hatten.

„Ja. Ich habe ihnen das Gästezimmer überlassen und bin ins Kinderzimmer gezogen. Es schneit wieder, und die Straßen sind noch immer nicht geräumt."

Sie stöhnte. „Wie laut war ich?"

„Ganz schön laut", flüsterte er. „Aber mach dir deswegen keine Sorgen. Jeder hat mal Albträume." Er drückte ihr einen leichten Kuss auf die Schläfe.

„Nicht solche", sagte sie, schloss die Augen und gönnte sich nur einen Augenblick, um getröstet zu werden, weil sie wieder in seinen Armen lag. Sie wusste, dass sie das nicht tun sollte, wenn man bedachte, dass ihre Beziehung im Unklaren war, aber sie war zu erschüttert, als dass es ihr im Augenblick etwas ausgemacht hätte.

„Willst du darüber reden?" In seinem Tonfall lag überhaupt keine Erwartungshaltung, und sie bekam sofort den Eindruck, wenn sie Nein sagte, würde er es auf sich beruhen lassen. Etwas, das sie vorhin nicht hatte tun können. *Verdammt.*

„Ja", sagte sie, von ihrer Antwort überrascht. Sie sprach nur noch selten über Victoria. Das Trauma ging nur einfach niemals weg. Ein Therapeut hatte ihr geholfen, Möglichkeiten zu finden, um damit zurechtzukommen, aber der Gedanke an ihre schöne Freundin und die Erinnerung an diesen letzten Tag waren immer problematisch. Doch nun, da sie den Traum wieder gehabt hatte, wusste sie, dass Reden das Einzige war, was ihre Gedanken beruhigen würde. Wenn sie nicht darüber redete, würde sie vermutlich denselben Traum erneut haben, bis sie den Mut fand, sich ihm wieder zu stellen.

„Okay. Ich bin hier", sagte er, schob ihr eine Haarsträhne hinters Ohr, während er sanft mit den Handknöcheln über ihre Wange strich.

Er war zu zärtlich. Zu fürsorglich. Es war genug, um ihr noch einmal ganz frisch das Herz zu brechen. Sie rollte sich herum, um ihn anzusehen, wollte sein Gesicht sehen, während sie redete. Er legte ihr eine Hand auf die Hüfte, hielt die Verbindung zwischen ihnen aufrecht, und lächelte sie beruhigend an.

„Als ich fünfzehn Jahre alt war, war ich dabei, als man beste Freundin am Ende eines Bootsanlegers ausgerutscht ist, sich den Kopf an einer der Holzbohlen gestoßen hat und im See verschwunden ist. Drei Tage vergingen, bevor ihre Leiche gefunden wurde."

Er schnappte scharf nach Luft. „Das ist echt furchtbar, Amelia. Es tut mir so leid. Niemand sollte so etwas durchmachen müssen, besonders nicht, wenn man fünfzehn Jahre alt ist."

„Du hast recht", sagte sie. „Das war der schlimmste Tag meines Lebens."

KAPITEL 8

*G*rayson wollte Amelia in die Arme nehmen und irgendwie das ganze Trauma absorbieren, das sie an diesem schicksalsträchtigen Tag erlitten hatte, als sie ihre Freundin verloren hatte. Ihm war diese Art Schmerz nicht fremd, und falls es möglich war, hätte er nur zu gerne diese Last von ihren Schultern genommen.

„Ich erinnere mich eigentlich gar nicht daran, dass ich in den See gesprungen bin", sagte Amelia. „Ich weiß, dass es so war, denn ich träume davon, aber soweit ich mich persönlich daran erinnere … ist es einfach nicht da."

„Es war ein traumatisches Ereignis", sagte Grayson, sein Herz brach für ihr jüngeres Selbst. Er hatte während seiner prägenden Jahre eine Menge schreckliche Dinge erlebt und verstand besser als die meisten, was sie durchgemacht hatte. „Da ist es schon sinnvoll, dass dein Unterbewusstsein es vor dir verborgen hat."

„Ich weiß eigentlich gar nichts mehr, nur, dass ich nicht aufhören konnte, nach ihr zu suchen." Amelias Stimme war nur ein Flüstern. „Ich war zwei Stunden im Wasser. Zwei

Stunden, Grayson. Und ich glaube nicht, dass ich aufgehört hätte, sie zu suchen, wenn Victorias Vater mich nicht aus dem See geholt hätte." In ihren Augen standen unvergossene Tränen. Ihre Stimme brach, während sie anfügte: „Ich konnte sie nicht aufgeben."

Eine einzelne Träne lief ihr über die Wange, und Grayson griff nach vorne, um sie mit dem Daumen aufzufangen.

Sie schloss die Augen und holte zitternd Luft. „Es ist sehr lange her, seit ich diesen Traum hatte. Ich weiß einfach nicht, warum er jetzt zurück ist."

Grayson ließ seinen Instinkt übernehmen und schloss sie in die Arme. Er zog sie dicht an sich, während er sich auf den Rücken legte, sie so nahm, dass ihr Kopf an seiner Brust ruhte. Träge strich er mit den Fingern über die zarte Haut an ihrem Hals und hoffte, seine Berührung würde sie beruhigen.

„Sie war die beste Freundin, die ich je hatte … und dann war sie fort. Wie kommt man denn jemals über so was hinweg?"

„Ich bezweifle, dass man das schafft", sagte er. „Man muss Wege finden, damit fertig zu werden."

Sie seufzte. „Ich schätze schon."

Zwischen ihnen wurde es still, aber es war diese Stille zwischen zwei Menschen, die keine Worte brauchten.

Grayson wünschte sich wieder mit allem, was er hatte, dass er ihr diesen Schmerz abnehmen könnte. Er hätte ihn nur zu gerne festgehalten und mit seinem eigenen Trauma aus der Vergangenheit verstaut, wenn es bedeutete, dass sie nicht wieder leiden musste. Aber er wusste, dass man den Schmerz eines anderen nicht lindern konnte.

„Es tut mir leid", sagte sie.

„Es gibt doch nichts, was dir leidtun muss, Amelia", sagte er, küsste sie oben auf den Kopf und hielt sie etwas fester.

„Doch, gibt es." Ihre Stimme war jetzt stärker, während sie den Kopf nach oben wandte, um ihm in die Augen zu schauen. „Wir hatten eine Übereinkunft, und ich habe mich nicht daran gehalten."

Er runzelte die Stirn. „Wovon redest du denn da?"

„Dieses Wochenende, das wir in Cape Cod verbracht haben. Der Abend, an dem ich dir gesagt habe, dass ich dich liebe. Das war ein Fehler. Das hätte ich nicht tun sollen."

Ein scharfer Schmerz schoss durch seine Brust bei dem Gedanken, dass sie dachte, es wäre ein Fehler, ihn zu lieben. Er verzog das Gesicht. Natürlich dachte sie das. Man sehe sich nur an, wie er sich benommen hatte. Er musste etwas sagen. Musste das zwischen ihnen richtigstellen. „Es ist niemals ein Fehler, jemandem zu sagen, wie man empfindet."

Sie nickte, ihre seidigen Haare kitzeln ihn am Hals. „Das stimmt. Nachdem ich Victoria verloren habe, habe ich mir vorgenommen, dass ich nichts zurückhalten würde. Dass ich den Leuten, die mir wichtig sind, sagen würde, was ich empfinde, denn das Leben ist einfach zu kurz. Man weiß nie, was passieren wird. Also tut es mir nicht leid." Amelia schob sich hoch und schaute in der Dunkelheit auf ihn herab. „Es tut mir leid, dass ich mich aufgeregt habe, als meine Erklärung nicht erwidert wurde. Ich wusste, dass du nicht nach was Ernstem oder Dauerhaftem suchst. Ich hatte kein Recht, zu erwarten, dass du meine Gefühle erwiderst."

Ach, zum Teufel, dachte Grayson. Die Worte, die er unbedingt hatte sagen wollen, steckten ihm immer noch im Hals. Nur dass es diesmal nicht nur Angst war, die dafür sorgte, dass er seine Gefühle schluckte. Wenn er es schaffte, diese Worte jetzt zu sagen, würde es sich falsch anfühlen. Als hätte er sie nur gesagt, weil sie verletzlich war, oder weil sie schwanger war und er das Gefühl hatte, es sagen zu müssen, um an ihrem Leben beteiligt zu sein. Keines dieser Dinge stimmte natürlich, aber der zeitliche Ablauf war ganz falsch. Sie brauchten Zeit, um an einen Punkt zu kommen, wo sie beide für diese Worte bereit waren.

Stattdessen zog er sie wieder nach unten und gab ihr einen Teil von sich, den er noch niemals jemandem gegeben hatte. Nicht einmal Kira. „Als ich ein Kind war, haben mich meine Eltern jedes Jahr an Weihnachten zum Sugarloaf gebracht. Sie hatten mich relativ spät im Leben, und alle meine Großeltern waren bereits gestorben, darum waren es nur wir drei."

„Du hast nur deine Eltern?", fragte sie, klang erstaunt, dass er überhaupt von seiner Vergangenheit sprach. Sie hatte vermutlich keine Ahnung, wie schwer das wirklich für ihn war. „Keine Geschwister? Ich dachte, du hättest einen Bruder in Pennsylvania oder so."

„Pflegebruder", verbesserte er, seine Stimme brach, als er das zugab. „Nein, keine weiteren Geschwister."

Sie schaute zu ihm auf, ihr Blick voller Verständnis. Grayson erwartete, dass sie weitere Fragen stellte oder etwas Unbeholfenes sagte, wie es Leute immer zu tun schienen, wenn ihnen klar wurde, dass er verwaist war. Aber das tat sie nicht. Sie wartete einfach nur geduldig, schien zu verstehen, dass er alles zu seiner Zeit eröffnen würde.

„Sie mieteten eine Ferienwohnung in der Nähe der Hänge, und wir sind über ganz Weihnachten Ski gefahren. Ich habe das Skifahren gelernt, nicht lange, nachdem ich gehen konnte, und als ich zehn Jahre alt war, war das unsere kleine Familientradition, anstatt ein großes Familientreffen an den Feiertagen abzuhalten."

„Das klingt wunderbar", sagte Amelia, die ihm die Hand drückte.

„Erinnerungen an diese Ausflüge sind das Einzige, was

mich durch die nächsten acht Jahre meines Lebens gebracht hat." Ihm wurde die Kehle eng, und er musste innehalten, um die schmerzhaften Gefühle vorüberziehen zu lassen. „An dem Weihnachtsfest, als ich zehn geworden war, hatten wir einen tollen Urlaub auf dem Berg, aber wir mussten am Ende einen Tag früher los, denn Dad wurde in die Arbeit gerufen. An diesem Tag hat es geschneit, und ich erinnere mich daran, dass Mom nervös wegen der Fahrbedingungen war. Aber Dads Boss hat klargemacht, dass er gebraucht wurde, oder sie würden seinen größten Kunden jemand anderem geben. Darum haben wir alles ins Auto gepackt und sind nach Hause gefahren."

Brach etwa seine Stimme? Er war nicht ganz sicher, denn in seinen Ohren klingelte es. Er ignorierte das Geräusch und zwang sich dazu, fortzufahren. „Es gab eine Menge Verkehr und ein paar Unfälle, die uns länger als üblich auf der Straße hielten. Und als es Nacht wurde, bildete sich auf dem Highway Eis. Wir waren nur ein paar Kilometer von zu Hause entfernt, als Dad über eine Eisplatte fuhr und wir ins Schleudern gerieten, frontal in ein anderes Auto."

Amelia stieß ein Keuchen aus, packte ihn fester. „Du warst in diesem Auto", flüsterte sie.

„Auf dem Rücksitz. Man musste mich mit der Rettungsschere rausschneiden. Ich hatte einen offenen Bruch am Bein und ein gebrochenes Handgelenk und ein paar innere Verletzungen. Meine Eltern starben beide beim Aufprall."

Über Amelias Gesicht liefen Tränen, und Grayson musste wegschauen, da auch in seinen Augen Tränen brannten.

„Nachdem ich aus dem Krankenhaus entlassen wurde, wurde ich in eine Pflegefamilie geschickt." Er zwang sich, sie anzusehen und ihre Tränen abzuwischen, noch während seine eigenen ungehindert über seine Wangen liefen. „Ich wollte nur, dass du weißt, dass ich deine Trauer verstehe. Du bist nicht mit diesem Schmerz allein, und wenn es etwas gibt, was ich tun kann, um deinen zu lindern, mache ich das."

„Grayson", hauchte sie und drückte ihren ganzen Körper an seinen. „Es tut mir so leid."

„Ich weiß." Er strich mit der Hand über ihre Haare. „Mir auch."

Sie legte ihre Finger um seine und fragte: „Darf ich fragen, was passiert ist, nachdem du in die Pflegefamilie gekommen bist?"

Er versteifte sich. „Ich kann …"

„Du musst nicht drüber reden", sagte sie rasch. „Ich bin mir sicher, es gibt Gründe, weshalb du noch nie vorher etwas davon erzählt hast."

„Die gibt es", sagte er, zog kurz im Betracht, die Unterhaltung an dieser Stelle zu verlassen, aber aus irgendeinem merkwürdigen Grund wollte er ihr den Rest erzählen. Oder zumindest eine verdichtete Version davon.

„Ich verstehe", sagte sie.

Er lächelte sie sanft an, dankbar, dass sie ihn nicht drängte. Irgendwie machte es das leichter, sich zu öffnen. „Ich war in dieser Pflegefamilie, bis ich achtzehn wurde. Es war kein guter Ort. So schlimm eigentlich, dass ich an dem Tag, als ich achtzehn wurde, ging und niemals wieder zurückblickte."

„Wie?"

„Meine Eltern hatten ein Sparbuch fürs College für mich angelegt. Es war nicht viel, aber es war genug, um mich zwei Jahre lang durchzubringen. Ich habe gearbeitet und für den Rest Kredite aufgenommen." Bei dieser Erklärung hatte er eine Menge weggelassen, aber alles, was er sagte, war die Wahrheit.

„Ich kann mir nicht vorstellen, wie das wohl für dich gewesen sein muss", sagte sie und griff nach oben, um die

Hand an seine Wange zu legen. „Ich wünschte, ich hätte damals für dich da sein können."

Er nahm ihre Hand und küsste sie. „Vielen Dank. Alles, was ich dir gerade erzählt habe, ist der Grund, weshalb ich dich und unser Kind niemals im Stich lassen werde. Meine Familie wurde mir genommen. Von der hier werde ich mich nicht abwenden."

Frische Tränen standen in ihren Augen, liefen ihr still ihre Wangen hinab. Sie öffnete den Mund, um etwas sagen, schloss ihn dann wieder und umarmte ihn nur fest.

Es dauerte nicht lang, und sie schliefen so ein, mit Amelia in seinen Armen. Und zum ersten Mal in seinem Leben seit dem katastrophalen Tag, an dem er seine Eltern verloren hatte, hatte er das Gefühl, er wäre nach Hause gekommen.

KAPITEL 9

melia wachte früh auf, die schwache Februarsonne strömte durch ihr Fenster. Grayson lag neben ihr, einen Arm um ihre Mitte geschlungen, hielt sie fest. Sie waren beide immer noch ganz bekleidet, und, soweit sie es sagen konnte, hatte sich keiner von ihnen mehr geregt, seit sie in der Nacht zuvor endlich wieder eingeschlafen war.

Vorsichtig schlüpfte sie aus seinem Griff und verschwand in ihrem Bad. Sie ließ ihn schlafen, als sie das Bad zehn Minuten später wieder verließ, und tappte in die Küche, um festzustellen, dass ihre Übernachtungsgäste dort waren, die Arme umeinander gelegt, während sie über irgendetwas lachten. Cappy, der goldene Welpe, saß zu ihren Füßen, schaute bewundernd zu ihnen auf. Sie grinste sie an. „Na, hallo."

„Guten Morgen", sagte Silas, der Levi losließ, während seine Augen funkelten und ein großes Lächeln auf sein Gesicht trat.

„Morgen." Levi wurde etwas Rot und lächelte sie ebenfalls

an. Es war deutlich, dass die beiden ihre Differenzen zumindest vorerst ausgesprochen hatten.

Amelia schaute sich das Frühstück an, das sie gemacht hatten. „Was ist denn das alles?"

„Ein Dankeschön für ... alles", sagte Silas. „Wir waren uns nicht sicher, was du und Grayson mögt, darum haben wir ein bisschen was von allem gemacht." Er deutete auf die Eier, den Speck, die Pfannkuchen und den Toast.

„Wow. Das hättet ihr doch nicht tun müssen. Aber es sieht herrlich aus. Vielen Dank." Sie griff nach ihrer Kaffeetasse, aber Levi kam ihr zuvor.

„Ich übernehme das. Setz dich hin. Ich bringe ihn dir." Er machte sich an die Arbeit, setzte eine frische Kanne auf, während Silas ihr einen Stuhl herauszog, damit sie sich setzen konnte.

„Entkoffeiniert, bitte. Ihr zwei legt euch aber ins Zeug. Echt, das hättet ihr nicht tun müssen", sagte sie. „Ihr beiden seid jederzeit willkommen."

Silas und Levi schauten einander an, eine stillschweigende Unterhaltung ging zwischen ihnen hin und her, bevor sich Silas neben sie setzte und sagte: es „Es ist nicht nur die Gastfreundschaft. Die Ratschläge, die du und Grayson uns gegeben habt ... Na ja, sagen wir einfach, wir haben ein paar Dinge gelöst."

Amelia beobachtete, wie sie einander fast scheu anlächelten. Für sie und Grayson war es eine emotionale Nacht gewesen, aber die beiden jungen Männer in ihrer Küche füllten ihr Herz mit Freude. Die Liebe zwischen ihnen ließ sich nicht leugnen. Sie waren wirklich jung, aber sie hoffte echt, dass sie es schafften, das, was sie hatten, für die Dauer zu bewahren. „Das höre ich richtig gerne."

„Ich auch", sagte Grayson, der im Eingang auftauchte, in

seiner Wollhose und einem weißen T-Shirt. Er sah umwerfend aus, seine Haare leicht zerrauft und mit einem Zwei-Tage-Bart. Sein Blick landete auf Amelia, und der zärtliche Ausdruck auf seinem Gesicht ließ sie innerlich schmelzen.

„Morgen", sagten sie alle gleichzeitig.

Er lachte leise. „Morgen. Was ist denn hier los?"

„Frühstück", erwiderte Silas, reichte ihm eine Tasse Kaffee.

„Danke, Mann."

Nachdem Levi Amelia ihren Kaffee gereicht hatte, traten die beiden jungen Männer zurück, und Levi sagte: „Wir brechen dann mal auf."

„Geht der Strom wieder?", fragte Amelia.

Silas zuckte mit den Schultern. „Da bin ich nicht sicher. Aber sie haben die Straße geräumt, wenn es also nicht der Fall ist, packe ich alles und wir gehen rüber zu Levi."

Amelia stand auf und umarmte zuerst Levi. Und dann, als sie Silas umarmte, sagte sie: „Es freut mich, dass wir die Gelegenheit bekommen haben, euch kennenzulernen. Es tut mir leid, dass du so schnell wegmusst. Wenn du willst, dass ich dein Haus im Auge behalte, sag es nur."

„Levi wird da sein, zumindest teilweise, aber ja. Es wäre mir sehr recht, wenn du alles im Auge behältst, besonders, falls ein Sturm kommt."

„Das mache ich gerne."

Grayson stand auf und schüttelte beiden die Hände. „Mach deine Arbeit gut", sagte er zu Silas. „Und wenn du fertig bist, denk an das, was am wichtigsten ist."

Er nickte feierlich, und dann brachen die beiden auf, Cappy gleich hinter ihnen.

„Ich mag sie wirklich", sagte Amelia, die an einer Scheibe Toast knabberte.

„Sind gute Jungs", stimmte Grayson zu.

„Jungs." Amelia lachte leise. „Ich weiß, dass sie noch Teenager sind, aber das sind die reifsten Teenager, die mir je begegnet sind."

„Das passiert, wenn man ein ganzes Leben hinter sich hat, bevor man dem Gesetz nach erwachsen ist." Er nippte an seinem Kaffee. „Levi war eine Weile auf sich gestellt, und Silas … Hat er sich nicht mehr oder weniger von seinen Eltern scheiden lassen, weil sie jeden noch so kleinen Aspekt seiner Karriere unter ihrer Fuchtel hatten?"

„Ja, ich glaube schon. Darum wohnt er jetzt im Keating Hollow, und Shannon ist jetzt seine Managerin", sagte Amelia.

„Das ist eine Menge Mist, mit dem man fertig werden muss, wenn man immer noch mehr oder weniger ein Kind ist. Da klingt es schon naheliegend, dass sie was Stabiles wollen."

„Schon", stimmte sie zu, und irgendwie wusste sie sofort, dass sie nun nicht mehr nur von Levi und Silas sprachen. Er wiederholte, was er am Vorabend erzählt hatte. Sie hatten ihre Beziehung ja vielleicht rein unverbindlich gestartet, ohne irgendwelche Verpflichtungen, aber das lag in der Vergangenheit. Grayson hatte sich über seine Angst vor Verpflichtungen hinaus entwickelt und war ganz dabei. Allerdings, so sehr sie diese Worte auch hatte hören wollen, die Dinge bewegten sich zu schnell, als dass sie sie hätte verarbeiten können. „Grayson, wir müssen reden."

Er legte die Gabel ab und lehnte sich an seinem Stuhl zurück, warf ihr einen besorgten Blick zu. „Stimmt irgendwas nicht?"

Sie schüttelte den Kopf. „Nein. Es ist nur so, dass ich das Gefühl hatte, wir würden in nur fünf Sekunden von null auf zweihundert gehen. Vor zwei Tagen wusstest du nicht mal von dem Baby, und wir haben einander nichts bedeutet. Jetzt redest du, als würdest du dich ganz darauf einlassen." Sie wedelte mit der Hand zwischen ihnen. „Was auch immer *das* ist."

Er runzelte die Stirn. „Ich dachte, das wolltest du."

„Wollte ich auch. Ich meine, will ich", stammelte sie. „Ich weiß nur nicht, was wir einander bedeuten, abgesehen von der Tatsache, dass wir zusammen dieses Baby haben." Sie drückte sich beschützend eine Hand auf den Bauch. „Ich verstehe, dass du für unser Kind da sein willst. Und auch wenn die letzte Nacht … für uns beide irgendwie intensiv war, weiß ich nicht, wo wir stehen."

„Was genau sagst du denn da, Amelia? Fragst du, ob wir eine Beziehung haben? Denn wenn es das ist, dann lautet meine Antwort ja. Ich habe null Absicht, mit jemand anderem zusammenzukommen. Du bist … Na ja, du bist *du* und die Mutter meines Kindes. Ich gehe das mit dir *zusammen* an."

Sie stieß ein leises Lachen aus und lächelte ihn schwach an. „Ich weiß. Aber ich glaube, wir machen für meine Begriffe vielleicht zu schnell. Können wir einen Schritt zurücktreten? Die nächsten paar Monate nutzen, um einander besser kennenzulernen. Ein paar Mal miteinander auszugehen. Und dann, wenn wir beide noch dafür zu haben sind, können wir festlegen, was das sein soll?"

Grayson stieß ein leises Seufzen aus und lächelte sie nun seinerseits an. „Ja. Ich würde gern mit dir ausgehen. Wie wäre es heute Abend? Nachdem ich nach Hause gekommen bin, mich geduscht und rasiert habe, und mir ein paar saubere Klamotten gesucht habe. Dann könnte ich dich ins *Woodlines* oder *Cozy Cave* ausführen. Oder sogar die Brauerei, wenn dir das lieber ist."

Die Anspannung, die sich zwischen ihren Schultern breitgemacht hatte, ließ nach, und sie nickte begeistert.

„*Woodlines*. Da gehe ich am liebsten hin. Aber nicht rasieren. Mir gefällt dieser neue Bart wirklich."

Seine Lippen krümmten sich zu einem schiefen Lächeln, und er zwinkerte ihr zu. „Verstanden. Also sexy Zwei-Tage-Bart."

AMELIA STROMERTE IM HAUS HERUM, räumte im Wohnzimmer auf, bezog die Betten im Gästezimmer neu und endete schließlich in der Küche, wo sie mit den braunen Bananen in dem Korb auf ihrer Anrichte Bananenbrot buk. Sie musste sich beschäftigt halten, denn nachdem Grayson weg war, fühlte sich Amelias sicherer Hafen auf dem Hügel zum ersten Mal ein wenig leer an. Sie hatte ihre Einsamkeit immer genossen, nachdem sie mit einer großen erweiterten Familie aufgewachsen war. Aber jetzt? Ihr fehlte die lockere Gesellschaft von Silas, Levi und Grayson.

Grayson, dachte sie mit einem Seufzen.

Die Dynamik zwischen ihnen hatte sich in der letzten Nacht verändert. Sie hatten sich voreinander verletzlich gezeigt, und jetzt spürte sie eine emotionale Verbindung mit ihm, die gefehlt hatte. Sie wusste nun, weshalb er so zögerlich war, jemanden an sich heranzulassen, und sie konnte verstehen, weshalb er weggelaufen war, als sie sich zu sehr angenähert hatten. Sie konnte nur hoffen, dass das bedeutete, dass er es ernst meinte, wenn er sagte, er würde nirgendwohin gehen, und dass er diese Familie wollte. Sie erwartete keinen Heiratsantrag, aber sie hoffte, dass sie noch mal neu anfangen und ein einigermaßen stabiles Leben für ihre Tochter aufbauen konnten.

„Hallo?", rief Holly, die Amelia aus ihren Gedanken riss.

„Hier drin", rief Amelia aus der Küche. Sie wusch sich die Hände unter dem Wasserhahn und trocknete sie mit einem Geschirrtuch ab, als Rex und Holly hereinspazierten, breit lächelnd, ihre Gesichter gerötet von der Kälte.

„Hey, Schwester", sagte Rex, der sie auf die Wange küsste. „Geht's dir gut, nachdem du hier drin ein paar Tage lang eingeigelt warst?"

„Natürlich", sagte sie und wedelte abwehrend mit der Hand. „Weshalb denn nicht?"

Er sah sich um und zuckte mit einer Schulter. „Kein Grund. Ich weiß, dass du mehr als nur fähig bist, dich um dich selbst zu kümmern, aber das bedeutet nicht, dass ich mir keine Sorgen mache, wenn ich weiß, dass du eingeschneit bist, ohne vom Berg herab zu kommen, wenn was schief geht."

Amelia verdrehte die Augen, entschied sich aber, seinen Kommentar durchgehen zu lassen. Sie war erwachsen und hatte schon ein paar Schneestürme erlebt. „Wie war euer Wochenende in der Pension?"

Holly wurde ganz rot, während sie sich an Rex lehnte, ihn von der Seite umarmte. Dann wandte sie sich schüchtern an Amelia. „Es ist ein toller Ort, um sich am Valentinstag zu verziehen."

„Das ist gut", sagte Amelia leise, freute sich für sie beide. Ihr Bruder hatte viel zu viele Jahre allein verbracht, nachdem seine vorige Verlobte ihn auf die schlimmste Weise hatte sitzen lassen. Rex verdiente es, mit jemandem wie Holly glücklich zu sein. Jemandem, der ihn aufrichtig liebte und nicht einen grausamen oder hässlichen Zug hatte.

„Ich wünsche mir einfach, du und ich hätten ein wenig mehr Zeit zusammen verbringen können", sagte Holly, die sich mit ausgestreckten Händen zu einer Umarmung an Amelia wandte. „Ich hatte mich wirklich darauf gefreut, etwas Zeit mit dir zu verbringen und viel mehr Babyeinkäufe zu erledigen, um dieses Kinderzimmer zu füllen. Leider muss Rex mich nach Hause bringen, damit ich morgen zur Arbeit kann."

Amelia umarmte die andere Frau fest. „Darauf habe ich mich auch gefreut. Aber wir haben noch Zeit. Lass uns ein Datum festlegen, um uns bald mal zu treffen."

„Auf jeden Fall." Holly küsste Amelia auf die Wange und verschwand dann aus der Küche, ließ Amelia und Rex allein.

Rex starrte seine Schwester an, in seinen blauen Augen standen Sorgen.

„Frag mich doch einfach, was du mich fragen musst", sagte Amelia mit einem Seufzen.

„Ich mache mir nur Sorgen um dich." Er nahm sie an der Hand und führte sie zum Tisch, wo sie sich hinsetzten.

„Warum? Mir geht's gut. Ich weiß schon, wie man mit einem Schneesturm klarkommt, weißt du?" Sie konnte nicht verhindern, dass ihr Ärger in ihrer Stimme durchklang. Aber dann sah sie den verletzten Ausdruck auf seinem Gesicht und ließ ihren Tonfall weicher werden. „Ich bin keine fünfzehn mehr, Rex."

„Natürlich nicht. Aber du bist meine kleine Schwester, und ich kann nicht anders, als mir Sorgen zu machen. Was war denn mit Grayson los?"

Sie hatte gewusst, dass er fragen würde. Er war immerhin derjenige, zu dem sie gelaufen war, nachdem Grayson sie im Dezember sitzen gelassen hatte. „Wir haben geredet. Er will an unserem Leben teilhaben, also gehen wir heute Abend essen und versuchen, neu anzufangen."

„Neu anfangen? Du meinst, du willst wieder mit ihm zusammen sein? Einfach so?"

„Du brauchst nicht so abwertend zu klingen", sagte sie und verdrehte die Augen.

„Ich werte doch gar nichts. Verdammt, Amelia, ich will einfach nicht sehen, wie du wieder verletzt wirst."

Sie nahm seine Hand und drückte sie sanft. „Das weiß ich doch. Das will ich auch nicht, aber es ist ein Risiko, das ich eingehen möchte. Denn die Wahrheit ist, er ist der Vater meines Babys, und ich liebe ihn noch, und er will an unserem Leben teilhaben. Was für eine Wahl habe ich denn also, außer es noch einmal zu versuchen?"

Rex stieß ein ungeduldiges Knurren aus. „Du vertraust zu schnell."

„Und du vertraust nicht genug", erwiderte sie nicht unfreundlich. „Aber ich glaube, Holly kann dir dabei helfen."

Er warf einen Blick an ihr vorbei zum Flur, wo Holly vor ein paar Augenblicken verschwunden war. „Sie ist was Einzigartiges."

„Sie liebt dich."

Er lächelte, und seine Miene wurde auf eine Art weich, die Amelia bei ihrem Bruder eigentlich vorher noch nie gesehen hatte. Er war jahrelang mit seiner Ex zusammen gewesen, aber er war niemals so glücklich mit ihr gewesen wie jetzt mit Holly. „Ich bin einfach nur froh, dass ich die Meine gefunden habe." Sein Lächeln verblasste, während er seine Schwester anstarrte. „Ich mache mir Sorgen, dass du dich an jemanden bindest, der dich nicht verdient hat."

Zorn stieg aus ihrer Magengrube auf, und sie erhob sich, fühlte sich plötzlich sowohl beleidigt, dass ihr Bruder ihr nicht vertraute, und angegriffen um Graysons willen. „Du kennst ihn nicht, Rex. Ich schon. Vielleicht könntest du mir vertrauen und aufhören, dich zu benehmen, als hätte niemand eine zweite Chance verdient. Hast du nicht Holly verlassen, bevor du zurückgekommen bist und sie um Verzeihung gebeten hast?"

„Das ist nicht fair", sagte er und stand auf, um auf sie herabzuschauen. „Ich bin hergekommen, um mir über Dinge klar zu werden, und dann gleich zurückgefahren. Ich bin nicht monatelang weggeblieben, während sie schwanger war!"

Amelia funkelte ihren Bruder an, und dann machte sie ohne ein weiteres Wort auf dem Absatz kehrt und verließ die Küche. Als sie auf halbem Weg durch den Flur war, kam Holly aus der kleinen Waschküche, eine graue Jogginghose und ein Sweatshirt in der Hand.

„Amelia?", fragte sie mit einem neckenden Unterton. „Wem genau gehören eigentlich die?"

„Oh. Grayson natürlich. Er hat wohl vergessen, sie mitzunehmen, bevor er gegangen ist." Nach seinem Tag im Schnee mit Levi hatte er sie in die Waschmaschine geworfen.

„Grayson war *hier*?", sagte Rex hinter ihr.

„Ja", sagte sie ungeduldig. „Er mich nach Hause gebracht, und wir wurden am Ende zusammen eingeschneit. Das habe ich euch doch geschrieben."

„Nein, hast du nicht", erwiderten sie gleichzeitig. Hollys Tonfall war stark interessiert, während Rex einfach nur genervt war.

„Habe ich nicht?" Amelia runzelte die Stirn. „Ich hätte schwören können, als ich euch eine Nachricht geschickt habe, habe ich dazu gesagt, dass wir zusammen eingeschneit sind." Sie wedelte abwehrend mit der Hand. „Spielt keine Rolle. Wir haben die Zeit genutzt, um uns durch ein paar Dinge durchzuarbeiten."

„Da möchte ich wetten." Hollys Augen funkelten, während sie grinste.

„Hör auf", sagte Amelia lachend, erfreut, dass zumindest einer von ihnen kein anmaßender Esel war. „Levi und Silas waren die meiste Zeit über auch hier. Es ist nichts passiert."

„Wenn du es sagst", erwiderte Holly, die Amelias Bauch mit einem Grinsen betrachtete.

„Na ja, zumindest nicht dieses Wochenende." Amelia lachte leise, genoss es, dass jemand auf ihrer Seite stand. „Sag meinem Bruder mal, er soll sich abregen, okay?", fügte sie an. „Ich glaube, er steht schon kurz davor, dass in seinem Kopf eine Ader platzt."

Holly lachte, reichte Amelia die Kleider, dann nahm sie den Mann am Arm. „Komm schon. Lass deine Schwester mal in Ruhe und hilf mir beim Packen."

„Mir platzt keine Ader", knurrte er, doch er ließ sich von Holly wegführen.

Amelia schickte ihrer Freundin ein stilles Dankeschön. Sie wusste, dass ihr Bruder sie nur beschützen wollte, aber das bedeutete nicht, dass sie zulassen würde, dass er sie einfach plattwalzte. Sie hatte sich entschieden. Grayson hatte eine weitere Chance verdient, und genau die würde er auch bekommen.

Stunden später hatten Rex und Holly Amelias Haus auf dem Hügel immer noch nicht verlassen. Rex fand eine Ausrede nach der anderen, fing an, Schnee vom Dach zu schaufeln, und schaute am Ende nach ihrem Generator, nur für den Fall, dass noch ein weiterer Sturm kam.

„Dir ist schon klar, dass der Schnee nicht so heftig war, dass du schaufeln musst. Und wenn ich ein Problem mit dem Generator habe, kann ich jemanden anrufen, ja?"

„Ich will nur sicherstellen, dass meine Schwester in Sicherheit ist. Ich will nicht, dass du dir um irgendetwas anderes Sorgen machen musst, außer um das Baby, das du in dir trägst", sagte er.

Holly schnaubte. „Kauf ihm das nicht ab, Amelia. Er wartet

nur hier, um mit Grayson zu reden, wenn er kommt, um dich abzuholen."

Amelia hatte schon erraten, dass das der Grund war, weshalb Rex so hilfreich geworden war, aber sie hatte gehofft, wenn sie ihn ignorierte, würde er aufgeben und nach Hause fahren. „Rex, Holly muss morgen arbeiten. Bring sie bitte nach Hause."

„Ich will nur mal mit ihm reden", erwiderte Rex milde, während er sich ein Glas Wasser aus der Karaffe auf dem Küchentresen nahm.

„Warum?", fragte Amelia, die allmählich frustriert war. „Es gibt nichts zu sagen."

Holly seufzte. „Ich hatte eine Vision und habe den Fehler gemacht, sie mit Mr. Kopf-im-Arsch hier zu teilen."

„Was für eine Vision?" Amelia konzentrierte sich auf sie.

Holly schloss die Augen und schüttelte den Kopf, als wollte sie sich nicht darauf einlassen. Aber als die Stille im Zimmer zu drückend wurde, stieß sie einen Fluch aus und sagte: „Ich habe ihn gesehen, wie er dieses Haus mit einem Koffer verlässt. Er hatte ein Flugticket nach New York in der Hand. Du warst … nicht glücklich."

Amelia ließ Hollys Worte einsinken. Es bestand kein Zweifel, dass sie ihr Sorgen machten. Hollys Visionen waren solide. Sehr viel zuverlässiger als diejenigen, die Amelia gehabt hatte, seit sie schwanger geworden war. Aber es war ja nicht so, als würde Grayson nie wieder verreisen. Wer konnte schon sagen, ob seine Reise etwas damit zu tun hatte, Amelia sitzen zu lassen? Und wenn sie versuchen wollte, ihm zu vertrauen, musste sie ihm eine Chance geben, und ihn nicht gleich abschreiben, nur weil es eine Vision ohne Kontext gab. Sie wandte sich an ihren Bruder. „Hatte Holly nicht eine Vision von dir hier in Keating Hollow in meinem Kinderzimmer, die sie auf die Idee brachte, dass du nicht in Christmas Grove bleiben würdest?"

„Ja, aber …", setzte er an.

„Mehr brauche ich nicht zu hören. Diese Unterhaltung ist durch, und ihr beiden müsst euch auf den Weg machen. Ich will kein weiteres Wort mehr darüber hören", sagte Amelia, die Hände auf der Hüfte.

Holly nickte, erhob sich und nahm Rex an der Hand. „Ich glaube, diese Runde hat sie gewonnen." Während sie ihn anlächelte, fügte sie an: „Gehen wir heim. Ich will noch mal diese Sache probieren. Du weißt schon … die wir nach der Hochzeit versucht haben?"

„La, la, la, la!", rief Amelia, die sich die Hände über die Ohren legte. „Es gibt ein paar Dinge, die eine Schwester niemals hören sollte."

Sie lachten beide, während sie sie zum Abschied umarmten und versprachen, dass sie bald zurück sein würden.

Amelia atmete langsam durch, immer noch beunruhigt wegen Hollys Vision, und dann versuchte sie alles, um sie aus ihren Gedanken zu schieben.

KAPITEL 10

*G*rayson konnte es kaum erwarten, zurück zu Amelia zu kommen. Er verbrachte den Tag damit, sich seine Kundenkonten anzusehen, aber die Arbeit war sinnlos. Er konnte sich nicht konzentrieren. Stattdessen träumte er vor sich hin, wie es sein könnte, mit Amelia und dem Baby in dem Haus mit der tollen Sicht auf das Tal zu leben. Es erstaunte ihn, wie der Ausblick auf sein Leben sich in nur wenigen Tagen gewandelt hatte. Aber hier war er, zurück unterwegs den Hügel hinauf, mit Blumen auf dem Beifahrersitz und seinem Herz auf der Zunge.

Er wollte Amelia. Daran bestand kein Zweifel. Er hatte sie immer gewollt. Nur dass er sich nicht frei genug gefühlt hatte, um alles von sich zu geben. Das war jetzt vorbei, und noch mehr als das, er wollte das Leben, das sie in Aussicht stellte. Das Leben, das ihm so grausam entrissen worden war, als er gerade mal ein junger Mann gewesen war.

Licht strömte von der vorderen Veranda und aus dem breiten Aussichtsfenster ihres Hauses. Er lächelte vor sich hin, während er seinen Toyota auf Parken stellte, sich den Strauß

97

mit weißen Margeriten schnappte und aus seinem SUV sprang.

Bevor er auch nur die Stufen hinauf gehen konnte, öffnete sich die Tür, und Amelia stand im Eingang, ihre natürlich braunen Locken rahmten ihr Gesicht, während sie ihn anlächelte. Sie trug eine Jeans und eine Bluse, die sich an ihre Brüste schmiegte, und zeigte ein verführerisches Dekolleté. „Du siehst umwerfend aus", sagte er und reichte ihr den Blumenstrauß.

„Umwerfend ist ein bisschen übertrieben, aber ich sage danke." Sie drehte sich um und schlüpfte zurück ins Haus und direkt in die Küche.

Grayson folgte ihr, beäugte die Krümmung ihrer Hüfte, seine Finger sehnten sich danach, sie dort zu berühren. Aber er blieb für sich und wartete, bis sie die Blumen ins Wasser gestellt hatte.

„Du hast es noch gewusst", sagte sie und arrangierte die Blumen, damit sie gleichmäßig verteilt waren.

„Ich weiß noch alles, Amelia." Er streckte sich und strich ihr übers Kinn. „Ich hätte auch noch Sonnenblumen dazu getan, aber die waren dem Laden gerade ausgegangen."

Sie grinste. „Na, das hätte mich beeindruckt."

Graysons Brustkorb schwoll vor Stolz. Er erinnerte sich lebhaft daran, wie sie ihm erzählt hatte, dass ihre Lieblingsblumen Margeriten waren, dicht gefolgt von Sonnenblumen. Dann hatte sie gesagt, wenn sie einen Garten hätte, würde sie beide anbauen, damit sie sich niemals entscheiden müsse. „Komm schon. Zeit fürs Abendessen."

Auf dem Weg zum *Woodlines* machten sie Small Talk. Es war ein hervorragendes Etablissement zum Abendessen im Zentrum von Keating Hollow und Amelias liebstes Restaurant.

Als sie hineingingen, setzte der Kellner sie gleich in die Nähe des vorderen Fensters.

„Bester Tisch des Hauses", sagte Amelia, die aus dem Fenster auf die funkelnden Lichter schaute, die überall auf der Hauptstraße verteilt waren. Die Valentinsdeko war abgenommen worden, und jetzt glitzerte die Stadt in weiße Lichterketten gehüllt, getüncht mit Mondlicht. Darin lagen eine gewisse Eleganz und ein Charme, der ihn für sich eingenommen hatte, sobald er einen Fuß in das Tal gesetzt hatte.

Grayson griff über den Tisch und nahm sie an der Hand. „Danke, dass du heute Abend mit mir ausgehst."

„Danke, dass du mich einlädst. Obwohl, wenn man bedenkt, dass ich dein Kind trage, fühlt es sich an, als wärst du schrecklich formell."

Er lachte, aber seine Fröhlichkeit verflog rasch, als er sich vorstellte, sie wieder ins Bett zu führen. Es war Monate her, seit sie zusammen gewesen waren, und als er sah, wie sie ihm gegenüber saß, ihr Körper üppig und ihr Gesicht strahlend, wollte er sie nur noch mit nach Hause nehmen und sie anbeten, solange sie es zuließ. Aber sie waren auf ihrem Date, um einander auf eine Art kennen zu lernen, die sie zuvor nicht ganz hinbekommen hatten. Stattdessen sagte er also: „Wusstest du, dass Hope Levi aufgenommen und ihm einen Platz zum Wohnen gegeben hat, bevor sie herausfanden, dass sie Bruder und Schwester sind?"

Amelia hob die Augenbrauen. „Nein. Das ist ... großartig."

Er nickte und stellte die Details der Geschichte heraus, dass Levi ein obdachloser Teenager gewesen war, und Hope hatte aus erster Hand gewusst, wie es sich anfühlte, niemanden zu haben, der für einen einstand, und hatte ihm eine Bleibe angeboten. Wochen später hatten sie herausgefunden, dass sie einen gemeinsamen Vater hatten. „Es ist erstaunlich, wie die Dinge manchmal einfach funktionieren."

„Irgendwie so wie die Tatsache, dass wir beide in derselben Stadt gelandet sind", sagte sie und beäugte ihn argwöhnisch.

Grayson lachte. „Irgendwie schon."

„Heraus damit. Sag mir die Wahrheit", forderte sie, obwohl hinter ihren Worten keine Wut stand. Nur ein Verlangen nach Ehrlichkeit, die sie, wie er zustimmen musste, auch verdient hatte. Sie öffnete ihre Speisekarte und musterte sie, während sie auf seine Antwort wartete.

„Die Wahrheit ist, dass ich den Job hier draußen angenommen habe, bevor ich sicher wusste, dass du in Keating Hollow lebst. Ich musste raus aus New York, um meiner eigenen geistigen Gesundheit willen."

„Wenn du sagst, bevor du es sicher wusstest, heißt das, du hattest eine Vision, dass ich hier draußen bin?", fragte sie, ohne von ihrer Speisekarte aufzusehen.

„Ja."

Ihr Kopf ging hoch, und sie sah ihn an, als hätte sie nicht erwartet, dass er ehrlich antworten würde. Nachdem sie geschluckt hatte, fragte sie: „Was hast du gesehen?"

Grayson schlang die Finger um ihre. „Ich habe dich überall gesehen. Im Spa, der Brauerei, auf Shannons Hochzeit, im Buchladen und sogar auf dem Bauernmarkt. Und auch das Straßenschild, das nach Keating Hollow führt. Obwohl ich also eine ziemlich gute Vorstellung davon hatte, dass du da warst, wusste ich nicht, ob das auf Dauer war, oder dass du einen Job bei der Feuerwehr angetreten hast. Ich schätze, man könnte sagen, ich habe meinen Job auf gut Glück angenommen, dass du an der Westküste sein würdest. Aber nach allem, was ich wusste, hättest du auch nur auf Besuch sein können."

„Etwas hat dir aber gesagt, dass ich hier sein würde, oder? Die Intuition einer Geisthexe?", fragte sie.

Er konnte es nicht leugnen und nickte.

„Also ist es recht sicher, zu behaupten, dass du dieses Treffen nicht direkt dem Zufall überlassen hast?"

Grayson lachte. „Worauf willst du hinaus, Amelia?"

Sie legte die Speisekarte ab und schloss sie. „Ich will nur, dass hier Klarheit herrscht – was zwischen uns ist, das ist nicht das Universum, das auf mysteriöse Art arbeitet. Du hast mich vermisst und dir absichtlich einen Job gesucht, der dazu führte, dass wir vielleicht eine Chance bekommen. Du wusstest, dass ich hier bin, und du hast Schritte in die Wege geleitet, um sicherzustellen, dass du auch hier bist. Diese neue Verbindung ist nichts, was uns einfach in den Schoß gefallen ist. Du hast sie ins Dasein gerufen."

Na ja, verdammt. Wenn sie es so formulierte, war es ja nicht, als könnte er es leugnen. Sie sagte die Wahrheit. Es war Zeit, alle Karten offenzulegen und sicherzustellen, dass sie verstand, was er für sie empfand, und dass es nicht nur um das Baby ging. „Du hast recht. Das habe ich getan. Ich habe es bedauert, dass ich mich von dir getrennt habe, und ich werde es nicht wieder tun."

Ihre Lippen krümmten sich zu einem zufriedenen Lächeln. „Gut. Vergiss das nicht, wenn das Baby um drei Uhr morgens schreit, und du damit dran bist, sie zu füttern."

Wärme breitete sich in seiner Brust aus bei dem Gedanken, um drei Uhr aufzustehen und das Baby zu füttern. Vor ein paar Monaten wäre diese Vorstellung lächerlich gewesen. Jetzt? Er konnte kaum glauben, dass das seine Wirklichkeit war.

Sie verbrachten den Rest der Mahlzeit mit einer Unterhaltung über ihre neuen Jobs, Orte, die sie entlang der

Küste von Nordkalifornien gern erkunden würden, und die verschiedensten Einwohner von Keating Hollow.

„Clay und Rhys aus der Keating Hollow Brauerei haben mich nächste Woche zu einem Grillabend eingeladen. Er ist draußen auf der Townsend-Farm", sagte Grayson. „Ich habe gehofft, dass du mit mir hingehst."

Amelia lächelte ihn an. „Würde ich gerne. Die Townsends sind toll. Yvette ist diejenige, die mir den Job bei der Feuerwehr verschafft hat. Ich verbringe immer gern Zeit mit ihr."

„Also ist es abgemacht", sagte Grayson.

„Es ist abgemacht."

Sie schauten einander in die Augen, und Grayson spürte, wie seine Welt auf den Kopf gestellt wurde. Es waren nur sie beide, und endlich, dieses eine Mal, bestand keine Frage, dass sein Leben in die richtige Richtung unterwegs war. Aber sobald der Gedanke in seinen Verstand trat, summte auf seinem Handy eine Nachricht. Nachdem er es aus der Tasche gezogen hatte, warf er einen Blick auf die Benachrichtigungen und verzog das Gesicht, als er Kiras Namen auf seinem Bildschirm aufblitzen sah.

„Was ist los?"

„Was?", fragte er, warf einen raschen Blick auf Amelia, bemerkte ihre großen braunen Augen und den besorgten Ausdruck. „Ach, es ist nichts." Er schaltete sein Handy ab und schob es sich in die Tasche. Er hatte es ernst gemeint, als er Kira gesagt hatte, er wäre fertig. Es gab keinen Grund für sie, ihm eine Nachricht zu schicken, und noch weniger Grund, dass er ihr antwortete.

„Es sieht nicht aus wie nichts", drängte sie. „Du siehst aus, als würdest du jemanden ermorden wollen."

„Nö. Ich bin nur genervt, dass ein Kunde mein Date

unterbricht", log er, ohne eine Ahnung zu haben, weshalb er ihr nicht einfach sagte, dass es Kira war. Ihm war es schlicht in Fleisch und Blut übergegangen, niemals mit irgendjemandem über sie zu sprechen, nach all den Problemen mit der Privatsphäre, die sie im Lauf der Jahre gehabt hatten, aber Grayson hatte Amelia bereits von Kira erzählt. Oder zumindest von einer Version von ihr.

„Ist ziemlich spät für einen Arbeitsanruf", erwiderte sie. „Ist ja nicht so, als wärst du im Rettungsdienst." Sie lachte leise. „Na ja, ich schätze, manche Leute halten es schon für einen Notfall, wenn ihnen ihr Lieblingswein ausgeht."

Grayson lachte, erleichtert, dass sie ihn wegen der Nachricht nicht bedrängte. Wenn Kira weiter Nachrichten schrieb, würde er eine Möglichkeit finden, ihr davon zu erzählen. Aber vorerst wollte er nur dieses Abendessen mit ihr genießen.

„Hi, Grayson!", rief eine vage vertraute Frauenstimme ein paar Tische entfernt.

Er riss den Kopf hoch und sah Georgia Exler, die direkt auf sie zukam. Sie war eine Autorin, die er in der Keating Hollow Brauerei getroffen hatte, als er das letzte Mal dort gewesen war, um mit Rhys darüber zu reden, seine Ciders außerhalb der Stadt zu vermarkten. Die hochgewachsene, dunkelhäutige Frau hatte ein warmes, offenes Gesicht, umwerfende dunkle Locken und war locker in einen langen Rock und ein eng anliegendes T-Shirt gekleidet. „Georgia, hi", sagte er, dann nickte er zu seiner Begleitung hin. „Kennst du schon Amelia Holiday?"

Georgia lächelte Amelia freundlich an. „Ich glaube, noch nicht. Du bist aber eine Freundin von Yvette, oder? Feuerhexe?"

Amelia nickte und hielt der Frau eine Hand hin. „Du kennst Yvette wohl aus dem Buchladen."

„Ja. Sie war so nett, mich da ein paar Mal signieren zu lassen. Jetzt, da ich in Keating Hollow wohne, hoffe ich, dass das was Regelmäßiges wird."

„Du bist auch neu hergezogen?", fragte Amelia, ihre Augen leuchteten. „Ich bin erst seit ein paar Monaten hier."

„Ja. Ich bin letzte Woche hergezogen." Sie musterte Amelia einen Augenblick, bevor sie anfügte: „Sieht aus, als hätten wir keine andere Wahl, außer beste Freundinnen zu werden. Hast du morgen Zeit für einen Kaffee im *Incantation Café*?"

Amelia blinzelte sie an. „Äh, was?"

Georgias Augen legten sich in Falten, als sie lachte. „Wir Neulinge müssen doch zusammenhalten. Soweit ich es sagen kann haben, sind bis auf Miranda alle anderen Frauen in der Stadt entweder schon ewig hier oder mit den Townsends verwandt. Es ist leichter, sich mit Außenseitern anzufreunden, als in das Innere Heiligtum vorzudringen."

Nun war es an Amelia, zu lachen. Obwohl sie mit Yvette und ihren Schwestern befreundet war, stimmte es, dass keine von ihnen eine Menge Freizeit hatte, um wirklich neue Beziehungen auszubilden. Sie waren alle frisch verheiratet, oder heirateten bald, oder hatten Kinder oder adoptierten welche. Das ließ nicht viel Zeit für eine Runde Plaudern oder einen Mädelsabend. „Also Kaffee. Können wir es am Nachmittag machen? Ich arbeite bis vier."

„Ich treffe mich mit dir dort nach der Arbeit", sagte Georgia mit einem Lächeln und einem Nicken. Sie wandte sich an Grayson. „Behandle sie bloß gut. Ich kann nicht zulassen, dass du mit dem Herz meiner neuen besten Freundin spielst."

Amelia, die gerade einen Schluck von ihrem Kaffee nach

dem Essen genommen hatte, verschluckte sich beinahe, als sie lachte.

Grayson hob drei Finger zu einem Pfadfinderehrenwort. „Du hast mein Wort drauf."

„Gut." Sie wuschelte ihm durch die Haare, als wäre sie zwanzig Jahre älter als er, zwinkerte Amelia zu und marschierte dann weg.

„Ich mag sie", sagte Amelia.

Er stieß ein leises Lachen aus. „Darauf möchte ich wetten."

KAPITEL 11

*A*melia schwebte auf einer Wolke, als sie mit Grayson über die Hauptstraße flanierte. Die Nacht war von angenehmer Unterhaltung, tollem Essen und neuen Verbindungen erfüllt. Sie war sehr gespannt darauf, mehr Zeit mit Georgia zu verbringen. Amelia fand relativ mühelos lockere Freunde, aber sie hatte keine enge Freundin mehr gehabt, seit sie Victoria verloren hatte. Sie vermisste es, sich jemandem anvertrauen zu können, der nicht ihr Bruder war. Sie liebte Rex, und sie standen einander nahe, aber es gab Dinge, die man dem eigenen Bruder einfach nicht erzählen konnte.

„Erzähl mir von deiner Familie", sagte Grayson. „Hast du mir nicht irgendwas davon erzählt, dass es neun Geschwister wären?" In seinem Tonfall lag Erstaunen.

Normalerweise hätte Amelia es verabscheut, über ihre riesige Familie zu reden. Die meisten Leute verurteilten das und machten neunmalkluge Kommentare über so viele Mäuler, die es zu stopfen galt. Aber da sie Graysons Vorgeschichte kannte, stellte sie sich vor, dass er neugierig auf ihr Leben war, das das exakte Gegenteil des seinen gewesen war. „Zehn eigentlich, darunter Rex. Aber er ist der Einzige, dem ich nahestehe."

„Ehrlich? Warum?" Er verschränkte die Finger in ihren und führte sie über den Weg, der zum verzauberten Fluss hinablief.

„Die anderen sind auf beiden Seiten Halbgeschwister. Ich schätze, Rex und ich sind uns immer ein bisschen wie die Außenseite in unserer eigenen Familie vorgekommen. Wenn deine Eltern Kinder mit ihren zweiten Partnern haben, und nur ihr beide vor und zurück gereicht werdet, ist das ein seltsames Dasein. Und da es so viele von uns gab, war es einfach, im Hintergrund zu verschwinden, schätze ich. Rex und ich waren die meiste Zeit zusammen und haben gelernt, uns aufeinander zu stützen. Das traf besonders zu, als mein Dad gestorben ist. Er war ein guter Mann, selbst wenn wir uns nicht sonderlich nahestanden."

„Zumindest hattet ihr einander", sagte Grayson, der ihr die Hand drückte.

Sie war so peinlich berührt, dass sie abrupt stehen blieb, als ihr klar wurde, dass sie sich darüber beschwerte, Teil einer riesigen Familie zu sein. Grayson hatte niemanden gehabt. Sie hatte wohl geklungen wie ein nur mit sich selbst beschäftigtes Arschloch. „Es tut mir leid. Du hältst mich wohl für eine undankbare Idiotin."

„Was? Nein. Warum sollte ich das glauben?" Er zog die Augenbrauen verwirrt zusammen.

„Wegen dem, was du mir erzählt hast. Der Situation bei deinen Pflegeeltern. Du hast recht. Ich habe Glück, dass ich Rex habe. Und ich habe Eltern, die mich lieben. Obwohl wir uns alle nicht sonderlich nahestehen, weiß ich, dass sie für mich da sind, wenn ich sie brauche."

Er wandte sich an sie und schlang die Arme um sie.

Sie schaute zu ihm auf, betete, dass er nicht beleidigt war. „Es tut mir leid. Das war einfach nur dumm daher gesagt."

„Nein, war es nicht." Er gab ihr einen Kuss oben auf den Kopf. „Es war deine Wahrheit und deine Wirklichkeit. Ich will nicht, dass du jemals das Gefühl hast, du musst etwas zurückhalten, nur weil dein Leben nicht ganz so schlimm war wie meines. Bei den Göttern, Amelia. Das würde ich mir für dich niemals wünschen. Oder für überhaupt jemanden. Nur weil du eine große Familie hast, heißt das nicht, dass du nicht auch irgendwie traumatisiert bist. Du bist ein Scheidungskind und hast ein Elternteil verloren. Ganz gleich, wie das am Ende wurde, ist es heftig für ein Kind, wenn die Eltern sich trennen. Das verstehe ich. Es war bestimmt schwer, zwischen zwei neuen Familien aufgeteilt zu werden, sich immer wie Außenseiter vorzukommen, besonders, da deine Eltern noch immer da waren. Es klingt schon naheliegend, dass du und Rex eine enge Verbindung aufgebaut habt."

Amelia legte ihm beide Hände an die Wangen, fühlte sich überwältigt von seinem Mitgefühl. Das war eine Seite an ihm, die sie nicht wirklich gesehen hatte, als sie noch im Osten gewesen waren. Sie hatte es zum ersten Mal mitbekommen, als er Levi geholfen hatte, seine Probleme mit Silas anzugehen. Und jetzt, als er ihre Gefühle über ihre Kindheit nicht kleinredete, obwohl seine eigene etwas gewesen war, das niemand jemals durchleben sollte. „Danke. Das weiß ich zu schätzen. Sei dir nur darüber klar, dass ich zugehört habe, als du deine Vergangenheit mit mir geteilt hast, und ich will nicht, dass du das Gefühl bekommst, dass ich abtue, was du durchgemacht hast."

„Ich weiß." Er lehnte sich nach unten und streifte mit seinen Lippen sanft ihre. Als er sich zurückzog, sagte er: „Ich hatte eine Freundin, die nebenan wohnte. Sie war zu dieser

Zeit mein Rettungsanker. Ohne sie weiß ich nicht, ob ich es geschafft hätte." Er starrte auf seine Füße hinab, während er anfügte: „Sie ist die Einzige, der ich jemals wichtig war, seit meine Eltern gestorben sind."

Tränen standen in Amelias Augen. Seine Beichte riss ihr beinahe das Herz aus der Brust, und sie wollte die Arme um ihn legen und niemals wieder loslassen. Aber es gab eines, das sie erst mal klarstellen musste. Sie drückte mit ihrer Hand seine, wartete, bis er schließlich den Blick zu ihr hob, und sagte dann: „Nicht die Einzige, Grayson. Ich habe dich nicht angelogen, als ich dir gesagt habe, dass ich dich liebe, damals im Dezember. Es hat damals gestimmt, und es stimmt auch jetzt. Du bist wichtig für mich und für unsere Tochter. Versuch, dir das zu merken, okay?"

In seinen Augen blitzten Gefühle, und er stieß einen Atemzug aus, während er sie an sich zog, um sie fest zu umarmen. „Ich hatte Angst, dass ich das versaut habe."

Sie schüttelte den Kopf. „Du hast es versucht, aber es hat nicht richtig funktioniert."

Mit einem leisen Lachen hielt er sie lange fest, und als er sie losließ, sagte er: „Du und deine Tochter sind auch für mich wichtig. Mehr, als dir klar ist."

„Ich glaube, ich habe schon so eine Vorstellung." Sie grinste zu ihm hinauf und zog ihn dann nach unten zum Fluss, wo der Mond auf dem Wasser glänzte. Obwohl heute Vormittag noch über ein halber Meter Schnee auf dem Boden gelegen hatte, hatte die städtische Straßenreinigung bereits den Weg zum Fluss freigeräumt. Sobald sie eine Bank fanden, setzte sie sich hin und bedeutete ihm, sich ihr anzuschließen.

„Ich habe gehört, das Wasser hat magische Eigenschaften", sagte er, während er auf den Fluss hinausschaute.

„Das habe ich auch gehört." Sie lehnte sich an ihn, liebte

diese neue Vertrautheit, die sie jetzt teilten. Als sie früher zusammen gewesen waren, hatte sie sich in seine Großzügigkeit, Sanftheit und witzige Art verliebt, aber sie hatte in den wenigen Tagen, seit sie sich in Keating Hollow erneut getroffen hatten, mehr über ihn erfahren als während der ganzen Zeit, in der sie vorher zusammen gewesen waren. Zumindest hatte sie mehr von seiner Geschichte erfahren, und über das, was in seinem Inneren war, anstatt seinen Lieblingsteilchen von der Bäckerei, und wie er seinen Kaffee mochte.

Er warf ihr ein freches Grinsen zu, bevor er seine Aufmerksamkeit wieder auf den vom Mond beleuchteten Fluss lenkte. „Hast du mir nicht einmal gesagt, dass du einen Golden Retriever hattest, der als besten Freund eine Katze aus dem Tierheim hatte?"

Amelia konnte nicht verhindern, dass ein Lächeln ihre Lippen krümmte. „Ja. Sie waren unzertrennlich. Wenn die Katze nicht dem Hund nachjagte, lagen sie zusammen im Hundebett aneinandergekuschelt, als wären sie die einzigen zwei Lebewesen auf der Welt. Das war schon was Besonderes."

„Klingt wunderbar", sagte er sehnsüchtig, und sie fragte sich, ob er jemals ein Haustier gehabt hatte. Aber bevor sie fragen konnte, stand er auf und fing an, die Arme zu bewegen. Wasser stieg vom Fluss auf und bildete die Umrisse einer Katze und eines Hundes. Der Hund ähnelte einem Golden Retriever, mit Schlappohren und einem langen, flauschigen Schwanz. Die Katze schaute zu dem Hund auf und schlug spielerisch nach seiner Nase, und als der Hund über den Fluss hinausschoss, jagte ihm die Katze nach. Die beiden spielten, neckten einander eine Weile, bis die Katze schließlich zu dem Hund kam, die Nase an das andere Tier drückte und sich neben ihm zusammenrollte. Der Hund legte sich um die Katze, und das Bild war so wunderbar, dass Amelia beinahe vergessen hätte, zu atmen.

„Genauso haben sie sich gemeinsam verhalten." Sie drückte sich eine Hand an die Brust. „Danke dir. Ich vermisse die beiden so sehr."

„Ich weiß. So, wie du von ihnen gesprochen hast, war klar, dass sie für dich etwas Besonderes waren."

Ihre Tränen waren wieder da. Er hatte wirklich aufgepasst, selbst als sie versucht hatten, einander auf Abstand zu halten. „Danke dir", sagte sie mit einem emotionalen Schniefen. „Du bist schon was Besonderes, weißt du das?"

„Nö. Ich bin nur eine Geisthexe mit ein paar seltsamen Fähigkeiten. Die Magie im Fluss hilft mir mit diesem überraschenden Talent." Er beschwor das Kinderzimmer herauf, genau wie zu Hause bei ihr, komplett mit der Wiege und dem Mobile mit Meerestieren. „Ich kann es kaum erwarten, sie kennenzulernen."

Amelia nahm seinen Arm. „Ich auch."

Die Szene verschwand und wurde durch einen Esstisch mit einem Strauß Sonnenblumen und Margeriten ersetzt, mit Weingläsern, und etwas, das aussah wie ein Käsekuchen oder eine Art Nachtisch. Musik strömte durch die Luft, dazu noch herzförmige Wassertropfen. Es war alles so kitschig, und doch war es einer der romantischsten Augenblicke, die Amelia jemals erlebt hatte. Er hatte nicht nur einfach Szenen zusammengestellt, von denen er dachte, sie würden einer Frau gefallen; er hatte sie auf das zugeschnitten, was er über sie wusste. Es bedeutete sehr viel mehr für sie, als er jemals erfahren würde.

„Danke dir", flüsterte sie, dann beugte sie sich vor und küsste ihn. Seine Lippen waren weich und warm in der kühlen Nachtluft.

Grayson strich mit dem Daumen über ihre Wange, während er den Mund öffnete und den Kuss vertiefte. Sie spürte ihn bis ganz in die Zehenspitzen, während ihr Körper zu prickeln begann. So fühlte sie sich immer, wenn er sie berührte, nur dass es nun mehr bedeutete. Nun wusste sie, dass sie ihm wichtig war.

Er zog sich zurück, senkte den Blick, während sein Gesicht leicht rot wurde. „Wir sollten das vermutlich nicht noch weiter treiben."

„Und warum das?", wollte sie wissen, beinahe beleidigt, dass es ihm möglich gewesen war, den Kuss mit ihr zu beenden. Denn auf gar keinen Fall hätte sie sich aus seiner Umarmung gelöst. Sie hatte ihre körperliche Verbindung vermisst, und nun, da es auch eine emotionale gab, die nicht einseitig war, war sie auf jeden Fall dem Untergang geweiht.

Er bewegte sich, um etwas Abstand zwischen sie zu bringen, und ihr wurde klar, dass das genau der Grund war, weshalb sie aufhören mussten. Amelia war bereit für Liebeserklärungen und Versprechungen für die Ewigkeit. Grayson versuchte nur, sein verändertes Dasein zu erkunden. Natürlich, sie war ihm offensichtlich wichtig, aber Versprechungen und Ewigkeiten waren für die Beziehung mit seiner Tochter reserviert, nicht für Amelia. Das musste sie im Gedächtnis behalten, oder sie lief Gefahr, dass ihr das Herz gebrochen wurde … schon wieder.

„Vielleicht sollten wir den Abend beenden?", sagte sie, schlang die Arme um sich. Obwohl es eine kühle Nacht war, war es nicht die Temperatur, die ihr kalt werden ließ. Es war die Erkenntnis, dass sie vermutlich schon wieder weit vorauseilte. Es gab einen Grund, weshalb sie ihm schon gesagt hatte, dass sie der Beziehung Zeit zum Wachsen lassen mussten. Wenn sie nach mehr strebte, würde das nur nach hinten losgehen. Dessen war sie sich sicher.

„Ja, ich schätze, das sollten wir." Er zog sie an seine Seite, umarmte sie seitlich und küsste sie auf die Schläfe. „Ich hatte eine echt schöne Zeit mit dir heute Abend."

„Ging mir genauso." Sie gingen Hand in Hand zurück zur Hauptstraße und seinem SUV. Sobald sie auf dem Beifahrersitz saß und er sie zurück zu ihrem Haus fuhr, sagte Amelia: „Erzähl mir mehr von deiner Nachbarin. Derjenigen, die als Kind für dich da war. Bist du mit ihr in Kontakt geblieben?"

Seine Miene war in den Schatten verborgen, aber sie hätte schwören können, dass sie spürte, wie er sich bei ihren Fragen versteifte.

„Du musst nicht antworten", stieß sie hervor. „Wenn du über diese Zeit nicht reden willst, verstehe ich das."

„Nein, das ist es nicht", sagte er knurrend. „Das hat mich nur auf dem falschen Fuß erwischt." Einen Augenblick lang herrschte Stille, bevor er fortfuhr. „Die ersten Jahre in dieser Pflegefamilie waren wirklich unerträglich. Es gab keine Bemühungen, dafür zu sorgen, dass ich die Therapie bekam, die ich nach dem Unfall gebraucht hätte. Es wurde von mir erwartet, dass ich ein Musterkind bin. Still, gehorsam und vor allem ohne Emotionen. Sie haben mich aufgenommen, darum hatte ich dankbar zu sein, oder sie würden mich zurückschicken. Es gibt nur wenige Schicksale, die schlimmer sind als staatliche Gruppenheime, in denen Kinder warten, um eine Familie für die Ewigkeit zu finden, darum habe ich getan, was sie wollten. Aber ich war innerlich betäubt. Ich habe eine Welt verloren, die ich liebte, und ging stattdessen in ein emotionales Gefängnis."

Amelias Herz schmerzte, und sie wünschte sich, dass sie

diese Frage nicht gestellt hätte. So wollte sie ihren wunderbaren Abend nicht beenden. „Es tut mir so leid, Grayson. Ich hatte keine Ahnung."

„Das hat niemand", sagte er einfach. „Nicht mal Kira."

„Kira?", fragte sie mit gerunzelter Stirn. „Das Model, mit dem du eine Weile zusammen warst?"

Diesmal spürte sie es, als er zusammenzuckte, aber sie machte keine Bemerkung dazu. Er redete von seiner Vergangenheit, etwas, von dem sie wusste, dass er es niemals tat, und von dem sie argwöhnte, dass er es unbedingt tun musste. „Ja", sagte er. „Kira war meine Nachbarin. Wir sind auch kurz mal zusammen gewesen, haben aber recht schnell gemerkt, dass wir einfach nur Freunde sein sollten."

„Das klingt sinnvoll", sagte Amelia. „Sie ist eine Kindheitsfreundin, diejenige, auf die du dich durch alles hindurch gestützt hast. Es könnte schrecklich sein, das mit einer romantischen Beziehung zu vermasseln."

Er warf ihr kurz einen Blick zu, die Augenbrauen zusammengezogen, als würde er über das nachdenken, was sie gerade eben gesagt hatte. Aber dann schüttelte er den Kopf. „Wir waren einfach nicht einer Meinung. Das ist alles. Wir bleiben Freunde, aber nicht so eng, wie wir es früher waren. Wir waren als Kinder füreinander da, und dafür werde ich immer dankbar sein. Aber jetzt? Ich werde sie immer wegen unserer geteilten Geschichte lieben, aber wir haben beide zwei unterschiedliche Wege gewählt, und inzwischen ergibt unsere Freundschaft nicht mehr viel Sinn."

„Ich glaube, es ist ein bisschen traurig, dass eure Freundschaft sich verändert hat, aber es gibt manchmal Leute, die eine Zeit lang in deinem Leben sind, und dann wieder verschwinden. Es ist okay, es so zu sehen."

Er nickte. „Ja. Ich glaube, das stimmt. Sie hat mich gerettet, als ich sie am meisten brauchte, und ich habe sie gerettet, als sie mich am meisten brauchte. Das reicht, oder?"

„Klar." Sie beugte sich herüber und drückte ihm leicht das Bein. „Es gibt keine Regeln, wie man Beziehungen führt, Grayson. Man kann nur das Herz offenhalten."

Er fuhr in ihre Zufahrt und brachte sie an die Tür. „Nur damit du es weißt ... mein Herz ist offen für dich."

Sie lächelte zu ihm hinauf. „Das ist gut."

Grayson zog sie an sich, drückte seinen hochgewachsenen Körper an ihren und küsste sie leicht.

Amelia schmolz beinahe unter seiner Berührung, entflammte dann aber, als er den Kuss vertiefte und es ihr ganz schwindelig werden ließ. Als er schließlich zurücktrat, war sie atemlos und nur Augenblicke davon entfernt, die Regeln über Bord zu werfen und ihn nach drinnen einzuladen. Sie hatte sich gesagt, dass sie Zeit brauchten, um einander dieses Mal wirklich kennenzulernen, bevor sie ihn wieder in ihr Bett einlud. Aber was spielte das für eine Rolle, wenn er ihr ein so gutes Gefühl gab?

„Gute Nacht, Amelia", sagte er und zog sich bereits von der Veranda zurück.

„Du bleibst nicht?", stieß sie hervor, und dann bedauerte sie es sofort, als sich seine Augenwinkel in Falten legten.

„Nicht heute Nacht, Liebling. Wir brauchen beide Schlaf. Ich ruf dich morgen an."

Amelia betrat ihr leeres Haus und beobachtete vom vorderen Fenster aus, wie seine Rücklichter den Hügel hinab verschwanden.

KAPITEL 12

Grayson stöhnte, als er den Berg hinab in die Stadt fuhr. Amelia hatte gewollt, dass er blieb, und was hatte er getan? Er hatte beschlossen, seine ritterliche Seite zu umarmen, und hatte abgelehnt. Was war los mit ihm? Er hätte ihr ins Haus folgen können. Das hieß ja nicht, dass er über Nacht bleiben musste, oder?

Falsch.

Dieser Kuss, den sie geteilt hatten, wäre schnell eskaliert. Er wusste, wohin sie unterwegs gewesen waren, und ihre Beziehung war zu wichtig, als dass er es übereilt hätte. Es würde ihn nicht umbringen, ein wenig zu warten, mehr Zeit damit zu verbringen, ihr näherzukommen, bevor sie wieder zusammen im Bett landeten.

Aber verdammt, er wollte sie. Er vermisste es, Zeit in ihrem Bett zu verbringen. Das Problem war, dass ihre Beziehung sich beim letzten Mal auf die körperliche Seite konzentriert hatte, und er wollte inzwischen mehr als das. Sie war es wert, zu warten.

Als Grayson seinen Toyota in seine Zufahrt fuhr, fiel ihm auf, dass das Licht im vorderen Fenster an war, und er runzelte die Stirn. Er erinnerte sich nicht, dass er irgendein Licht angelassen hätte, bis auf das Verandalicht, als er vorhin aufgebrochen war. Er war niemand, der Energie verschwendete. Er beschloss, dass er unabsichtlich den Schalter berührt haben musste, als auf dem Weg nach draußen gewesen war, und dachte nicht allzu viel darüber nach, als er das Haus betrat.

Er hatte gerade die Schlüssel in eine Schale auf dem kleinen Tisch in der Nähe der Vordertür fallen lassen, als er eine vertraute Stimme sagen hörte: „Wird aber auch Zeit, dass du herkommst."

Es lief ihm eiskalt das Rückgrat hinab, als er sich umdrehte und die Frau anstarrte, die irgendwie einen Weg gefunden hatte, in sein Haus zu gelangen. Seine älteste Freundin Kira, die Frau, die die Welt inzwischen als Katy Carmichael kannte, entspannte sich in einem großen Sessel, eine Tasse in der Hand. „Kira, was zum Teufel machst du hier? Und wie bist du in mein Haus gekommen?"

Sie richtete sich auf wie eine Katze und erhob sich aus dem Sessel, ihre Zwölf-Zentimeter-Absätze sorgten dafür, dass sie nur wenig größer war als seine gut 1,80 Meter. „Du hast auf keine meiner Nachrichten oder Anrufe geantwortet, Grayson. Was hast du denn erwartet, dass ich mache?"

„Dass du nicht in mein Haus einbrichst?", schäumte er. Der Geruch nach frischem Kaffee hing in der Luft, und er bewunderte ihre Fähigkeit, sich einfach nur wie zu Hause zu fühlen. Er marschierte in seine Küche, um festzustellen, dass das Geschirr, dass er vorhin in der Spüle hatte stehen lassen, in den Geschirrspüler eingeräumt worden war, und auf dem

Tisch stand ein frischer Strauß Blumen. „Was zum Teufel ist das? Hast du gedacht, wenn du aufräumst und mir Blumen bringst, würde ich nicht wütend sein?"

„Ach, bitte. Du regst dich doch nicht auf, weil ich eingebrochen bin. Du regst dich auf, weil ich hier bin", erwiderte sie, während sie ihm folgte.

Er schnappte sich ein Glas und füllte es mit Wasser aus dem Hahn. Ohne ein Wort zu sagen, stürzte er die kühle Flüssigkeit hinab, wünschte sich, es wäre etwas Stärkeres. Aber er hatte keinen Alkohol mehr in seinem Haus. Nicht nach dem, was vor ein paar Monaten in New York passiert war.

Grayson schaute in ihre eisblauen Augen. Als er sie nun außerhalb ihrer schicken Wohnung in New York City sah, kam es ihm, dass er überhaupt keine Spur des Mädchens entdecken konnte, mit dem er ein paar Jahre gleich nach der Highschool zusammen gewesen war. Kira Jamison war komplett in Katy Carmichael aufgegangen. Die hübsche Brünette mit den klugen blauen Augen und weichen Kurven war von einer platinblonden Frau mit kühlem Blick und einem zu schmalen Körper ersetzt worden. Als sie zum ersten Mal nicht in eine Mustergröße gepasst hatte, hatte sie eine Hungerdiät gemacht und nicht locker gelassen, bis sie einem Laufsteg-Model geähnelt hatte.

Kira bewegte sich, sodass sie hinter ihm stand. Sie legte ihm eine Hand auf die Hüfte und flüsterte ihm ins Ohr. „Komm schon, Grayson. Du kannst doch nicht wütend auf mich bleiben." Sie bewegte die Hand, sodass sie flach auf seinem Bauch lag, ihr kleiner Finger berührte den Knopf seiner Jeans. „Ich habe dich vermisst. Ich dachte, wir könnten vielleicht alles hinter uns lassen und es noch mal versuchen. Ich bin immer besser, wenn wir zusammen sind."

Er legte seine Hand auf ihre und nahm sie weg. „Was machst du da?"

„Ich versuche nur, mein Interesse zu zeigen", sagte sie schnippisch, während sie einen Schritt zurücktrat. „Kein Grund, deswegen gleich gereizt zu reagieren."

„Hast du gerade ernsthaft angedeutet, dass du mit mir schlafen willst?", sprudelte es aus ihm heraus, während er sich zu ihr umwandte.

Sie lachte, in ihrem Blick stand Erheiterung. „Wäre das so ein Schock? Ist ja nicht so, als hätten wir das noch nie gemacht."

Er schüttelte verblüfft den Kopf, während er das Wasserglas auf die Anrichte stellte und sagte: „Hör auf mit dem Scheiß, Kira. So eine Art Beziehung haben wir schon seit Jahren nicht mehr. Benimm dich nicht, als hätte sich alles geändert, nur weil du mir ein paar Blumen mitgebracht hast. Erzähl mir, warum du wirklich hier bist."

„Ich nehm dich doch nur auf den Arm. Chill mal, okay?" Ihr Lächeln verflog, während ihre Mine sich zu reiner Verärgerung wandelte. „Ich hab's dir gesagt. Ich bin hier, weil du meine Anrufe nicht beantwortet hast."

„Du hast erst heute angefangen, mir Nachrichten zu schreiben", sagte er, kniff die Augenbrauen zusammen. „Willst du mir sagen, du hast dir so große Sorgen gemacht, als ich nicht sofort ranging, dass du von New York bis ganz nach Kalifornien geflogen bist? Denn ich muss sagen, das klingt sogar für dich verrückt."

Sie schnaubte einmal verärgert. „Natürlich nicht. Ich war bereits auf dem Weg. Ich dachte mir, du würdest antworten, bevor ich ankam. Als du das nicht getan hast, habe ich es mir gemütlich gemacht. Genauso wie ich es von dir erwarten würde, dass du es machst, wenn du mich treffen willst. Bist du wirklich angepisst, dass ich mir von Benji ein Schloss habe knacken lassen?"

Grayson hörte ihr zu, aber nichts ergab einen Sinn. Sie war auf dem Weg nach Keating Hollow gewesen? Benji, ihr Fahrer, hatte offensichtlich sein Schloss geknackt und war dann losgezogen, denn kein weiteres Auto parkte in der Zufahrt. Anstatt raten zu wollen, was sie vorhatte, schnappte er sich sein Glas, füllte es wieder und sagte dann: „Ich glaube, wir setzen uns besser mal hin."

„Was immer du sagst." Sie schenkte rasch Kaffee in ihre Tasse nach und folgte ihm dann ins andere Zimmer.

Er setzte sich auf das Sofa, stellte sein Getränk auf den Beistelltisch und beugte sich vor, ließ die Arme auf den Knien ruhen. Kira nahm ihren Platz in dem übergroßen Sessel ein, aber anstatt sich wieder darauf zu drapieren, lehnte sie sich mit geradem Rücken zurück, ihre Tasse in beiden Händen.

Die veränderte Art, wie sie sich hielt, zog seine Aufmerksamkeit auf sie. Ihre Selbstsicherheit war weg, und sie wirkte sehr unsicher. So hatte er sie nicht gesehen, seit sie beide Teenager gewesen waren. Auf gar keinen Fall, seit sie als Katy Carmichael bekannt war. Ihre ganze Persönlichkeit baute sich darum auf, niemals Schwäche zu zeigen. Nicht mal vor ihm. Das war es gewesen, was sie letztlich als Paar verdammt hatte.

Als ihm klar geworden war, dass sie da war, hatte er zunächst angenommen, dass sie nach Keating Hollow gekommen war, um ihn davon zu überzeugen, zurück nach New York zu kehren und wieder für sie zu arbeiten. Sie hatte ihn viele Jahre lang dafür bezahlt, dass er ihren Saustall aufräumte, aber nach dem, was im Dezember passiert war, hatte er sie informiert, dass er kündigte und nicht zurückkommen würde. Sie war darüber nicht glücklich gewesen, aber zu seiner Überraschung hatte sie ihn ziehen lassen. Naiverweise hatte er geglaubt, sie würde seine Wünsche respektieren und ihn sein Leben in Frieden führen lassen. Er spähte zu ihr, verstört durch ihre Haltung. Etwas stimmte nicht. Etwas mehr als nur ein Riss in ihrer Freundschaft. Ganz gleich, wie sehr sie ihn nervte, sie war ihm immer noch wichtig, und er wusste, dass er sie nicht gehen lassen würde, bis er herausfand, was der wahre Grund ihres Besuchs war. „Was ist?"

„Ich glaube, ich muss ein paar Veränderungen in meinem Leben vornehmen", sagte sie.

Das schien ziemlich offensichtlich. Es gab einen Grund, dass er aus ihrem Leben verschwunden war. „Okay."

Sie biss sich auf die Unterlippe und sah zur Seite, konnte ihm nicht in die Augen schauen. Was immer sie störte, sie würde ein wenig brauchen, um bis dorthin vorzustoßen. Er lehnte sich auf seinem Sofa zurück und wartete.

„Ich habe eine Menge nachgedacht, seit du weg bist", sagte sie. „Und du hast recht. Mein Leben ist ein Schlamassel. Ich glaube, ich muss ein bisschen Abstand von der Schauspielerei gewinnen und mir neu überlegen, was am wichtigsten ist."

Er blinzelte sie an, völlig verblüfft. Erst vor ein paar Monaten hatte sie ihm ganz deutlich gesagt, dass sie das Leben ihrer Träume führte und es nicht zu schätzen wusste, dass er es verurteilte. Es war an dem Vormittag gewesen, nachdem eine ihrer Freundinnen beinahe an einer Überdosis Drogen gestorben war, und niemand sie ins Krankenhaus hatte bringen wollen. Sie hatten darauf bestanden, dass sie einfach nur drüber schlafen musste. Natürlich waren sie alle so betrunken oder high gewesen, dass sie kaum gehen konnten, geschweige denn einschätzen, ob ihre Freundin medizinische Hilfe benötigte.

Angeekelt hatte Grayson sie trotz ihres Widerspruchs ins Krankenhaus gebracht. Am nächsten Vormittag, als es klar geworden war, dass sie gestorben wäre, wenn er nicht eingeschritten wäre, hatte er die Entscheidung getroffen, dass er nicht mehr in Kiras Welt sein konnte. Er kam mit einer Menge Dinge zurecht, aber ihre Partys, die ständig außer Kontrolle gerieten, und ihre Unfähigkeit, die Verantwortung für irgendwas zu übernehmen, war mehr, als er erdulden konnte. Er hatte gehofft, sie würde ihre Partyzeiten hinter sich lassen, aber es hatte sich allmählich angefühlt, als würde er ewig warten müssen. „Was meinst du mit ‚neu überlegen'?"

„Diese Sache, die mit Heather passiert ist ... Ich bekomme immer wieder Albträume davon." Ihre Stimme brach, und eine Träne lief offen ihre Wange hinab. Ihre Augen waren glasig, als sie ihn anschaute, und Schmerz strahlte aus ihnen heraus. Plötzlich war Katy Carmichael weg, ersetzt durch das junge Mädchen, mit dem er aufgewachsen war.

Ihm stockte der Atem, als ihm klar wurde, dass seine Kira immer noch irgendwo da drin war. Das Mädchen, das er von ganzem Herzen geliebt hatte, war nicht ganz weg. „Heather geht's aber gut, oder?"

Sie nickte und schniefte. „Sie hat sich selbst vor einer Woche in ein Rehabilitationszentrum eingewiesen. Sie hat mich gebeten, sie hinzubringen, aber ich habe mich geweigert, weil ich nicht wollte, dass die Paparazzi mich an einem solchen Ort erwischen. Sie nannte mich egoistisch und hat mir gesagt, dass ich es verdient habe, dass du mich verlässt." Ihre Stimme war kaum hörbar, als sie hinzufügte: „Sie sagte, dass mir niemand wichtig wäre, außer mir selbst."

Das waren genau dieselben Worte, die er zu ihr gesagt

hatte, als er zum letzten Mal weggegangen war. Er wollte sie trösten, ihr sagen, dass immer noch Zeit blieb, um sich zu verändern, um der Mensch zu werden, der sie sein wollte, aber das tat er nicht. Er hatte solche Worte schon zu oft gesagt, um sie zählen zu können, und jedes Mal hatte sie ihn ignoriert.

Grayson saß schweigend da, denn wenn er etwas über Katy Carmichael gelernt hatte, dann, dass sie nicht auf Plattitüden reagierte. Ihre Sturheit war riesengroß, und diese Eigenschaft hatte ihr gute Dienste geleistet, wenn es um das Geschäft mit der Schauspielerei ging. Auf einer persönlichen Ebene war es weniger zuträglich. Grayson konnte sie nicht retten. Nur sie selbst konnte das. Er beschloss, nichts zu Heathers Anmerkungen zu sagen. Stattdessen konzentrierte er sich darauf, den Versuch zu machen, Kira zu helfen. „Vielleicht solltest du mit einem Profi sprechen, wenn du weiterhin Albträume hast."

Sie nickte. „Das mache ich bereits. Sie hat gesagt, als allererstes muss ich mir selbst verzeihen."

„Hast du das?"

Sie schüttelte den Kopf. „Nein. Du hattest recht. Ich bin ein schrecklicher Mensch."

Er zuckte zusammen. Hatte er ihr das wirklich ins Gesicht gesagt? Vermutlich. Beim letzten Mal, als sie geredet hatten, war er mehr als nur wütend gewesen. „In diesem Augenblick warst du schrecklich, aber das bist nicht ganz du", sagte er und meinte es auch ernst. Sie war immerhin trotzdem noch das Mädchen, das für ihn da gewesen war, nachdem er das Haus seiner Pflegeeltern verlassen hatte, und sie hatte ihm die Hand gehalten, als er schließlich losgezogen war, um zum ersten Mal die Gräber seiner Eltern aufzusuchen. „Aber wir wissen beide, dass ich dich nicht von deiner Schuld freisprechen kann. Wenn es das ist, wonach du suchst, dann ..."

„Ist es nicht", erwiderte sie dringlich. „Ich musste einfach nur von allem weg."

„Also bist du hergekommen? Nach Keating Hollow? Warum nicht in dein Strandhaus auf Cape Cod oder deine Berghütte in Vail?"

Sie kniff die Augen zusammen und schüttelte den Kopf. Als sie sie wieder öffnete, hielt sie seinen Blick fest, und mit unverstellten Gefühlen in der Stimme sagte sie: „Es hätte mir nicht geholfen, an einen dieser Orte zu gehen. Ich muss vor den Leuten in meinem Kreisen fliehen. Aber mehr als nur das, ich brauche dich. Du bist der Einzige, der mich in meine Mitte bringt. Meinst du, ich kann ein paar Tage bleiben? Ich brauche einen Ort, an dem mich niemand finden kann."

Warum war es seine Aufgabe, sie in ihre Mitte zu bringen? Er fing in Keating Hollow ein neues Leben an. Eines, das sehr weit von ihrer Welt entfernt war. Grayson wollte ihr sagen, sie solle in der Pension übernachten, aber er knirschte mit den Zähnen und wusste, dass er das nicht konnte. Seit Silas Ansell nach Keating Hollow gezogen war, gab es eine Handvoll Paparazzi, die hier herumhingen. Sie würden sie sicher sehen, und was immer sie sich hier als Rückzugsort ausgesucht hatte, um ihre Seele zu erforschen, würde ruiniert werden. Widerstrebend nickte er. „Ja, aber das ändert gar nichts. Ich komme nicht zurück nach New York."

Sie seufzte. „Ich wünschte, ich könnte deine Einstellung dazu ändern."

„Ich weiß. Aber das wirst du nicht. Amelia Holiday ist hier, und sie ist schwanger von mir." Er hatte diese Nachricht nicht einfach so ausplaudern wollen, aber es musste gesagt werden. Sie würde besser wissen als sonst jemand, was ein Kind ihm bedeutete.

Ihre Augen wurden groß, und dann wich ihr alle Farbe aus dem Gesicht.

„Du siehst aus, als würdest du gleich umkippen", sagte er, beobachtete sie genau.

Sie holte scharf Luft und drückte sich dann eine Hand an die Brust. „Hast du mich deswegen verlassen?"

Er schüttelte den Kopf. „Nein. Du weißt, weshalb ich gegangen bin. Von dem Baby habe ich erst vor ein paar Tagen erfahren. Und bevor du fragst, ja, Amelia und ich sind wieder zusammen."

„Das ist ..." Sie räusperte sich. „Das ist echt wunderbar, Grayson. Ich weiß doch, wie viel es dir bedeutet, eine Familie zu haben."

Er nickte einfach, denn das war keine Unterhaltung, die er mit ihr führen wollte.

„Liebst du sie?"

Grayson stand auf, antwortete ihr nicht. „Komm schon. Ich bringe dich ins Gästezimmer."

Sie seufzte, schien zu verstehen, dass sie eine Grenze überschritten hatte. Nachdem sie sich einen Koffer geschnappt hatte, der in der Ecke in der Nähe der Eingangstür stand, folgte sie ihm den Gang entlang und sagte kein Wort, als er die Tür zu dem kleinen Zimmer mit einem Doppelbett öffnete.

Die Unterbringung war im besten Fall bescheiden, und die Tatsache, dass sie sich nicht beschwerte, nicht einmal, als er ihren Koffer in den Schrank stellte, überraschte ihn. Er hatte erwartet, dass Katy Carmichael ihre Aufwartung machte und sich wie eine Prinzessin benahm, wie sie es normalerweise tat, wenn die Dinge nicht ihrem Standard entsprachen. Aber als sie das nicht hat, schaute er auf sie hinab, glaubte ihr zum ersten Mal, seit sie angekommen war, dass sie es vielleicht tatsächlich ernst meinte, etwas verändern zu wollen.

„Danke, Grayson." Sie beugte sich vor, gab ihm einen Kuss auf die Wange. Dann klopfte sie ihm auf die Schulter und sagte: „Jetzt geh schon. Ich brauche meinen Schönheitsschlaf."

Er zog sie in seine Arme, hielt sie einen Augenblick länger als nötig und sagte: „Ich habe dich vermisst."

Sie stieß ein leises Schluchzen aus und packte ihn fester, während sie hervorzwang: „Ich dich auch."

KAPITEL 13

„Amelia!" Georgia rief von ihrem Tisch in der Nähe des Fensters im *Incantation Café* herüber. Ihre kleinen Löckchen waren zu einem Pferdeschwanz zusammengebunden, und sie wirkte wie jemand aus einem Schauerfilm mit ihren Leggins, Schnürstiefeln und dem fließenden violetten Spitzentop.

„Du siehst toll aus", sagte Amelia, war sich plötzlich sehr bewusst, dass sie nur Jeans und einen Pulli trug. Es war ein ruhiger Tag bei der Feuerwehr gewesen, und sie hatte ihre Zeit damit verbracht, dass Handbuch mit den Abläufen durchzugehen. Ihre Augen waren müde, weil sie auf den Computer gestarrt hatte, aber sie war mehr als nur bereit, sich mit einem echten Menschen auszutauschen.

„Danke." Georgia lachte leise. „Ich gehe nicht viel aus, wenn ich also einen Grund habe, das Haus zu verlassen, versuche ich das meiste daraus zu machen. Würdest du mir verraten, wo du diese Jeans her hast? Sie wirken großartig für deine Rückansicht."

Amelia spürte, wie ein Lächeln um ihre Lippen spielte.

„Diese tolle Boutique damals zu Hause in New York. Ich schicke dir die Webseite, wenn du möchtest."

„Ja, bitte."

„Okay, ich muss erst mal nachschauen, aber ich schicke dir eine Nachricht. Also, warum verlässt du das Haus eigentlich nicht so oft?", fragte Amelia, während sie ihrer neuen Freundin gegenüber Platz nahm.

„Ich schreibe von zu Hause aus." Sie zuckte mit den Schultern. „Wenn ich eine Deadline habe, dann komme ich nur raus, um mir was zu essen zu holen. Da werde ich ein wenig zurückgezogen." Sie grinste und nahm einen Schluck von ihrem Kaffee.

„Ich werde mir mal eines deiner Bücher holen müssen. Ich glaube, Yvette sagte, sie hat signierte Ausgaben in ihrem Laden. Führt sie auch deine?"

„Ja. Sie stehen gleich neben denen von Miranda. Die beiden Schriftstellerinnen vom Ort haben besondere Privilegien. Aber genug davon. Erzähl mir von dir und diesem großartigen Date, das du gestern Abend hattest."

Amelia spürte, wie ihre Wangen rot wurden, als sie an Grayson und den Kuss dachte, den sie am Vorabend geteilt hatten. Tatsächlich hatte sie nicht aufgehört, darüber nachzudenken, seit er sie rausgelassen hatte. Wenn es nach ihr gegangen wäre, hätte er übernachtet, und jetzt fragte sie sich, wie lange er sie warten lassen würde. Immerhin war es Monate her, seit sie zusammen gewesen waren. „Grayson und ich … Na ja, wir sind zusammen gewesen, als wir noch im Osten gelebt haben. Als es zu Ende war, bin ich hier rausgekommen. Und zu meiner großen Überraschung ist er mir gefolgt. Also sehen wir mal, wie die Dinge jetzt laufen."

„Oh, Wirrungen und Irrungen. Ich kann es nicht erwarten, herauszufinden, weshalb die Sache beim ersten Mal beendet wurde." Georgia rieb sich die Hände, als wäre es ein großer Skandal, den sie aufdecken musste.

In Wahrheit wollte auch Amelia wissen, weshalb es zu Ende gegangen war. Sie hatte gedacht, er wäre weggelaufen, weil sie ihre Gefühle ihm gegenüber eingestanden hatte. Aber inzwischen war sie da nicht mehr so sicher. Er schien die Nachricht mit dem Baby gelassen hinzunehmen und sich völlig auf das einzulassen, was als nächstes kam. Hatte es einen anderen Grund gegeben? Er hatte angefangen, sich ihr zu öffnen, aber es bestand kein Zweifel, dass er noch Geheimnisse mit sich herumtrug. „Ich schätze, du wirst einfach warten müssen, bis Miranda und Cameron aus der Geschichte einen Film machen."

Georgia legte den Kopf zurück und lachte. „Ach, ich mag dich. Wir werden tolle Freundinnen."

„Ich hoffe, da kann ich auch mitmachen", sagte Hanna Pelsh, die lächelte, als sie sich auf einen der Stühle neben Georgia setzte. „Ein Mädchen kann nie genug Freundinnen haben. Besonders, wenn alle, die sie derzeit hat, Familien gründen. Hast du von Yvettes Neuigkeiten gehört?"

Amelia schüttelte den Kopf. Sie hatte sich immerhin während eines Schneesturms eingeigelt.

„Nein, erzähl", sagte Georgia, die sich vorbeugte, als würde sie auf ein schmackhaftes Gerücht warten.

„Sie und Jacob sind unterwegs zur Bay Area, um das Baby abzuholen, das sie adoptieren. Sie haben es erst gestern Abend gehört. Ist das nicht aufregend?"

„Oh, wow", sagte Georgia. „Ich wusste, dass sie den Prozess in die Wege geleitet haben, aber ich hatte keine Ahnung, dass es so schnell gehen würde. Sie wird alle Hände voll zu tun haben, oder nicht?"

„Ja. Da Skye auch noch rumwuselt und mit dem neuen

Baby, fürchte ich, bei ihnen zu Hause wird Chaos herrschen. Sie lieben es sicher beide."

Amelia drückte sich unbewusst eine Hand auf den Bauch, während sie die hübsche Cafébesitzerin angrinste. In den letzten paar Monaten hatten sie sich angefreundet, da Amelia beinahe täglich entweder vor oder nach der Arbeit im Café zu Gast war. „Du siehst aus, als würdest du dich darauf freuen, noch mal Tante zu werden."

Hanna lachte leise. Sie war mit den Townsends aufgewachsen und die beste Freundin von Faith, der das Spa der Stadt gehörte und die kürzlich in ein neues Haus gezogen war, das sie mit ihrem Mann gebaut hatte. „Ja, die Townsend-Schwestern legen sich ganz schön ins Zeug. Abbys Termin ist im August, nur Noels Kleines ist noch nicht mal ein Jahr alt, und bald hat Yvette auch ein Neugeborenes. Da bleibt noch Faith, die nicht damit hinterm Berg hält, dass sie und Hunter es versuchen, und Hope, die sich als Pflegemutter bewirbt. Das ist ganz schön viel. In der Zwischenzeit haben es Rhys und ich nicht eilig. Ich glaube, wir versuchen es erst mal mit einem Hund. Vielleicht."

Sie lachten alle. Dann sagte Georgia: „Na, auf mich kannst du zählen. Hier gibt's keine Kinder und keine Pläne, irgendwelche zu machen oder anderweitig zu erwerben."

Sie schauten beide Amelia an.

Sie räusperte sich. „Das kann ich von mir nicht behaupten." Sie warf einen Blick hinab auf den kaum sichtbaren Babybauch. „Meine Kleine ist im Juli fällig. Aber ich bin jederzeit für einen Mädelsabend zu haben. Eine letzte große Sause, oder?"

Georgia und Hanna stießen beide überraschte Rufe aus und gratulierten ihr dann.

„Sieht aus, als hättest du dich in der richtigen Stadt

niedergelassen", sagte Hanna. „Da wird es kein Mangel an Verabredungen zum Spielen oder anderen Müttern geben, mit denen du dich anfreunden kannst."

Amelia schluckte schwer. Es gab keinen Zweifel, dass sie ihr Kind mit jeder Faser ihres Daseins wollte, aber bis genau in diesem Moment hatte die Wirklichkeit dahinter, eine Mutter zu sein, sie noch nicht so richtig getroffen.

„Ohoh", sagte Georgia, die ihre Hand nahm und sie fest packte. „Hol mal Luft. Ist dir schwindlig?"

War ihr schwindlig? Ja, sie glaubte schon. Mit einem Nicken drückte sie sich eine Hand auf den wild schwankenden Kopf, hoffte, dass es aufhören würde.

„Hier. Iss das", sagte eine unbekannte Frau.

Amelia beäugte den Kuchen und nahm ihn, ohne eine Frage zu stellen. Nach ein paar Bissen hörte der Schwindel auf, und sie fühlte sich nicht mehr, als würde sie gleich umkippen. „Danke", sagte sie, schaute zu der platinblonden Frau auf, die in der Nähe des Tisches stand.

Hanna und Georgia starrten sie an, schienen sprachlos zu sein.

„Gern geschehen. Du bist Amelia Holiday, oder?"

„Ja." Amelia runzelte die Stirn, versuchte, die Frau einzuordnen. Sie wirkte vertraut, aber Amelia konnte sich nicht erinnern, wer sie war. „Tut mir leid. Sind wir uns schon mal begegnet?"

Die Frau lachte. „Nein, sind wir nicht. Aber ich habe mich darauf gefreut, dich kennenzulernen. Ich bin Katy Carmichael, Graysons älteste und liebste Freundin."

Amelia war so verblüfft, dass sie keinen Ton herausbrachte, während sie zu der reinen Perfektion hinaufstarrte. Kein Wunder, dass sie vertraut war. Die Frau war in den letzten paar Jahren in drei Erfolgsfilmen gewesen und hatte eine Rolle in einer erfolgreichen Fernsehserie gehabt, die ein paar Jahre vorher geendet hatte. „Katy Carmichael. Ich, äh, du hast gesagt, du bist mit Grayson befreundet?"

Die Frau lächelte sie nett von oben an. „Wir sind beste Freunde. Es tut mir leid, dass ich hier eindringe. Nachdem Grayson und ich gestern Abend gesprochen haben, konnte ich es einfach nicht erwarten, dich zu treffen." Sie wandte sich an Hanna und sagte: „Kannst du Amelia noch einen Kuchen und was zu trinken bringen? Wir wollen doch nicht, dass ihr Blutzucker noch mal abfällt."

„Ach, Mensch, klar. Ich bin eigentlich rüber gekommen, um ihre Bestellung aufzunehmen, und dann haben wir uns verplappert." Sie wandte sich an Amelia. „Das tut mir so leid. Kuchen und einen entkoffeinierten Mokka mit extra Sahne?"

„Klar", sagte Amelia, die immer noch verstehen wollte, was Katy gesagt hatte. Sie hatten gestern Abend gesprochen? Katy war seine älteste Freundin? Hatte er nicht erwähnt, dass Katy mit seiner Freundin Kira bekannt war, die nebenan gewohnt hatte? „Danke, Hanna."

„Natürlich." Hanna eilte zurück zum Tresen, während Georgia Katy eine Hand hinhielt und davon schwärmte, wie sehr sie ihren letzten Film geliebt hatte. Katy war höflich, lenkte die Unterhaltung aber rasch zurück zu Amelia.

„Da es so aussieht, als würden wir eine Menge Zeit miteinander verbringen, sollten wir einander vermutlich besser kennenlernen, vielleicht bei einem Abendessen", sagte Katy zu Amelia.

„Werden wir?", fragte Amelia, die sich dumm vorkam, und als wäre sie in dieser Unterhaltung etwa zehn Schritte hinterher. Man hatte sie völlig auf dem falschen Fuß erwischt, und sie hatte keine Ahnung, wie es dazu gekommen war, dass ein echter Filmstar hier mit ihr und Georgia im *Incantation*

Café saß. Bis auf Silas war Keating Hollow nicht dafür bekannt, Promis anzuziehen.

„Natürlich. Da ich bei Grayson wohne, schätze ich, werden wir uns ständig über den Weg laufen."

Hanna kehrte zurück und stellte ein Getränk und den Kuchen auf den Tisch. „Hier ist es."

Amelia war zu sehr damit beschäftigt, Katy anzustarren, um Hanna zu antworten. „Du ... ähm, wohnst bei Grayson?"

Katy lachte leise. „Ja. Ich habe eine Pause von der Filmindustrie gebraucht, also bin ich hierher zu Grayson gekommen. Aber keine Sorge. Wir haben jahrelang immer mal wieder zusammen gewohnt. Seit er vor ein paar Monaten ausgezogen ist, habe ich es wirklich vermisst, neben ihm aufzuwachen. Der Mann ist ein menschlicher Hochofen. Aber ich schätze, das weißt du bereits."

Amelia drehte sich der Magen um. „Ihr schlaft im selben Bett?"

„Manchmal. Normalerweise, wenn wir was getrunken haben. Du weißt doch, wie es ist, wenn Alkohol dazu kommt." Katy stand auf. „Auf jeden Fall muss ich jetzt los. Ich treffe mich mit Grayson in der Brauerei. Hast du morgen Abend Zeit zum Essen? Geht auf mich."

Nein. Sag Nein, befahl sich Amelia. Sie war sich nicht sicher, ob sie ein Abendessen allein mit der Schauspielerin überstehen konnte, wenn sie sich dabei anhören musste, wie sie im selben Bett mit Grayson schlief. „Ich weiß nicht, ob ich Zeit habe", wich Amelia aus.

„Ach, komm schon. Ich werde dir von dem einen Mal erzählen, als Grayson und ich beinahe eingebuchtet wurden, als wir in Amsterdam gewohnt haben." Katy warf ihr ein Star-Lächeln zu und fügte an: „Er ist so ein toller Typ. Ich bin wirklich begeistert, dass er jemanden gefunden hat, der ihm so wichtig ist."

„Ja, okay", hörte Amelia sich antworten. Zwischen ihnen konnte doch nichts sein. Nicht nach dieser letzten Aussage. Es war klar, dass Katy wusste, dass sie und Grayson zusammen waren. Vielleicht wollte sie sich wirklich nur anfreunden. Aber das erklärte nicht die Tatsache, weshalb Katy bei ihm wohnte, oder die Tatsache, dass Grayson es noch nicht mal erwähnt hatte.

„Toll! Wie wäre es, wenn wir uns um sechs im *Cozy Cave* treffen? Da gibt es auf der Speisekarte was mit Ahi-Thunfisch, das umwerfend klingt", sagte Katy. „Und dann können wir beide die schmutzigen Geheimnisse über unseren Lieblingsmenschen auspacken."

„Okay", erwiderte Amelia wieder, fühlte sich, als wäre sie gerade von einer Dampfwalze überrollt worden. Katy war wie ein Wirbelsturm hereingefegt, hatte ein paar besorgniserregende Nachrichten fallen lassen und es geschafft, sie zu überzeugen, dass es eine gute Idee wäre, Zeit miteinander zu verbringen, und das alles in nur etwa fünf Minuten.

„Ist abgemacht." Katy stand auf, zwinkerte Amelia zu, winkte Hanna und Georgia, und dann verschwand sie so rasch, wie sie gekommen war.

Sie starrten ihr alle drei nach. Als sich die Tür sich hinter ihr schloss, sagte Georgia: „Heilige Hexenbesen. Ist das gerade wirklich passiert?"

„Das war ... verrückt", fügte Hanna an.

Amelia blinzelte sie beide an. Schließlich räusperte sie sich und fragte: „Hattet ihr beiden auch das Gefühl, dass Katy Carmichael so richtig nach Ärger riecht? Und das nicht auf die gute Art?"

„Auf jeden Fall", sagte Georgia. „Diese eklige gespielte Freundlichkeit, kombiniert mit der Manipulation auf Expertenniveau ist perfekt für die Schurkin in meinem nächsten Buch."

„Mit der musst du aufpassen", sagte Hanna nachdenklich, starrte immer noch auf die Tür, durch die die Frau verschwunden war. „Wenn es stimmt, dass sie und Grayson schon lange befreundet sind, wird es schwieriger, sie auffliegen zu lassen, wenn sie irgendwas Zwielichtiges vorhat. Du willst ja nicht, dass er sich für eine Seite entscheiden muss."

„Besonders, wenn du nicht weißt, auf welcher Seite er landen wird", sagte Georgia.

Amelia stöhnte. „Genau davor habe ich Angst."

Sie schauten sie beide mitfühlend an. Georgia griff über den Tisch und legte eine Hand auf die von Amelia. Hanna machte es genauso. Georgia drückte und sagte: „Denk nur dran, dass wir hier sind, wenn du reden willst. Teufel, wir sind hier, wenn du einfach einen Margarita brauchst." Sie grinste Amelia an. „Und ganz gleich, was los ist, wir stehen auf deiner Seite. Versuche einfach nur, uns nicht in eine Lage zu bringen, in der wir die Leiche verbuddeln müssen."

Hanna lachte, in ihren Augen funkelte Erheiterung. Georgia zuckte nur mit einer Schulter und schenkte ihnen ein Lächeln. „Ja, Gräber ausbuddeln ist nicht wirklich mein Ding. Also tu dein Bestes, okay?", fügte Hanna an.

Amelia schüttelte den Kopf, lachte über sie. Aber dann strahlte sie und drückte ihnen beiden die Hände und sagte: „Dankeschön. Wann ist nun Margarita-Abend? Ich bringe die alkoholfreien Cocktails mit."

„Mist. Schwangere anwesend", sagte Georgia, schlug sich leicht mit der Hand an die Stirn. „Also dann Häppchen."

„Ich trinke trotzdem einen Margarita", sagte Hanna, die jemandem zuwinkte, der ins Café kam.

„Und ich nippe an der nullprozentigen Variante." Amelia nahm den Kuchen und biss einmal ab. Sobald sie geschluckt hatte, fügte sie an: „Oder ich esse einfach das hier. Verdammt, Hanna. Was ist denn da bitte drin?"

„Du weißt schon. Das übliche", sagte Hanna. „Machen wir Margarita-Abend am Samstag. Bis dahin hast du bestimmt eine Tonne guter Gerüchte für uns. Ich meine, da du dich ja mit einem echten Filmstar gemein machst."

„Ich bin dabei", sagte Georgia.

„Also Samstag", sagte Amelia mit einem Seufzen. „Hoffen wir einfach, dass ich so lange durchhalte, ohne jemanden umzubringen."

Georgia stand auf und legte Amelia eine Hand fest auf die Schulter. „Ich bin da zuversichtlich."

Hanna stimmte zu.

Amelia schüttelte nur den Kopf und sagte: „Euch beiden macht das einfach viel zu viel Spaß."

„Dafür sind wir doch Freundinnen", sagte Georgia. „Wir sind für die Hochs und Tiefs und alles dazwischen da. Ich weiß, wir haben uns gerade erst kennengelernt, aber ich kann spüren, dass wir tolle Freundinnen werden. Jetzt los. Raus hier und hol dir was Richtiges zu essen. Du musst dieses Baby füttern."

Mit Glückstränen in den Augen umarmte Amelia die beiden rasch, versprach ihnen, sie wissen zu lassen, wenn etwas richtig Pikantes passierte, und als sie dann aus dem Café ging, rief sie bereits Grayson an.

KAPITEL 14

$\mathcal{G}$rayson hielt das Lenkrad seines Toyotas umklammert, während er die kurvige Bergstraße hinauf fuhr. Den Tag hatte er am nördlichsten Punkt der kalifornischen Küste verbracht, mit verschiedenen Restaurantbesitzern und Käufern gesprochen. Er war entschlossen, der Keating Hollow Brauerei zu helfen, ihre Ciders im ganzen Landstrich zu verkaufen. Die Ciders waren beliebt, und sie brauchten nur noch einen winzigen Anstoß, um die Produktion auszuweiten.

Er war früh aufgestanden, hatte sein Bestes getan, um Kira aus dem Weg zu gehen, und war dann aufgebrochen, entschlossen, die Sache erledigt zu bekommen, um es zu seinem Termin mit Rhys zu schaffen, dem Mann, der das Genie hinter den Ciders der Keating Hollow Brauerei war. Er musste die Verträge festmachen, damit die Brauerei wusste, wie viel genau sie in die Erweiterung investieren mussten, um den Bedarf zu decken. Normalerweise war er nicht zu sehr an ihren Lieferanten interessiert, aber er hatte sich schon am ersten Abend gut mit Rhys verstanden, an dem er in Keating Hollow gewesen war, und glaubte wirklich an ihr Produkt.

Und wenn er ehrlich zu sich war, fühlte es sich gut an, sein Überzeugungstalent für etwas Gutes zu nutzen, anstatt verzogene Stars von Ärger fernzuhalten.

Sobald Grayson vom Berg herabkam und rechts auf den Highway einbog, der nach Keating Hollow führte, blinkte auf seinem Handy eine Mischung aus Nachrichten und Anrufen, über die er in Kenntnis gesetzt wurde. Er stöhnte. Kira hatte versucht, ihn den größten Teil des Tages auf dem Handy zu erwischen, aber er hatte alle Anrufe auf die Mailbox gehen lassen und ihr eine Nachricht geschickt, dass er mit Kunden beschäftigt war. Es schien, als wäre ihr die Geduld ausgegangen.

Schade auch, dachte er, denn er hatte immer noch einen Termin vor sich, bevor der Tag zu Ende war.

Wieder läutete sein Handy, aber diesmal war es nicht Kira. Amelias Name blitzte auf dem Bildschirm auf, der an sein Armaturenbrett geklemmt war. Er drückte auf den Knopf, um ranzugehen und sprach über das Bluetooth-System. „Amelia, wie war dein Tag?"

„Ich schätze, man könnte ihn als interessant beschreiben." Es ließ sich nicht verleugnen, dass ihr Tonfall verärgert war.

„Was ist passiert?", fragte er, gab heftig Gas. Je schneller er in die Stadt kam, umso eher konnte er hinauf zu Amelias Haus fahren und … was tun? Er war sich nicht sicher, aber er sehnte sich danach, einen ruhigen Abend mit ihr zu verbringen, anstatt sich mit dem herumzuschlagen, was immer Kira wollte.

„Ich habe heute deine beste Freundin kennengelernt."

„Hä?"

„Katy Carmichael? Sie sagte, ihr hättet im Lauf der Jahre

immer wieder mal zusammen gewohnt, und dass sie es vermisst, neben dir aufzuwachen", sagte Amelia.

„Was zum Geier?" Adrenalin schoss in Grayson hinein, und er musste sich zwingen, das Pedal nicht auf den Boden durchzudrücken. In einen Autounfall zu geraten, bevor er Kira den Hals umdrehen konnte, war nicht akzeptabel. „Kira hat sich mit dir getroffen?"

„Kira? Nein. Katy. Die Schauspielerin. Sie sagte, ihr beiden seid seit Jahren befreundet. Sie hat mich im *Incantation Café* überfallen."

„Verdammt. Das tut mir leid, Amelia. Kira ist Katys Geburtsname. Sie hat ihn für ihre Schauspielkarriere geändert. Ich würde lieber persönlich mit dir darüber reden. Wo bist du? Bei dir zu Hause? Ich kann in fünfzehn Minuten da sein."

„Nein. Ich bin nicht zu Hause. Und ehrlich gesagt, Grayson, will ich gerade jetzt nicht mit dir reden. Ich muss alles ein wenig verarbeiten. Außerdem habe ich gehört, du hast ein Date. Und ich will dir doch bestimmt keine Schwierigkeiten verursachen. Zieh einfach los und hab einen schönen Abend. Wir reden in ein oder zwei Tagen."

„Ich habe kein Date. Wie kommst du denn auf diese Idee?", fragte er, obwohl er es ahnte, wenn Kira daran beteiligt war.

Keine Antwort.

„Amelia?"

Schweigen.

„Verdammt." Er drückte auf den Abbruch-Knopf und sagte dem Auto, es solle Amelia anrufen. Das ging direkt auf die Mailbox. „Amelia, ich will dich nur wissen lassen, dass Kira letzte Nacht aufgetaucht ist. Ich hatte keine Ahnung, dass sie herkommt, und ich habe nicht mehr mit ihr geredet, seit ich New York verlassen habe. Es tut mir leid, dass sie dich überfallen hat. Bitte ruf mich zurück."

Er beendete den Anruf und trommelte mit der Handfläche frustriert auf das Lenkrad. Was war nur los mit Kira? Am Abend zuvor hatte sie verwundbar gewirkt, und bereit, sich zu verändern. Aber was er gerade von Amelia gehört hatte, sagte ihm, dass das alles eine Lüge war. Sie musste doch wissen, dass es ihm nicht gefallen würde, wenn sie Amelia quälte. Und was war mit den Paparazzi? Sicher würden sie von ihr Wind bekommen. Ihr Leben würde auf den Titelseiten aller Klatschzeitungen breitgetreten werden.

Grayson biss die Zähne zusammen und versuchte, das Pochen über dem linken Auge zu ignorieren. Das war genau die Art Mist, von der er gehofft hatte, sich nie wieder damit befassen zu müssen. Er hätte wissen sollen, dass er davon niemals loskommen würde.

Als er in die Stadt kam, zog er in Erwägung, direkt zu Amelias Haus zu fahren, wusste aber, dass er ihr etwas Raum lassen musste. Sie sagte, sie wollte nicht reden, und da sie nicht zurückgerufen hatte, würde er das respektieren.

Was er ganz bestimmt nicht machen würde, war, nach Hause zu fahren, wo Kira sicher auf ihn wartete. Nein, er würde seinen Termin bei Rhys einhalten und hoffen, dass Amelia bald bereit zu einem Gespräch war. Er musste sich erklären, und er wollte unbedingt wissen, was Kira ihr sonst noch gesagt hatte.

Der Parkplatz an der Keating Hollow Brauerei war für den Abend gut gefüllt. Er fuhr auf den letzten freien Platz. Als er einen Blick auf die Uhr warf, runzelte er die Stirn. Es war schon fast acht, gewissermaßen spät dafür, dass es so voll war. Er nahm an, dass da wohl ein Event stattfand, und hoffte, Rhys würde nicht zu beschäftigt sein, um sich mit ihm zu treffen.

Als er die Tür öffnete, gab es Lärm, aber es gab keine Live-

Unterhaltung, und es schien auch kein organisiertes Event zu sein. Grayson nickte der Kellnerin zu und deutete auf die Bar.

Sie lächelte ihn an und erwiderte sein Nicken, während sie sich hinabbeugte, um mit einem anderen Gast zu reden, dem sie gerade erst einen Platz gegeben hatte.

Am Tresen war es voll, aber er fand einen Stuhl ganz am Ende, wo Lin Townsend normalerweise saß, und sprang darauf. Sowohl Rhys als auch Clay, der Geschäftsführer, standen hinter dem Tresen und schenkten Bier und Cider aus den Zapfhähnen ein.

Rhys sah ihn und hob einen Finger, was nahelegte, dass er gleich bei ihm sein würde.

Grayson rief: „Lass dir Zeit." Er drehte sich um und musterte die Brauerei. Es dauerte nur ein paar Sekunden, bis ihm klar wurde, weshalb eine so große Menschenmenge da war.

Katy Carmichael hielt Hof an einem Tisch weit hinten, der vom Eingang aus nicht zu sehen war. Sie saß auf dem Tisch, gab Autogramme und posierte für Selfies.

Sie hatte offenbar die Aufmerksamkeit echt nötig. Was war nur in sie gefahren? Hatte sie den Verstand verloren? Sie würde bei jeder Klatschzeitung von Hollywood bis London auf die Titelseite kommen.

„Grayson!", rief sie und winkte ihm zu, ihr Lächeln so strahlend, dass er dachte, es würde ihn blenden.

Er gab sich Mühe, sie nicht finster anzufunkeln. Bestimmt würde jemand ein Bild schießen, und dann wäre es ein noch größerer Publicity-Albtraum. Grayson war darauf bedacht gewesen, niemals eine Geschichte von ihm handeln zu lassen, wenn sie zusammen in der Öffentlichkeit gesehen wurden. Nur einmal, direkt, nachdem sie sich getrennt hatten, hatte einer der Fotografen sie streiten gehört. Und direkt am nächsten Tag hatte Graysons Bild zusammen mit seiner Lebensgeschichte der Öffentlichkeit zur Unterhaltung zur Verfügung gestanden. Es war eine der schlimmsten Wochen seines Lebens gewesen, die Bilder in ein paar Magazinen zu sehen, die den Autounfall zeigten, der ihm seine Eltern genommen hatte.

Zum Glück war Grayson in der Unterhaltungsindustrie ein Niemand, und sein Beitrag zu der Geschichte war rasch verblasst, als Kira angefangen hatte, sich mit einem anderen Schauspieler zu treffen, dessen Stern am Aufsteigen war.

„Was hast du so lange gebraucht?", fragte Kira, die ihm einen Arm um die Taille legte und mit bewunderndem Blick zu ihm aufschaute. Diesen Blick kannte er. Es war derjenige, der bedeutete, dass sie etwas fürs Publikum vorspielte, selbst wenn dieses Publikum nur aus den anderen Einwohnern von Keating Hollow bestand. „Ich dachte schon, du würdest mich versetzen."

Grayson beugte sich hinab und flüsterte ihr ins Ohr: „Es ist schwer, jemanden zu versetzen, wenn man nicht verabredet ist."

Sie blinzelte zu ihm auf, ihre blauen Augen waren aufgerissen. „Das sehe ich anders. Heute Morgen habe ich gefragt, ob wir heute Abend zusammen essen. Du hast gesagt, in der Keating Hollow Brauerei, und ich sagte: ‚Toll. Wir treffen uns dort.'"

Er runzelte die Stirn, weil er sich erinnerte, dass diese Unterhaltung ganz anders gelaufen war. Sie hatte gefragt, wann er zurück sein würde, und er hatte gesagt, dass er das nicht wusste, weil er einen Termin in der Brauerei hatte. Sie hatte irgendwas davon gesagt, dass sie sich Burger holen würde, und er hatte genickt. Das war kein Plan, um zusammen essen zu gehen. „Ich habe ein Geschäftstreffen, Kira", sagte er durch zusammengebissene Zähne, genervt, dass er sich überhaupt damit befassen musste.

„Natürlich. Mach schon. Ich bin gleich hier, wenn du fertig bist." Sie warf ihm ein strahlendes Lächeln zu und schwebte zurück zum Tisch und ihren Bewunderern.

Grayson holte tief Luft und wandte sich von ihr ab, zwang sich dazu, sie aus seinen Gedanken zu schieben. Er hatte Geschäfte, um die er sich kümmern musste. Wenn Kira ihr stilles Dasein in Keating Hollow auffliegen lassen wollte, war das ihre Sache. Sie wusste es doch besser. Er musste nicht mehr den Babysitter für sie spielen.

„Grayson, hey, Mann", sagte Rhys, der ihm eine Hand hinhielt. „Ist irgendwie irre hier heute Abend." Er nickte zu Katy Carmichael hin und lachte leise. „Ich schwöre, wer hätte denn ahnen können, dass Keating Hollow der Standard-Rückzugsort für einige der heißesten Promis der heutigen Zeit werden würde?"

„Klingt unwirklich, oder?", sagte Grayson, der sich zu einem Lächeln zwang. „Aber gut fürs Geschäft."

„Auf jeden Fall. Komm mit ins Büro hinten, und wir können über die Details reden." Rhys winkte ihn hinter den Tresen, und Grayson war erleichtert, das Promi-Spektakel hinter sich lassen zu können.

„Ich habe gute Neuigkeiten", sagte Grayson, als er sich Rhys gegenüber in das ordentliche Büro setzte. „Ich habe zwischen hier und Smith River eine Handvoll weiterer Kunden gesichert. Sie sind nicht riesig, aber es gibt ein paar in Crescent City, die beliebt bei den Einheimischen sind, das könnte sich also als vielversprechend erweisen. Ich habe die ersten Bestellungen da." Er zog sein Notebook heraus und öffnete eine Tabelle. „Ich glaube, die sollten, zusammen mit den Verträgen, die ich bereits gesichert habe, ausreichen, dass meine Firma die exklusiven Vertriebsrechte für diesen Bereich gewinnt, und außerdem die Garantie geben kann, dass genug Bestellungen reinkommen, damit ihr die Produktion erhöhen könnt."

„Das sieht echt vielversprechend aus, Grayson", sagte Rhys, der sich die Tabelle anschaute. „Gehen wir mal die Bedingungen durch."

Die beiden Männer verbrachten die nächsten zehn Minuten damit, ihren Vertrag durchzugehen, und dann eine weitere Stunde mit den Erweiterungsplänen der Brauerei. Bis sie aus dem Büro kamen, hatte Grayson Kira und ihre Sperenzchen völlig vergessen. Aber sobald sie ihren Weg zurück in den Essbereich fanden, sah er sie an der Bar sitzen, wo sie versuchte, mit Clay zu flirten. Sie hatte eine Hand auf seinem Arm, lächelte hübsch zu ihm auf, wie sie es machte, wenn sie von jemandem etwas wollte.

„Es war mir ein Vergnügen, Rhys. Danke, dass du dir Zeit für mich genommen hast."

Rhys lachte leise und schüttelte Graysons Hand mit seinen beiden. „Ich sollte doch derjenige sein, der dir dankt. Clay und Lin werden sehr zufrieden mit dieser Entwicklung sein. Du hast uns echt weitergebracht."

Grayson war von Stolz erfüllt, was verfestigte, dass er die richtige Wahl getroffen hatte, als er New York verlassen hatte. Er genoss es, mit den Kleinbrauereien und Weinkellereien in der Gegend zu arbeiten, seinen Teil dazu beizutragen, den kleinen Familienbetrieben zu helfen. „Es ist einfach ein gutes Geschäft", sagte er und erwiderte Rhys' Lächeln. „Ich erkenne ein gutes Produkt, wenn ich es probiere."

„Guter Mann." Rhys klopfte ihm auf den Rücken und verschwand wieder in seinem Büro.

Grayson stählte sich innerlich und ging los, um Clay zu retten.

„Katy", sagte Grayson direkt hinter ihr. „Bist du bereit zum Gehen?"

Sie wirbelte herum, und ihre Augen leuchteten, als sie ihn sah. Es hatte eine Zeit gegeben, da hätte er alles getan, um diesen Ausdruck auf ihrem Gesicht zu sehen. Nun fühlte er sich ... gleichgültig. „Warte, wir brauchen doch noch ein Abendessen."

„Ich bin nicht hungrig. Ich hatte ein spätes Mittagessen", log er. „Wenn du eine Mitfahrgelegenheit willst, bin ich unterwegs nach Hause." Ihm kam der Gedanke, dass er keine Ahnung hatte, wie sie in die Stadt gekommen war, und ihm war es gerade auch nicht wirklich wichtig. Er hatte Kopfschmerzen, und er musste immer noch versuchen, die Dinge mit Amelia wieder hinzubiegen.

„Mit dir kann man keinen Spaß haben", sagte sie, während sie ihm durch die Tür folgte.

„Mit dir auch nicht", murmelte er, stieg in sein SUV und machte sich nicht die Mühe, die Tür für sie zu öffnen.

Sie stieß ein genervtes Schnauben aus und stieg ein. „Was ist dein Problem? Ist es wirklich so schrecklich, ein Abendessen mit deiner besten Freundin zu haben?"

Er funkelte sie an. „Was zum Teufel hast du zu Amelia gesagt? Und warum hast du sie überhaupt aufgesucht?"

Sie zuckte zurück und blinzelte ihn mit gespielter Überraschung an. Er hätte wetten können, dass den meisten Leuten nicht klar geworden wäre, dass sie schauspielerte, aber er kannte sie schon sehr lange, und die Kira, die im Augenblick in seinem SUV war, war nicht *seine* Kira. Diese spielte etwas vor, und er hatte keine Ahnung, warum. „Ich bin ihr nur zufällig im Café begegnet, darum habe ich Hallo gesagt. Was ist denn daran falsch?"

„Ich weiß es nicht. Sag du es mir. Sie war jedenfalls nicht so begeistert, als sie erfahren hat, dass wir heute ein *Date* haben."

„Ach, um der Götter willen." Sie warf die Hände in die Luft. „Ich war doch nur nett und habe erwähnt, dass wir uns heute Abend zum Essen treffen. Freunde essen doch noch zusammen, oder? Es ist doch nicht meine Schuld, dass sie eifersüchtig wurde."

Grayson schaute sie von der Seite an. „Du glaubst, sie war eifersüchtig?"

Sie zuckte mit den Schultern. „Vermutlich."

„Dir ist aber schon klar, dass wir keine Pläne für ein Abendessen hatten, oder?"

Kira verdrehte die Augen. „Müssen wir das jetzt noch mal durchkauen?"

„Nein. Aber ich würde gern wissen, was mit dir los ist. Gestern Abend hast du gewirkt, als würdest du einen Ort suchen, an dem du ein wenig Zeit verbringen kannst, ohne im Scheinwerferlicht zu stehen. Und heute läufst durch die Stadt und hältst Hof in der Brauerei. Sobald all diese Selfies in den sozialen Medien ankommen, wird dein Aufenthaltsort viral gehen. Was ist denn so schwer daran, sich mal vierundzwanzig Stunden lang still zu halten?"

„Das ist nicht …" Sie schüttelte den Kopf und verschränkte die Arme vor der Brust, starrte aus dem Fenster.

„Das ist nicht was?" Grayson bog auf seine Straße ab, und einen Augenblick später fuhr er in seine Zufahrt. Das Haus war dunkel; nicht mal das Verandalicht war an.

„Vergiss es." Sie sprang aus dem Fahrzeug und stapfte zur Eingangstür, wo wie einen Schlüssel herauszog und die Tür öffnete.

Er folgte ihr nach drinnen hob eine Augenbraue, fragte sich, wo sie den Schlüssel gefunden hatte. Er wusste, dass er einen Ersatzschlüssel hatte, hatte aber keine Ahnung, wo er den gelassen hatte.

„Irgendwas stimmt nicht. Deine umgeschlagene Laune von gestern Abend auf heute ist zu dramatisch, sogar für dich. Ich glaube, du sagst mir besser gleich, was wirklich vorgeht", sagte Grayson. Er wusste bereits, dass er seine nächsten Worte bedauern würde. „Falls es in den Medien ankommt, ist es besser, wenn du es mir sofort erzählst. Ich könnte den Schaden noch eindämmen."

„So was ist es nicht", sagte sie, während sie sich auf das Sofa fallen ließ. „Es hat mit meiner Mutter zu tun."

Grayson sank auf seinen Sessel und wartete auf den Rest. Sie hatte nicht gerade eine enge Beziehung mit ihren Eltern, aber normalerweise verstanden sie sich ganz gut. „Was ist los?"

Sie sah auf ihre Hände, die im Schoß verschränkt waren. „Sie hat kein ..."

„Sweet Child O'Mine" fing auf Graysons Handy an, schnitt ihr das Wort ab. Es war Amelias Klingelton, und er hielt sofort einen Finger hoch, womit er klarstellte, dass er den Anruf annehmen würde. „Amelia?", sagte er in das Handy. „Danke, dass du ..."

„Levi bringt mich zur Heilerin", stieß sie hervor. „Irgendwas stimmt nicht mit dem Baby."

Graysons Blut wurde eiskalt, und seine Hände begannen zu zittern. „Was ist denn?"

„Ich weiß es nicht. Ich habe Rückenschmerzen und eine Blutung." Ihre Stimme bebte, und er wusste, dass sie weinte.

„Ich bin gleich da. Es kommt schon in Ordnung, das verspreche ich", sagte er, ohne eine Ahnung zu haben, ob das stimmte. „Halt durch, okay? Ich bin unterwegs." Grayson schnappte sich seine Jacke und die Schlüssel, und kurz bevor er durch die Tür lief, warf er einen Blick zurück auf Kira. „Es ist das Baby. Ich muss los."

Entsetzen stand auf ihrem Gesicht, während sie nickte und flüsterte: „Geh. Sie brauchen dich."

Er schluckte schwer und ließ Kira und ihre Erklärung hinter sich zurück, während er zur Praxis der Heiler auf der Hauptstraße eilte.

KAPITEL 15

*A*melia stand kurz vor einem hysterischen Anfall, bis Levi vor der Praxis der Heiler anhielt.

Gerry Whipple kam aus der Praxis, ihre Miene streng, während sie die Autotür öffnete. Ihr Mann Martin folgte ihr mit einem Rollstuhl.

„Wie ist es denn jetzt, Amelia?", fragte sie sanft, als sie Amelia aus dem Auto half.

„Ich fürchte mich", erwiderte sie, hielt sich den Bauch, während sie bei der Bewegung zusammenzuckte. „Wird es meinem Baby gut gehen?"

„Erst müssen wir mal nachschauen, und dann werden wir alles tun, was wir können, um dafür zu sorgen, dass du und das Baby in Sicherheit seid. Jetzt setz dich in diesen Stuhl und lass dich von Martin reinschieben. Ich bin gleich bei dir."

Amelia tat wie geheißen, wünschte sich von ganzem Herzen, dass Grayson bereits hier wäre. Sie brauchte ihn, brauchte irgendjemanden, der ihr durch all das die Hand hielt.

„Es kommt schon in Ordnung", sagte Levi auf ihrer anderen Seite. „Sie ist stark."

Rasch schaute sie zu ihm auf, hatte nicht gemerkt, dass er aus dem Truck gestiegen war. Seine Worte brachten ihr etwas Erleichterung. Wenn Levi so etwas sagte, waren es nicht nur Worte, die darauf ausgelegt waren, ihr ein besseres Gefühl zu geben. Er konnte diese Dinge wirklich mit seiner Geistmagie spüren.

Es war reiner Zufall gewesen, dass er an diesem Abend oben bei Silas gewesen war. Silas war bereits zur Arbeit an seinem nächsten Projekt aufgebrochen. Levi war nur im Haus gewesen, um ein paar Sachen zu holen, die er für Cappy brauchte, der bei Levi wohnte, während Silas nicht in der Stadt war. Zufällig war er gerade auf dem Weg zurück in die Stadt gewesen, als er sie gesehen hatte, wie sie sich an den Rücken griff und sich bemühte, in ihr Auto zu kommen. Sobald ihm klar gewesen war, was das Problem war, hatte er darauf bestanden, sie zu fahren. Amelia war erleichtert und dankbar.

Levi nahm ihre Hand in seine und ging mit ihr und Martin Whipple in die kleine Klinik.

„Vielen Dank", sagte sie zu dem Teenager. „Ich weiß nicht, wie ich es ohne dich geschafft hätte."

„Darüber musst du dir keine Sorgen machen", sagte er. „Ich bin einfach nur froh, dass ich da war, um zu helfen."

„Halt mir mal diese Tür auf, Levi", sagte Martin, als sie an einem der Untersuchungszimmer ankamen.

Levi tat wie geheißen und blieb dann im Eingang stehen, während Martin Amelia zum Untersuchungstisch rollte. „Willst du, dass ich bleibe?" Sein Gesicht war etwas blass, während er sich mit der Hand nervös über den Kopf fuhr.

Amelia wollte Ja sagen, denn sie wollte nicht allein sein, aber tatsächlich musste sie sich ausziehen, und auf gar keinen Fall konnte Levi zur Untersuchung bleiben. Sie schüttelte den Kopf. „Schon in Ordnung, Levi. Danke noch mal."

„Ich bin gleich draußen", sagte er, dann verschwand er.

Gerry tauchte auf und marschierte in dem Augenblick ins Zimmer, als Levi verschwand. Sie hatte kurze graue Haare und trug eine Schürze über ihrem langen Rock und der Rüschenbluse, und keinen weißen Arztkittel. „Ich übernehme von hier an, Martin."

Ihr Mann nickte und verließ rasch das Zimmer, schloss die Tür hinter sich.

„Also gut, jetzt erzähl mir, was los ist", sagte Gerry, die die Kartei öffnete, die sie in der Hand hielt.

„Es gab eine leichte Blutung, und mein unterer Rücken tut so weh, dass es schwierig ist, sich gerade hinzustellen", sagte Amelia.

„Wie leicht und wie lange hattest du diese Blutung?"

„Die hat heute angefangen, nachdem ich von der Arbeit nach Hause kam. Die Rückenschmerzen haben schon früher angefangen, und dann bin ich auf den Verandastufen ausgerutscht, als ich die Post holen wollte. Da ist dann alles zum Teufel gegangen. Ich konnte mich kaum bewegen, aber ich bin nach drinnen gehüpft. Dann gab es die Blutung, und ich ..." Ihre Worte verklagen. „Wird mein Baby in Ordnung sein?"

„Ich werde alles tun, was ich kann", sagte Gerry. „Erzähl mir von den Rückenschmerzen, die du davor hattest. Ist irgendwas passiert?"

„Ich weiß nicht, ob du dich noch erinnerst, aber vor ein paar Tagen habe ich versucht, ein Stück Holz aufzuheben, und mir den Rücken verletzt. Levi hat mir eigentlich geholfen, die Verkrampfung zu lösen, und alles war gut ... bis heute. Ich bin mir nicht sicher, ob das zusammenhängt. Mir tut der Rücken weh, aber ich mache mir Sorgen wegen der Blutung. Ich habe Panik davor, dass ich dem

Baby wehgetan habe." Ihre Stimme brach bei dem Wort Baby.

„Okay, lassen wir doch keine Panik aufkommen. Erst mal musst du dich auszuziehen, damit ich die Untersuchung machen kann. Dann machen wir von da an weiter." Gerry tätschelte Amelia das Knie, und dann drückte sie ihr die Hand, während Tränen über Amelias Wangen liefen.

„Steh mal auf. Ziehen wir dir diesen Kittel an." Gerry half Amelia behutsam und sanft in den Kittel, bevor sie sie zurück zum Tisch führte. „Entspann dich einfach. Ich bin von hier an für dich da, okay?"

„Okay", sagte Amelia, die sich den Bauch hielt und durch die Tränen schniefte. Was hatte sie sich nur gedacht? Sie wusste, dass es auf der Veranda rutschig war. Warum passte sie nicht besser auf während dieser Schwangerschaft? Sie hatte gehört, dass eine leichte Blutung normal sein konnte. Aber nicht, wenn man auf rutschigen Stufen hinfiel. Oder? In ihrem Kopf spielten sich die allerschlimmsten Szenarien ab, und sie schaute weiter zur Tür, fragte sich, weshalb Grayson noch nicht da war. Sie wollte nur sein Gesicht sehen, und sie wollte, dass die Heilerin ihr sagte, dass alles in Ordnung kommen würde.

„Ich werde dich jetzt mit den Fingern abtasten, um einschätzen zu können, was da los ist. Wenn irgendwas wehtut, lass es mich wissen", sagte die Heilerin.

Amelia nickte. „Im Augenblick ist er nur ein dumpfer Schmerz."

„Okay. Das ist gut." Sie öffnete die Rückseite des Kittels und tastete sanft Amelias Rückgrat ab. Als Gerry zum unteren Rücken kam und vorsichtig auf die rechte Seite drückte, schnappte Amelia scharf nach Luft. „Das tut weh, oder?", sagte Gerry.

„Ja. Als du da drauf gedrückt hast, ist ein scharfer Schmerz mein Bein hinabgeschossen."

„Okay. Das ist gut zu wissen." Sie wiederholte das Ganze auf der anderen Seite, aber diesmal fühlte es sich nicht anders an, bis auf den beharrlichen dumpfen Schmerz. „Es sieht aus, als käme der Rückenschmerz von einem gereizten Ischiasnerv. Es gibt einiges, was du machen kannst, um die Schmerzen zu lindern, etwa Stretching, Massagen und abwechselnd Hitze- und Kältepackungen. Normalerweise würde ich dir einen Trank geben, der dabei hilft, aber es gibt nichts, was stark genug ist, dass es an den Ischias rankommen würde, und gleichzeitig bei Schwangerschaften sicher ist. Die anderen Heilmittel würden nicht viel ausrichten, außer dich etwas schläfrig machen." Sie warf Amelia ein mitfühlendes Lächeln zu. „Es sieht aus, als müsstest du das heilen lassen, ohne dass du einen Hexentrank dazu bekommst."

„Das ist alles?", fragte Amelia ein wenig genervt. „Stretching, Massagen und Eispackungen?" Diesen Rat hätte sie sich aus dem Internet holen können. Ihre Verärgerung wurde zu Angst, als sie anfügte: „Was ist mit der Blutung? Was, wenn ich dem Baby wehgetan habe?"

„Das ist nicht sehr wahrscheinlich", sagte Gerry beruhigend. „Aber wir werden eine Untersuchung durchführen, und dann mache ich einen Ultraschall, um mir die Kleine anzusehen. Mach schon mal und leg dich hin, und entspann dich einfach."

Entspann dich. Warum sagten das die Heiler immer, wenn sie sich schon bereit machten, ihre Instrumente in die Intimzone zu schieben? Als ob sich irgendwer unter diesen Umständen hätte entspannen können. Außerdem würde sie nicht ruhig sein, bis sie wusste, dass es der Kleinen gut ging.

Die Heilerin machte ihr Ding, stocherte mit einem kalten

Instrument in Amelia herum und gab nicht zu interpretierende Geräusche von sich. Als sie fertig war, war Amelia so nervös, dass sie bebte.

„Oh, meine Liebe. Ist dir kalt? Ich kann von Martin die Heizung aufdrehen lassen."

Amelia schüttelte den Kopf. „Nein. Nur nervös."

Gerry nickte. „Ich verstehe. Na, du kannst dich echt entspannen. Sieht alles in Ordnung aus. Die Blutung ist nicht so viel, und ich schätze einfach mal, sie ist das Ergebnis, weil du dich ein wenig überanstrengt hast, als du diesen Nerv gereizt hast. Wir werden jetzt einen Ultraschall machen, aber ich glaube wirklich, dass es nichts gibt, um das man sich Sorgen machen muss."

„Okay." Amelia schloss die Augen und stieß einen langen Atemzug aus. Nichts, um das man sich Sorgen machen musste. Sie wiederholte dieses Mantra in Gedanken immer wieder, während Gerry den Ultraschall vorbereitete. Es dauerte nicht lang, bevor sie auf dem Monitor den starken Puls eines Herzschlags hörte. Erst da spürte Amelia, wie die ganze Anspannung von ihrem Körper abfiel, und die Tränen konnten ungehindert laufen. Die Angst und das Adrenalin hatten sie ganz schön fertiggemacht, und jetzt brach sie zusammen.

Es klopfte an der Tür, gefolgt von Martin, den Kopf hereinstreckte. „Hier ist ein Grayson Riley. Er sagt, er ist der Vater. Soll ich ihn reinlassen?"

„Ja", erwiderte Amelia sofort.

Die Tür öffnete sich weiter, und Grayson rannte herein, sein Gesicht weiß und voller Angst. „Sind sie in Ordnung?", fragte er Gerry. „Amelia und das Baby?" Sein Blick blieb an dem von Amelia hängen, und bevor Gerry eine Antwort gab, lief er an ihre Seite, nahm eine ihrer Hände in seine beiden. „Geht es dir gut?"

„Ich glaube schon", sagte Amelia, die Tränen liefen nun schneller, da Grayson da war.

Seine Stirn legte sich in Falten, und Panik blitzte in seinen Augen, ohne Zweifel, weil sie so unkontrolliert weinte.

„Amelia und dem Baby geht es gut, Mr. Riley", sagte Gerry freundlich. „Es sieht nur so aus, als hätte Amelia sich den Rücken verrissen, als sie sich ein wenig überanstrengt hat. Wenn man zu viel hebt oder diesen Bereich reizt, kann es manchmal zu Blutungen kommen. Ich werde sie mit strikten Anweisungen nach Hause schicken, dass sie mindestens die nächste Woche nicht herumläuft. Wenn die Blutung schlimmer wird oder nicht bis morgen aufhört, ruft mich an. Ich gebe euch meine Privatnummer." Sie verlegte ihre Aufmerksamkeit auf Amelia. „Also lauf nicht rum, mach nichts Anstrengendes, beobachte die Blutung, und auf gar keinen Fall solltest du Geschlechtsverkehr haben, bis wir sicher sind, dass alles in Ordnung ist. Verstanden?"

Amelia nickte, und sie spürte, wie ihre Wangen ganz rot wurden. Sie wusste nicht, warum sie so verlegen war, dass die Heilerin von Sex sprach. Grayson war immerhin der Vater. Da war es schon sinnvoll, anzunehmen, dass sie auch noch auf diese Weise zusammen waren.

„Verstanden", sagte Grayson. „Keine Sorge. Ich kümmere mich um sie."

„Da bin ich mir sicher", sagte Heilerin Gerry. „Heiße Schokolade und Kuchen schaden auch nicht", ergänzte sie mit einem Zwinkern.

Amelia, die sich aufsetzte und sich die Vorderseite des Kittels an die Brust hielt, lachte. „Ist das eine Verschreibung für meine restliche Schwangerschaft?"

„Ja. Brauchst du das schriftlich?", fragte sie.

Amelia nickte und grinste Grayson an, der die Augen

verdrehte. Aber er lächelte sie an und zeigte, dass er den Scherz mitmachte.

„Du kannst dich jetzt anziehen", sagte Gerry. „Brauchst du Hilfe, oder übernimmt das Daddy hier?"

„Ich helfe", sagte Grayson, bevor Amelia antworten konnte.

„Gut. Ich werde dann ein paar Kräuter für die Zeit vor der Geburt verschreiben, besonders, um mit der Blutung zu helfen, und ich gebe dir ein Blatt mit Tipps mit, fürs Stretching. Nimm dir Zeit beim Anziehen, und wenn du bereit bist, habe ich das Zeug für dich am Eingangstresen."

„Vielen Dank, Heilerin Whipple", sagte Grayson, der ihr die Hand schüttelte. „Wir wissen Ihre Hilfe sehr zu schätzen."

Amelia nickte, konnte immer noch die paar Tränen nicht beherrschen, die ihre Wangen hinabliefen. Sie wischte sie ab und sagte: „Er hat recht. Danke, dass ich so schnell kommen konnte."

„Jederzeit. Dafür bin ich doch da." Sie ging aus dem Untersuchungszimmer und schloss leise die Tür hinter sich.

„Ach, du liebe Götter." Amelia legte sich die Hände aufs Gesicht. „Ich bin so blöd."

„Nein, bist du nicht." Grayson setzte sich auf den Untersuchungstisch neben ihr, legte die Arme um ihre Schultern. „Du bist ausgerutscht und hast dir den Rücken verrissen. Das passiert doch allen."

„Aber ich habe einfach mit meinem Leben weitergemacht, als wäre ich nicht schwanger. Ich habe sogar noch bei der Feuerwehr gearbeitet. Was, wenn es gebrannt hätte? Hätte ich einfach nur versucht, es zu löschen, ohne auf die Tatsache zu achten, dass ich dieses Kind in mir trage?"

„Das bezweifle ich. Ich bin mir ziemlich sicher, deine Chefs hätten befohlen, dass du dich von den Flammen fernhältst, während du an der Kommunikation oder was immer für einer

Logistik arbeitest, die ihr krassen Typen braucht, wenn ihr Bründe bekämpft."

Sie stieß ein Lachen aus, aus dem ein Schluckauf wurde, dann konzentrierte sie sich aufs Atmen, bis sie sich wieder unter Kontrolle hatte. „Ich glaube nicht, dass ich in diesem Augenblick gerade als krasser Typ durchgehe."

„Das werde ich einschätzen. Jetzt steh auf und lass mich dich anziehen, damit ich dich nach Hause bringen kann."

Sie tat wie geheißen und spürte, wie ihr Herz bei seiner zarten Berührung flatterte. Er war so behutsam mit ihr, dass sie beinahe wieder anfing zu weinen.

„Geht es dir immer noch gut?", fragte er, während er ihre Jeans für sie zuknöpfte.

„Ja. Ich bin nur erschüttert."

„Das ist doch klar." Er küsste sie auf die Schläfe, zog sie fertig an, und dann band er ihr sogar die Schuhe. „Okay, Mama. Du siehst aus, als wärst du fertig."

Sie schlüpfte in ihre Jacke, und bevor sie sich zur Tür bewegte, legte sie die Arme um ihn. „Ich bin so froh, dass du gekommen bist."

„Weshalb hätte ich denn nicht kommen sollen?", fragte er verblüfft.

Sie schaute zu ihm auf, ihre Lippen krümmten sich nach unten. „Na ja, ich habe gehört, dass du ein Date hast. Ich …"

„Amelia", sagte er ernst. „Ich war ganz und gar nicht auf einem Date. Was Kira angeht, wie ich dir auf der Mailbox gesagt habe, ist sie unangekündigt hier aufgetaucht. Ich hatte keine Ahnung, dass sie herkommen würde. Aber sie ist meine älteste Freundin, und sie hatte irgendeine Art Stress, also konnte ich sie nicht rauswerfen, ganz gleich, was mein Bauchgefühl auch gesagt hat."

„Du meinst Katy", sagte Amelia.

„Nein, ich meine Kira. Katy ist ihr Pseudonym." Er schob seine Finger durch ihre und küsste sie auf den Handrücken. „Ist eine lange Geschichte, und der Grund, weshalb ich dir vorher noch nicht davon erzählt habe, ist, dass da eine Geheimhaltungsvereinbarung besteht. Aber da sie es dir selbst gesagt hat, trifft die nicht mehr zu. Wenn du mich lässt, würde ich dich gern nach Hause bringen, dir was zu essen machen, falls du Hunger hast, und dann meine Freundschaft mit Kira erklären. Aber nur, wenn du das möchtest. Ich will nicht, dass du dich mit etwas davon herumschlagen musst, wenn du einfach nur Ruhe und Stille brauchst."

„Nein. Ich will es wissen." Sie schlang ihren Arm um seine Taille und lehnte sich an seine Brust. In diesem Augenblick ließ ihre ganze Nervosität nach, und sie war bereit, zu akzeptieren, was immer es war, das Grayson zu bieten hatte. Denn es war klar, dass sie, ganz gleich, was sie sich einredete, diesen Mann in ihrem Leben brauchte. Seine Anwesenheit gab ihr einfach das sichere Gefühl, dass sich jemand auf eine Art um sie kümmerte, die sie noch nie zuvor so richtig erfahren hatte. „Ich soll doch in der nächsten Woche Bettruhe halten, wenn wir also nach Hause kommen, kannst du mich bedienen, während ich so tue, als würde dein ganzes Dasein nur darin bestehen, mir zu Diensten zu sein."

Hitze glomm in seinen dunklen Augen, und ein elektrischer Funken zischte durch ihren Körper, der dafür sorgte, dass sie sich an ihn schmiegen wollte. Stattdessen räusperte sie sich und sagte: „Das klingt vielleicht etwas zweideutiger, als ich es vorhatte. Normalerweise würde ich da einfach dran bleiben, aber du hast Heilerin Gerry gehört. Auf gar keinen Fall Sex."

Grayson stöhnte und murmelte etwas davon, dass es lange fünf Monate gewesen waren, aber dann küsste er sie noch einmal auf die Schläfe, bevor er ihr befahl, zu dem Rollstuhl zu gehen, den Martin da gelassen hatte.

„Ich kann gehen", erwiderte sie stur.

„Entweder so, oder ich trage dich hier raus. Du hast die Frau gehört. Du sollst in der nächsten Woche nicht rumlaufen."

Als sie zögerte, sich in den Stuhl zu setzen, übernahm Grayson die Sache selbst und hob sie in seine Arme.

Sie protestierte, aber als deutlich wurde, dass er sich nicht abbringen ließ, während er durch den Flur ging, gab sie nach und legte den Kopf an seine starke Schulter. Dann gratulierte sie sich geistig dafür, den Rollstuhl abgelehnt zu haben, denn es gab einfach nichts Besseres, als von Grayson Riley herumgetragen zu werden.

KAPITEL 16

*N*achdem er sich Amelias Päckchen mit Kräutern und Informationen geholt hatte, dankte Grayson Levi und versprach, für alles zur Verfügung zu stehen, was der junge Mann in der Zukunft brauchte. Dann trug Grayson Amelia hinaus zu seinem SUV, setzte sie auf den Beifahrersitz und schnallte sie an, als wäre sie ein hilfloses Kind. Er fuhr sie direkt nach Hause, wollte unbedingt dafür sorgen, dass sie in Sicherheit blieb und nicht selbst herumlief.

Sobald sie in ihrer Zufahrt geparkt hatten, öffnete Grayson die Beifahrertür des SUV, öffnete die Arme weit und sagte: „Spring rein."

Amelia beäugte ihn und schüttelte den Kopf, während ein schwaches Lächeln auf ihre Lippen trat. „Das macht dir doch viel zu viel Spaß."

„Genauso wie dir", entgegnete er.

In ihrem Blick funkelte Erheiterung, und das wärmte ihn bis ganz ins Innerste. Vorhin, als er in das Untersuchungszimmer gekommen war und sie so am Boden zerstört gesehen hatte, war ihm beinahe das Herz stehen geblieben. Er war sich sicher gewesen, dass sie ihm sagen würden, sie hätte das Baby verloren. Aber dann hatte Heilerin Whipple klargestellt, dass alles in Ordnung war und Amelia sich nur ausruhen musste. Ihm war nicht mal klar gewesen, wie viel Angst er gehabt hatte, bis er diese beruhigenden Worte gehört hatte. Sein ganzer Körper war fest angespannt gewesen, als würde er ihn vor einem schrecklichen Schicksal schützen wollen. Aber dann hatte die Anspannung nachgelassen, und er wollte nur noch Amelia festhalten, um ihr zu versichern, dass ihrem Baby nichts passieren würde.

Grayson wartete, während Amelia die Tür aufsperrte, und dann lächelte er vor sich hin, als er sie über die Schwelle trug. Würden sie das auch an ihrem Hochzeitstag tun, irgendwann in der Zukunft? Er hatte keine Ahnung, ob ihnen eine solche Vereinigung bestimmt war, aber er wollte sich schon vorstellen, dass es möglich war.

„Worüber lächelst du denn?", fragte sie.

„Die Zukunft." Er schlug die Tür mit dem Fuß zu und ging direkt zu ihrem Schlafzimmer. Nachdem er sie sanft auf das Bett gelegt hatte, zog er die Schuhe aus und setzte sich dann zu ihr aufs Bett.

„So wird es also sein?", fragte sie, wirkte plötzlich ganz ernst.

Er legte sich neben sie und schob ihr eine dunkle Locke hinters Ohr. „Was meinst du denn?"

„Das." Sie wedelte mit der Hand in seine Richtung. „Du. Wenn wir zusammen sind, bist du aufmerksam und unterstützt mich und gibst mir das Gefühl … geschätzt zu werden. Aber dann gehst du und hast diese ganze Vorgeschichte und ein Leben, das sich um einen echten Filmstar dreht, und das wirkt einfach echt überdimensional. Mir fällt es schwer, mit dem Gedanken klar zukommen, dass

Katy Carmichael gerade jetzt bei dir zu Hause ist, vermutlich bei dir im Bett wartet, damit ihr beiden kuscheln könnt." Sie spuckte das Wort *kuscheln* fast aus.

Grayson setzte sich hin, er musste seine Gedanken sammeln. Sie hatte gerade eine Menge gesagt, und er musste das verarbeiten, bevor er antwortete.

Nach einem Augenblick schob sich Amelia hoch und lehnte sich an die Kissen, die an ihrem Kopfteil aufgestapelt waren. „Ich wollte dir nichts vorwerfen", erklärte sie. „Katy sagte, dass ihr beiden oft im selben Bett schlaft, weil ihr gern kuschelt."

Er stieß ein wenig erheitertes Lachen aus. „Das hat sie gesagt? Das ist interessant." Er fand, dass es verdammt gut war, dass Kira nicht hier in Amelias Haus war, denn er wusste ernsthaft nicht, ob er es schaffen würde, cool zu bleiben. Was zum Teufel dachte sie sich denn, wenn sie solche Sachen zu Amelia sagte?

„Stimmt das nicht?" Ihre Augen waren groß, sowohl vor Argwohn als auch vor Nervosität.

„Nein. Zumindest nicht in letzter Zeit." Er fuhr sich mit der Hand durch die Haare, frustriert von dieser verdammten Geheimhaltungsvereinbarung. Er sollte nicht über seine Beziehung mit Kira, also Katy Carmichael, reden. Aber er hatte Amelia bereits so viel anvertraut, dass sie sicher schon eins und eins zusammengezählt hatte und wusste, dass sie irgendwann einmal zusammen gewesen waren. Das war Kiras Schuld. Wenn sie nicht aufgetaucht und Amelia überfallen hätte, hätte er nicht das Gefühl, er müsse eine Erklärung abgeben. Zumindest noch nicht.

„Nicht in letzter Zeit?", quietschte Amelia. „Also nicht, seit du New York verlassen hast?"

„Was? Nein!" Er holte tief Luft, um sich einen Augenblick zu verschaffen, seine Gedanken zu beruhigen. „Nein", wiederholte er, diesmal fühlte er sich ruhiger. „Wenn du deine Mailbox abgehört hast, weißt du, dass Kira Katys echter Name ist und dass sie die Freundin ist, von der ich dir erzählt habe. Was bedeutet, dass du bereits weißt, dass ich mit ihr zusammen war, als wir jünger waren. Das war gar nicht so lange, aber wir sind Freunde geblieben. Gute Freunde. In diesen frühen Jahren hatten wir eigentlich echt nur einander als Stütze. Also ja, selbst als wir nicht mehr zusammen waren, haben wir manchmal gekuschelt, wenn wir von irgendjemandem getröstet werden mussten. Aber so war es schon sehr lange nicht mehr."

„Also so was wie vor zehn Jahren?", fragte sie und wirkte erleichtert.

Grayson nickte. Das kam schon ganz gut hin.

Amelia runzelte die Stirn. „Warum hat sie mir das dann gestern erzählt?"

„Eifersucht?", schätzte er. „Nach dem College habe ich bei einer PR-Firma zu arbeiten begonnen, ich war dort etwa ein gutes Jahr, bevor sie mich überzeugt hat, Vollzeit für sie zu arbeiten. Sie ließ mich eine Erklärung unterschreiben, zu der gehörte, dass ich nicht über unsere Beziehung reden würde. Zu ihrem Image als junger, aufstrebender Star gehörte es immer, dass sie verfügbar wirkte. Sogar der Hauch einer Ahnung von einer Beziehung war für sie ein Problem. Was mir damals auch recht war. Ich war nicht daran interessiert, in der Regenbogenpresse aufzutauchen, und ich wollte nicht, dass die Öffentlichkeit sich ständig fragte, ob wir zusammen waren. Das waren wir nicht. Aber sie hatte mich viele Jahre lang für sich. Ich schätze, sie glaubt, dass ich sie und New York für dich verlassen habe."

„Sagst du, das hast du nicht getan?"

„Nein. Das sage ich überhaupt nicht." Er hielt ihr eine Hand hin und wurde belohnt, als sie sie nahm. Er drückte ihre Finger und strich ihr mit dem Daumen über den Handrücken. „Ich habe es bereut, die Dinge mit dir zu beenden. Aber es gab andere, damit nicht in Beziehung stehende Gründe, weshalb ich New York zu diesem Zeitpunkt verlassen und Kira gesagt habe, dass ich nicht mehr für sie arbeiten würde. Ich habe es ernst gemeint, als ich ihr sagte, dass ich fertig war … dieses Mal für immer."

„Und trotzdem ist sie jetzt gerade bei dir zu Hause", sagte Amelia, die auf die Wand hinter ihm starrte. Aber sie ließ seine Hand nicht los.

„Ja", erwiderte er mit einem Seufzen. „Sie ist immer noch das Mädchen, das vor all den Jahren nebenan wohnte, selbst wenn es mir manchmal schwerfällt, sie unter dieser Promi-Persönlichkeit zu sehen. Ich arbeite nicht mehr für sie. Es gibt kein Zurück mehr. Das kann ich nicht. Aber es ist mir immer noch wichtig, was mit ihr passiert."

Amelias Kopf ging nach oben, und sie schaute ihm in die Augen, als sie fragte: „Liebst du sie?"

„Nein", sagte er, ohne auch nur ein wenig zu zögern.

„Liebt sie dich?"

Er lachte. „Nein. Kira weiß nicht, wie man jemand anderen liebt, außer sich selbst. Ich bin ihr wichtig. Dessen bin ich mir sicher. Aber Liebe? Ich bin nicht sicher, ob sie weiß, wie man sonst jemanden liebt." Er fühlte sich wie ein Verräter, als er das sagte. Aber das hatte er geschlossen, nachdem sie sich vor all den Jahren getrennt hatten, und erneut, als er sie an Neujahr verlassen hatte. Wenn sie weit weg von der Schauspielerei und der Presse war, erhaschte er oft kurze Blicke auf das Mädchen, das er gekannt hatte. Zu seinem Unglück geschah das nicht oft. Ihre ganze Welt drehte sich darum, die nächste große Rolle zu ergattern. Das war nichts, für das er sich noch einmal willentlich hergeben würde.

„Diese Worte wirken ziemlich heftig, wenn sie von jemandem kommen, der angeblich ihr bester Freund ist."

Grayson schaute in Amelias große braune Augen und sah nichts als Mitleid darin. Er hatte Abschätzigkeit erwartet, aber er hätte es besser wissen sollen. Amelia war niemand, der sich schnell auf ein Urteil stürzte. Das war vermutlich der einzige Grund, weshalb er bei ihr noch eine Chance hatte. „Ja. Ich wünschte, ich könnte dir alles erzählen, was mit ihr und ihren Freundinnen los war, aber andererseits bin ich fast erleichtert, dass ich das nicht kann. Es ist vermutlich schlimmer und gleichzeitig nicht so schlimm, wie du meinst. Auf jeden Fall können wir sagen, dass ich früher dafür gesorgt habe, dass diese schwer verdaulichen Geschichten verschwinden, und Wege gefunden habe, ihr Image in der Öffentlichkeit zu stärken, und belassen wir es dabei?"

„Das klingt nach einer schrecklichen Art, sich seinen Lebensunterhalt zu verdienen, Grayson", sagte sie, rückte herüber und legte ihm den Kopf an die Schulter.

„War es auch. Aber sie war lange Zeit meine einzige Familie. Ich wollte ihr helfen und ihr Leben leichter machen. Ich fühlte mich gebraucht, was für einen Typen, der nicht viele Leute im Leben hat, so eine Art Droge ist." Er zuckte mit den Schultern, ließ sich noch mehr auf diesen verletzlichen Status ein, den er schließlich vor ihr zugelassen hatte. „Wie die meisten Drogen wurde die Situation schnell toxisch, und ich hätte vermutlich schon eher gehen sollen. Aber ich wusste nicht, wie. Erst nachdem ich dich getroffen habe, habe ich erfahren, wie ich eigentlich behandelt werden sollte. Du hast mir das gezeigt, ohne es auch nur zu versuchen. So bist du einfach."

„Ach, Grayson", flüsterte sie, legte ihm die Arme um die Schultern und hielt sich ganz fest. „Du hast so viel Liebe verdient. Es tut mir leid, dass dir deine Eltern viel zu früh genommen wurden, und dass diejenigen um dich herum nicht das Zeug hatten, sich auf die Art um dich zu kümmern, die du verdient hast."

„Es ist schon in Ordnung", sagte er mit belegter Stimme. Er war überrascht, dass es ihn nicht störte, dass sie ihn so deutlich sah. Aber er wollte auch nicht, dass sie dachte, er wäre ein gebrochener Mann. Ein wenig vernarbt vielleicht, aber nicht gebrochen.

„Ich weiß, dass es so ist. Das ist auch so erstaunlich. Danke, dass du ehrlich warst. Ich weiß, dass es Dinge gibt, die du mir nicht sagen kannst, und das ist in Ordnung. Du hast eine Vergangenheit, in der ich keine Rolle spiele. Bewegen wir uns doch einfach von hier an weiter. Okay?"

Er stieß ein erleichtertes Seufzen aus und zog sie dichter an sich. „Ich kann mir nichts vorstellen, was ich mehr will."

„Versprichst du mir nur eines?"

„Was denn?", fragte er, wollte ihr in diesem Augenblick alles geben.

„Sei ehrlich mit mir über das, was immer zwischen dir und Kira los ist. Wie ich gesagt habe, ich weiß, dass es Dinge gibt, die du mir nicht erzählen kannst, und das ist schon in Ordnung für mich. Ich brauche das Drama ehrlich gesagt gar nicht." Sie drückte sich eine Hand auf den Bauch und lächelte sanft. „Mir ist nur wichtig, was von diesem Punkt an passiert. Wenn sie in deinem Leben sein wird, wonach es ganz aussieht, dann lass nicht zu, dass ich von irgendwas überfallen werde, okay?"

„Das versuche ich", sagte er und meinte es ernst. „Ich kann nicht versprechen, dass es nicht passieren wird, denn ihr

Leben ist ein Zirkus, und du hast bereits ein wenig mitbekommen, wie sie sich benimmt, wenn sie in dieser Spirale ist, aber …" Er brach ab, weil ihm klar wurde, dass er Ausreden für seine alte Freundin finden wollte. Sie hatte Amelia absichtlich dazu manipuliert, zu denken, dass die Dinge zwischen ihnen nicht echt waren, nur um ihr eigenes Ego zu streicheln. Das würde er sich nicht noch einmal bieten lassen. Amelia war diejenige, die ihm wichtig war, mit der er zusammen sein wollte, und mit der er sein Leben teilen wollte. Es war nicht akzeptabel, Kira davon etwas plattwalzen zu lassen. „Weißt du was? Vergiss es. Wenn sie dich nicht respektvoll behandeln kann, wird sie in unserem Leben nicht auftauchen."

Sie hob beide Augenbrauen. „Du würdest den Kontakt mit ihr für mich abbrechen?"

„Ja", sagte er, ohne zu zögern.

„Ich will nicht, dass du das tust", erwiderte sie leise. „Das kann nicht wegen mir geschehen. Ich will nicht diejenige sein, die zwischen dich und etwas tritt, das dir wichtig ist."

Und das war nur einer der Gründe, weshalb er sie liebte. Ihr Mitgefühl, zusammen mit ihrer Kraft, zog ihn an und faszinierte ihn. „Das weiß ich zu schätzen", sagte er und küsste sie oben auf den Kopf. „Aber es wird nicht nur für dich sein. Es würde auch für mich sein. Ich will ein Leben, wie es meine Eltern vor dem Unfall hatten. Es war voller Liebe und Familie und ging darum, ein authentisches Leben zu führen. Das ist nicht Kiras Existenz. Und ich mache mir allmählich klar, dass es auch nie so sein wird. Ich habe mich wegen unserer Vergangenheit an sie geklammert. Aber wenn dieses Klammern meine Zukunft ruiniert, dann muss ich lernen, wie man loslässt. Wie du gesagt hast, es ist okay, sich klarzumachen, dass manche Leute eine Zeit lang aus irgendeinem Grund im eigenen Leben sind, aber nicht jede Beziehung ist dazu da, ewig zu halten."

Sie sah zu ihm auf und legte ihm eine Hand aufs Herz. „Mach dir einfach klar, dass ich dich nie darum bitten werde, dich zu entscheiden. Was immer du entscheidest, was für dich wichtig ist, werde ich dann auch unterstützen."

In Graysons Augen brannten Tränen. Er hatte niemals jemanden wie sie auf seiner Seite gehabt. Sie wollte nur, was für ihn am besten war. Das klang ehrlich, bei allem, was sie sagte und tat, und das war schon von Anfang an so gewesen. „Amelia?"

„Ja?"

Er schluckte schwer, um den Kloß in der Kehle loszuwerden. Gefühle drohten ihn zu überwältigen, aber als er die Worte aussprach, waren sie klar und die volle Wahrheit. „Ich liebe dich."

In ihren Augen glitzerten Tränen, während sie zu ihm aufschaute. „Meinst du das ernst?"

Er nickte. „Das weiß ich, seit dem Zeitpunkt, in dem ich dich verlassen habe. Ich dachte, wir brauchen mehr Zeit. Dass die Dinge vielleicht zu schnell gingen, und vielleicht tun sie das auch. Aber so empfinde ich eben, und du hast es verdient, das zu wissen."

Sie stieß ganz leise ein emotionales Schluchzen aus und flüsterte: „Ich liebe dich auch, Grayson Riley. Ich liebe dich auch."

KAPITEL 17

*A*melia wachte in Graysons Arme gekuschelt auf. Das trübe Morgenlicht fiel durch das Fenster, deutete an, dass es kurz nach Sonnenaufgang war. Sie war noch nie ein Morgenmensch gewesen, aber seit sie schwanger geworden war, hatte sich ihre innere Uhr neu eingestellt, und jetzt wurde sie die meiste Zeit mit den Vögeln wach.

Sie blinzelte sich den Schlaf aus den Augen und musterte Grayson, während er schlief. Er wirkte so friedlich und zufrieden auf eine Art, wie er es nicht gewesen war, wenn sie früher zusammen gewesen waren. Die Sorgenfalten auf seiner Stirn hatten sich geglättet, und die Anspannung seiner Lider hatte nachgelassen. Es wärmte sie bis ganz hinab in die Zehenspitzen, zu denken, dass die Tatsache, dass sie zusammen gekommen waren, etwas damit zu tun hatte.

Sie tat ihr Bestes, um ihn nicht zu wecken, und schlüpfte aus dem Bett, um ins Bad zu gehen. Erleichterung strömte durch sie hindurch, als ihr klar wurde, dass die Kräuter funktioniert hatten und die Blutung aufgehört hatte. Sie war voller Dankbarkeit für Heilerin Whipple und nahm sich vor, ihr ein Update zu schicken und ihr zu danken, sobald die Bürozeit anfing.

Nachdem sie sich die Zähne geputzt und im Bad fertiggemacht hatte, schlüpfte Amelia wieder ins Bett, kuschelte sich dicht an Grayson. Er stieß ein zufriedenes Seufzen aus, und zu ihrer großen Überraschung dauert es nicht lang, bevor sie wieder einschlief.

Ein Rascheln ihrer Decke weckte Amelia von ihrem Nickerchen am Morgen, und eine warme Hand legte sich auf ihre Hüfte. Sein Atem roch nach Minz-Zahnpasta, als Graysons tiefe Stimme flüsterte: „Morgen, Schöne."

„Morgen." Sie rollte sich herum und lächelte in sein attraktives Gesicht hinauf. „Wie hast du geschlafen?"

„Besser als in den letzten Monaten. Du? Fühlst du dich gut?" Seine Hand rutschte weiter, um auf ihrem Bauch zu ruhen.

„Ich fühle mich perfekt. Die Kräuter haben funktioniert. Heute Vormittag gab es keine Blutung, und obwohl mein Rücken noch steif ist, kann ich mich zumindest bewegen, ohne dass mir Schmerzen ins Bein schießen."

Er stieß ein erleichtertes Seufzen aus und schmiegte sich an ihren Hals, bevor er ihr einen sanften Kuss direkt unters Ohr gab. „Das sind die besten Neuigkeiten, die ich je gehört habe."

Amelia strich mit den Fingern durch seine weichen Haare, genoss es einfach, hier mit ihm zu liegen. Das hatte sie wirklich vermisst, die körperliche Bindung, die sie teilten, wenn sie nichts taten, außer einfach nur einander berühren.

„Verdammt, das fühlt sich gut an."

„Mmhmm", stimmte sie zu.

Er hob den Kopf und sah auf ihre Lippen.

Sie lächelte ihn sanft an und sagte: „Küss mich, Grayson."

Er zögerte nicht. Seine Lippen streiften ihre, und sie

öffnete sich sofort für ihn. Er schmeckte nach Minze und Mann und allem, was sie im Leben gewollt hatte. Grayson drückte ihr eine Hand an die Wange und vertiefte den Kuss, verzehrte ihren Mund wie ein Verhungernder. Sie küssten sich lange, berührten und erkundeten die Haut des anderen, doch keiner führte es weiter. Schließlich zog Grayson sich ein wenig atemlos zurück und sagte: „Ich glaube, wir sollten vielleicht hier Schluss machen, bevor wir das zu weit treiben."

Amelia strich mit den Fingern über seine Brust hinab und hielt nicht inne, bevor sie am Bund seiner Boxershorts ankam. „Nur weil wir nicht miteinander schlafen können, heißt das ja nicht, dass wir nichts anderes tun können. Es heißt nicht, dass ich dich nicht befriedigen kann."

Grayson stieß ein Stöhnen aus und rollte sich auf den Rücken, während er sich eine Hand über die Augen legte. „Du hast keine Ahnung, wie sehr ich dazu Ja sagen möchte." Er senkte den Arm und schaute sie an, während er ihr eine Locke hinters Ohr schob. „Aber ich möchte wirklich warten, bis wir beide mitmachen können."

Sie schüttelte den Kopf. „Dabei würde ich doch mitmachen." Dann ließ sie ihre Hand in seine Boxershorts gleiten, und sie verloren sich wieder in Küssen. Es dauerte nicht lang, bis er ein weiteres Stöhnen ausstieß, diesmal ein rein befriedigtes.

Zufrieden mit sich gab ihm Amelia einen letzten Kuss, schlüpfte aus dem Bett und war unterwegs zu Dusche. Es überraschte sie nicht, als sich die Tür öffnete und Grayson mit ihr hineintrat. Zusammen zu duschen war ihm immer am liebsten gewesen.

„Ich habe mich schon gefragt, ob du reinkommen würdest", sagte sie und warf ihm einem Blick über die Schulter zu.

Grayson legte einen Arm um sie, küsste sie auf die Schulter

und sagte: „Ich kann dich ja vielleicht nicht verwöhnen, wie ich das möchte, aber ich kann mich doch auf jeden Fall auf andere Weise um dich kümmern."

„Oh? Wie denn das?"

„So etwa." Grayson schnappte sich eine Flasche ihres Duschzeugs und fing an, ihr die Haare einzuseifen. Er ließ sich Zeit, ihr die Kopfhaut zu massieren, wusch jeden Zentimeter ihrer Haut und betete ihren Körper an, ohne die Anweisungen der Heilerin zu unterlaufen. Bis sie aus der Dusche kamen, war Amelia warm und glücklich, und sie hatte sich nie mehr wertgeschätzt gefühlt.

„Okay, entspann dich mal auf dem Sofa", sagte Grayson. „Ich mache Frühstück."

„Da kann ich helfen", schlug sie vor.

Er hob eine Augenbraue. „Auf gar keinen Fall. Du hast Heilerin Whipple gehört. Du sollst die nächste Woche nicht herumlaufen." Er deutete zum Wohnzimmer. „Geh, oder es gibt Haferschleim zum Frühstück anstatt Waffeln."

Sie hob ergeben die Hände. „Okay. Du hast recht. Ich schätze, ich bin einfach eine schreckliche Patientin." Und das war sie wirklich. Erst am Vortag hatte sie sich Vorwürfe gemacht, weil sie mit ihrer Schwangerschaft nicht besser aufgepasst hatte. Heute Morgen fühlte sie sich einfach so gut, dass sie kurzzeitig vergessen hatte, dass sie es so leicht und locker wie möglich angehen lassen sollte. „Ich verspreche, für nichts aufzustehen. Aber meinst du, du könntest als erstes Kaffee machen? Ich bin schon ein wenig verzweifelt."

„Natürlich." Er lachte leise, küsste sie oben auf den Kopf und führte sie zum Wohnzimmer, wo er dafür sorgte, dass sie es auf dem Sofa gemütlich hatte, bevor er in der Küche verschwand, während sie die Feuerwache anrief und sie wissen ließ, dass sie eine Woche das Bett hüten musste.

Nachdem Grayson seine Termine neu geplant hatte, verbrachten sie den Rest des Tages in ihrem Haus, wo Grayson Amelia umtüddelte, dafür sorgte, dass sie es gemütlich hatte, etwas zu essen bekam und mit Kartenspielen und Filmen unterhalten wurde. Es war die perfekte Art, einen eisigen Wintertag zu verbringen.

Als es Abend wurde, waren sie beide auf dem Sofa eingeigelt, Graysons Arme um Amelia, und ihr Kopf lag auf seiner Schulter.

„Grayson?", fragte Amelia.

„Ja."

„Wenn du PR gemacht hast, seit du mit dem College fertig warst, wie ist es dann gekommen, dass du ein Vertreter für einen Getränkelieferanten wurdest?"

„Das ist tatsächlich gewissermaßen eine lustige Geschichte." Er stieß ein leises Lachen aus. „Vor ein paar Jahren habe ich mich von Kira abgesondert und für eine PR-Firma in Boston gearbeitet. Ich habe in der Innenstadt gewohnt und bin immer ein paar Mal die Woche in die Kneipe in der Nachbarschaft gegangen, nur um ein wenig rauszukommen. Jeden Donnerstagabend kam dieser Typ rein und setzte sich neben mich. Wir haben über alles Mögliche geredet, von Sport über Filme bis zu Politik. Dann kommt er eines Tages rein und fragt mich, ob er mir einen Drink ausgeben kann. Ich dachte ernsthaft, der will was von mir."

„Wollte er nicht?", fragte sie.

„Nein, nicht so." Grayson lachte. „Ich habe nur gestammelt, weil ich so auf dem falschen Fuß erwischt wurde, dass ich mich völlig zum Affen gemacht habe. Ich habe irgendwie gesagt, dass das echt nett von ihm wäre, aber ich wäre nicht auf Suche nach einem Date und wollte mit niemandem was anfangen."

„Was hat er dann gesagt?"

„Er hat den Kopf nach hinten gelegt und gelacht. Dann hat er das Bier bestellt, ließ es mich versuchen, und hat mich gefragt, was ich davon halte." Grayson zuckte mit einer Schulter. „Ich habe ihm gesagt, das wäre das Beste, was meine Lippen je berührt hat, seit ich in der neunten Klasse mit Tyler Foster rumgemacht habe. Natürlich dachte er, Tyler wäre ein Typ, und es war einfach nur ein riesiger Wirrwarr aus missverstandenen Signalen und sexueller Identität. Schließlich sagte er mir, dass es ihm scheißegal wäre, mit wem ich ins Bett stieg, solange es nicht er war, denn er hätte bereits eine Frau."

Amelia drehte sich, um ihn zu beobachten, genoss seine belustigte Miene. So sah er nie aus, wenn er über seine Vergangenheit redete. Das war ein erfrischender Wandel.

„Auf jeden Fall bat er mich in den folgenden Monaten ständig, verschiedene Bier- und Weinsorten zu probieren. Nicht alles war ein Hauptgewinn, aber es gab schon ein paar. Ich dachte mir irgendwie, dass er gerne Geschmackstests durchführte, und ich machte nur zu gerne mit. Aber schließlich erzählte er mir, dass er eine Lieferfirma hat und dass mein Geschmack unvergleichlich ist. Dass alles, was mir schmeckt, für sie immer ein Hit war. Er reichte mir seine Visitenkarte und sagte, wenn ich je einen Jobwechsel wollte, könnte ich bei ihnen anfangen. Ich steckte sie ein und dankte ihm, sagte ihm aber, dass mir mein Job gefiel. Kurz danach ging ich zurück, um für Kira zu arbeiten. Zwei Jahre später rief ich ihn an, und er hat mir jeden Bereich angeboten, den ich wollte. So bin ich hier aufgeschlagen."

„Das ist ... eine ziemliche Geschichte", sagte sie.

Er zuckte mit den Schultern. „Nachdem ich diesen Job angenommen habe, erzählte er mir, dass er gewusst hat, dass wir eines Tages zusammenarbeiten würden, er wusste nur nicht, wann."

„Noch eine Geisthexe?"

Grayson nickte. „Ich glaube, das war vielleicht eine dieser mystischen Verbindungen."

Amelia drückte ihm die Hand. „Ich glaube, du hast recht. Dank ihm irgendwann von mir, okay? Das Beste, was mir passiert ist, war, als du zurück in mein Leben gekommen bist."

Grayson öffnete den Mund, um ihr zu antworten, aber es ertönte ein lautes Klopfen an der Tür, das ihm das Wort abschnitt. „Erwartest du jemanden?"

Sie schüttelte den Kopf.

Er stand auf, und bevor er auch nur an die Tür gehen konnte, stieß er einen lauten Fluch aus.

„Was ist denn?"

„Nicht was, *wer*." Er warf ihr einen gequälten Blick zu. „Kira ist da."

„Warum?", fragte Amelia, all die warmen Gefühle des Tages verflogen. Aber dann dachte sie plötzlich daran, dass sie heute Abend mit Kira im *Cozy Cave* etwas vorgehabt hatte, und stieß selbst einen Fluch aus.

„Ich weiß. Es tut mir leid. Ich sorge dafür, dass sie geht", sagte Grayson, der bereits nach dem Türknauf griff.

„Nein, mach das nicht", sagte Amelia rasch. „Ich muss mich bei ihr entschuldigen."

„Was? Warum?", fragte er, als das Klopfen gerade wieder anfing.

„Wir hatten heute Abend was vor. Ich habe sie versetzt und vergessen, ihr eine Nachricht zu schicken. Öffne die Tür, Grayson. Da draußen ist es kalt."

Er stieß ein Stöhnen aus, eindeutig unzufrieden mit dieser

Wendung der Ereignisse, tat aber, worum sie ihn gebeten hatte.

Katy Carmichael stand auf Amelias vorderer Veranda, gekleidet in eine enge Jeans, einen Oversize-Pulli und eine weiße Kunstfelljacke, die für ihre schmale Figur etwa zwei Größen zu groß aussah. „Grayson, ich dachte mir schon, dass du hier bist", sagte sie mit einem strahlenden Lächeln. „Aber da du meine Nachrichten nicht beantwortet hast, konnte ich mir nicht sicher sein."

„Bist du deswegen hier?", fragte er kühl. „Weil ich nicht geantwortet habe?"

„Natürlich nicht. Mach dir doch nichts vor." Sie schwebte an ihm vorbei und ging in das Haus, ohne eingeladen worden zu sein. „Ich bin hier, weil Amelia und ich verabredet waren. Als sie zu unserem Essen nicht auftauchte, hörte ich über die Gerüchteküche, dass sie Bettruhe verordnet bekommen hat, darum habe ich beschlossen, das Beste wäre, ihr ein Abendessen zu bringen." Sie strahlte Amelia an. „Ich freue mich, zu sehen, dass er sich um dich kümmert. Ich hoffe, dir macht es nichts aus, dass ich eindringe, aber ich habe Abendessen für drei dabei, weil ich immer noch hoffe, dass wir einander kennenlernen können."

Amelia starrte den Filmstar an, sowohl sprachlos wegen ihrer Dreistigkeit, einfach so vorzupreschen, als auch mit leichten Schuldgefühlen, weil sie sie versetzt hatte. „Hi, Katy. Das tut mir wirklich leicht leid. Ich hätte mir von Grayson deine Nummer holen und dich wissen lassen sollen, dass ich es nicht schaffe. Bitte, komm rein und setz dich." Sie warf einen Blick auf Grayson. „Hol Katy was zu trinken, ja?"

Grayson presste die Lippen fest aufeinander, eindeutig nicht glücklich über die Entwicklung. Trotzdem wandte er seine Aufmerksamkeit Katy zu und sagte: „Amelia hat keinen

Alkohol im Haus. Ist Sprudel okay? Oder ich kann Kaffee oder Tee machen."

„Sprudel ist perfekt", sagte sie mit einem strahlenden Lächeln. Er nickte, und als Katy mit ihm in die Küche kam, fügte sie an: „Hey, Grayson?"

Er hielt inne und warf einen Blick zu ihr zurück. „Was?"

„Versuch, dich dann zu erinnern, dass du mich liebst, während du hier bist. Okay?"

Grayson verdrehte die Augen und verschwand im anderen Raum.

„Er ist nur grummelig, weil ich unangekündigt aufgetaucht bin", sagte Katy, stellte das Lieferessen auf den Beistelltisch und setzte sich neben Amelia. „Er kommt bald drüber weg."

Amelia war sich sehr bewusst, dass das nicht der einzige Grund war, weshalb er genervt war, aber darauf würde sie nicht eingehen. Solange Katy Amelia rausließ, hatte Amelia nicht den Wunsch, zwischen die beiden zu treten. Sie räusperte sich. „Also, wie gefällt dir Keating Hollow? Hattest du schon die Gelegenheit, etwas zu sehen?"

Sie lachte. „Ach, ja. Die Brauerei, das Café, die Weinkellerei, das Spa und sogar den Musikladen. Der Besitzer dort, Chad, heißt er so?"

Amelia nickte. „Ja, er ist mit Hope verheiratet. Sie arbeitet im Spa."

„*Faszinierend*", erwiderte sie in einem übertriebenen Tonfall, der Amelia zu der Frage führte, ob sie sich über sie lustig machte. „Er ist schon ein köstliches Häppchen, oder? So, wie er die Gitarre vorgespielt hat, nach der ich mich erkundigt habe …" Sie fächelte sich Luft zu. „Zu schade, dass er schon vergeben ist. Ich glaube, wir hätten ein heißes Wochenende zusammen haben können."

„Klar", sagte Amelia, nur um höflich zu sein. Sie schwatzte

genauso gerne über Männer wie jedes beliebige Mädchen, aber an der Interaktion mit Katy war irgendwas schräg, was Amelia nicht ganz benennen konnte. „Du spielst Gitarre?"

Sie schüttelte den Kopf. „Nein, aber es gibt eine Hauptrolle in einem Film, die ich will, und die Figur spielt Gitarre. Wenn ich mir die Grundlagen aneignen könnte, hilft das vermutlich, den Casting Director davon zu überzeugen, dass ich passe." Ihre ganze Haltung hatte sich verändert, als sie über ihre Karriere sprach. Sie war viel natürlicher und entspannter. Einfach viel mehr mit sich im Reinen.

Amelia beschloss, die Unterhaltung auf ihre Arbeit gerichtet zu halten. Es schien ein besserer Weg zu sein als Keating Hollow. „Das ist ziemlich cool. Wie viel Zeit hast du denn, um es zu lernen?"

Sie zuckte mit den Schultern. „Ein paar Wochen, glaube ich."

„Das sollte reichen, um es zumindest aussehen zu lassen, als würdest du wissen, was du tust. Warte hier mal kurz. Ich komme gleich wieder."

Amelia schwang die Füße vom Sofa und wollte schon aufstehen.

Eine feste Hand landete auf ihrer Schulter. Sie war nicht fest genug, um sie zu halten, aber es reichte, damit sie innehielt und zu Grayson aufschaute.

„Was?", fragte sie.

„Wenn du nicht ins Bad unterwegs bist, hole ich, was immer du brauchst", sagte Grayson, während er Katy ihr Getränk gab.

Amelia stieß ein gequältes Seufzen aus. Diese Sache mit der Bettruhe war doch Wahnsinn. Zum Glück hatte er Heilerin Whipple nicht beim Wort genommen und sie dazu gezwungen, den ganzen Tag im Bett zu bleiben. Stattdessen wurde sie auf das Sofa verwiesen. „Meine Gitarre ist im Kinderzimmer im Schrank. Kannst du sie mir holen?"

„Klar", sagte er, ohne zu zögern, und verließ wieder das Zimmer.

„Du spielst?", fragte Katy, in ihren Augen leuchtete Interesse.

„Ein bisschen. Ich habe es als Teenager gelernt." Amelia lächelte scheu. Es war ein Hobby, über das sie nicht oft redete, denn Gitarrespielen war etwas, was sie nur für sich machte. Sie hatte niemals davon geträumt, professionelle Musikerin zu werden oder so etwas. Es war eher schon eine Möglichkeit, sich am Ende des Tages zu entspannen und die Hände beschäftigt zu halten.

Grayson kehrte mit dem Instrument zurück und reichte es Amelia. Sie lächelte ihn dankbar an. „Vielen Dank."

„Natürlich." Er machte sich an die Arbeit, um das Lieferessen aus den Taschen zu holen, während Amelia sich einen Augenblick nahm, um ein paar Akkorde anzuschlagen, bevor sie „Royals" von Lorde anspielte.

„Das ist ziemlich gut", sagte Katy, die beeindruckt klang.

„Danke. Nach dem Abendessen zeige ich dir gern ein paar Sachen, wenn du magst. Du brauchst immer noch Unterricht, aber zumindest könntest du die Handstellung hinkriegen."

„Das wäre wunderbar", erwiderte sie und wirkte zufrieden. Dann warf sie einen Blick auf den Beistelltisch und runzelte die Stirn. „Sieht auf aus, als würden wir Teller und Besteck brauchen." Sie rappelte sich auf und sagte: „Ich hole sie."

Amelia und Grayson sahen ihr nach, dann wandten sie sich einander zu. Amelia sagte: „Sie ist ziemlich widersprüchlich, oder?"

„Das kannst du laut sagen." Er nahm ihre Hand und drückte sie. „Danke, dass du *du* bist."

Sie erwiderte den Druck. „Ebenfalls."

Das Abendessen war erfüllt von Promi-Gerüchten und Gesprächen über verschiedene Filme und Serien, die Katy gedreht hatte. Die Schauspielerin war in ihrem Element, und wenn Amelia ehrlich war, sehr charmant, wenn sie ihre Geschichten erzählte. Bis sie mit dem Essen fertig waren, konnte Amelia erkennen, weshalb sie bei ihren Fans so beliebt war, und hoffte, sie würden früher oder später eine Möglichkeit finden, sich anzufreunden.

„Ich räume auf", sagte Grayson, der sich die Teller und den Müll vom Lieferessen schnappte.

Sie sahen ihm beide nach. Amelia lächelte vor sich hin. Vor einem Monat hätte sie sich niemals vorgestellt, dass sie ihren Weg zueinander zurückfinden würden, aber hier war sie, während Grayson sich so gut um sie kümmerte. Es war wie ein Traum. Ein wundervoller, von Liebe erfüllter Traum.

„Du weißt, dass er hier niemals durchhält, oder?", sagte Katy.

„Was?" Amelia wandte sich um, um Graysons Freundin zu mustern. „Was meinst du denn?"

„Dieses Städtchen. Keating Hollow. Es ist zu klein." Sie zuckte mit den Schultern, als würde sie das Offensichtliche aussprechen. „Er hat sein ganzes Leben als Erwachsener in einer Stadt verbracht, umgeben von mächtigen Menschen der Filmindustrie. Dieses Leben, das er hier anfangen möchte, als Getränkevertreter? Das ist nicht er. Überhaupt nicht. Er blüht auf im Halsabschneidergeschäft der Promi-PR. Ich bezweifle, dass du ihn je gesehen hast, nachdem er eine große Geschichte abgewürgt oder eine in Umlauf gebracht hat, die meinen Stern aufsteigen lässt. Es ist fast wie eine Droge, zu wissen, dass man die Medien so um den Finger gewickelt hat. Er hat schon mal versucht zu gehen. Das hat nur ein paar Wochen gehalten. Ich wäre ehrlich überrascht, wenn er nicht noch in diesem Monat in die Stadt zurückgekehrt."

Amelia starrte sie an. Hatte sie ernsthaft dagesessen und Amelia ganz nüchtern erzählt, dass das Leben, auf das sie sich mit Grayson freute, eine Fantasievorstellung war?

Katys Handy summte. Sie warf einen Blick darauf und runzelte die Stirn. Nachdem sie auf den Text geantwortet hatte, lächelte sie Amelia bedauernd an. „Hör mal, danke, dass du mir angeboten hast, mir was auf der Gitarre zu zeigen, aber es sieht aus, als müsste ich los. Mein Geschäftsführer ist wegen irgendwas ganz aus dem Häuschen." Sie eilte zur Tür, und auf den Weg hinaus sagte sie: „Richte Grayson aus, dass ich bald mit ihm rede."

Die Tür fiel knallend zu, und Amelia starrte ihr nach. Es bestand kein Zweifel, dass die Schauspielerin Grayson nicht so leicht aufgeben würde. Sie fragte sich, was Katy als nächstes tun würde, um zu versuchen, ihn zu sich zurückzulocken.

Amelias Sicht verschwamm, und sie packte die Armlehne des Sofas, fragte sich, ob sie gleich umkippen würde. Aber dann traf die Vision ein.

Grayson stand in einem nicht vertrauten Schlafzimmer. Auf dem Doppelbett war eine Decke aus weißem Satin, und es gab Akzente mit plüschigen rosa Kissen. Das verzierte weiße Kopfteil wirkte wie aus *Reich und berühmt*. Grayson ging zum Fenster, die Arme ausgestreckt, und einen Augenblick später trat Katy Carmichael in seine Arme. Sie standen da, hielten einander fest, ihr Kopf an seine Brust gedrückt, während er ihr über die Haare strich und sie oben auf den Kopf küsste.

„Ich bin jetzt hier, Kira. Du musst dir überhaupt keine Sorgen mehr machen. Ich kümmere mich um dich", sagte er.

Sie wandte den Kopf nach oben, damit sie ihn ansehen konnte, und dann küsste sie ihn.

Wieder verschwamm Amelias Sicht, einfach so war sie wieder in ihrem Wohnzimmer und starrte immer noch auf die Tür, ihr Herz raste so schnell, dass sie dachte, es würde ihr gleich aus der Brust springen.

„Was ist denn?", fragte Grayson, der sich auf das Sofa ihr gegenüber setzte. „Was ist passiert?"

Amelia schluckte schwer, versuchte, die Tränen abzuhalten, die sich in ihren Augen sammelten. „Es ist nichts vorbei zwischen euch", zwang sie hervor.

„Zwischen wem? Mir und Kira?"

Sie nickte. „Ich hatte eine Vision. Du gehst zu ihr zurück. Holly hatte auch eine. Ich kann einfach ..." Sie schüttelte den Kopf. „Ich weiß nicht, wie ich das tun soll, wenn ich weiß, dass ich diesen Teil von dir immer teilen muss."

Grayson nahm ihre beiden Hände und schaute sie ernst an. „Hör mal zu, Amelia Holiday. Ich liebe dich. Nicht Kira. Verstanden?"

Sie nickte, weil sie ihm wirklich glaubte.

„Keiner von uns kann die Zukunft vorhersagen. Diese Versionen ... Ich kann nicht kontrollieren, was du oder irgendjemand sonst sieht. Aber ich kann kontrollieren, was ich tue. Und ich gebe dir gleich hier und jetzt ein Versprechen, das du und unser Kind an erster Stelle stehen. Verstehst du, was ich da sage?"

Sie nickte wieder, diesmal gelang es ihr nicht, zu verhindern, dass die Tränen ihr über die Wangen liefen.

„Ich wähle dich. Ich werde immer dich wählen." Er zog sie in seine Arme und hielt sie fest, genauso wie er in ihrer Vision Katy gehalten hatte. „Ich wähle dich", flüsterte er wieder, seine Stimme belegt von großen Empfindungen.

Amelia klammerte sich an ihn, wollte es unbedingt glauben. Aber im Herzen wusste sie, dass ihre Zeit begrenzt war.

KAPITEL 18

*a*m zweiten Tag hintereinander wachte Grayson mit Amelia in seinen Armen auf. Nachdem Kira am Vorabend gegangen war, hatten sie einen emotionalen, aber ruhigen Abend erlebt. Sie hatten zusammen auf dem Sofa gelegen, Amelia an seine Brust gebettet, während sie irgendeinen Film geschaut hatten, an den er sich nicht mal erinnerte. Er war einfach nur so froh gewesen, sie in der Nähe zu haben, und dass sie ihm zutraute, dass er sich um sie kümmerte.

Er wäre glücklich damit gewesen, sie für immer in den Armen zu halten, aber es war ein neuer Tag, und Grayson hatte etwas zu tun. Nachdem er vorsichtig aus dem Bett geschlüpft war, um sie nicht zu wecken, ging er rasch ins Bad und machte sich dann daran, das Frühstück vorzubereiten. Sobald er ein Omelett gemacht und Kaffee vor sich hatte, ging er zurück in ihr Schlafzimmer und setzte sich neben ihr aufs Bett. Die Bewegung weckte sie, und sie blinzelte ihn verschlafen an.

„Morgen", sagte sie, ihre Haare zerrauft, und ihre Wangen rosig vom Schlaf.

Bei den Göttern, sie war süß. „Guten Morgen." Er beugte sich herab und gab ihr einen sanften Kuss. „Ich muss nach Hause und mich für die Arbeit umziehen. Aber wenn es für dich in Ordnung ist, würde ich gern eine Tasche packen, wenn ich heute Nachmittag in die Stadt komme, und den Rest der Woche hier bei dir bleiben."

Sie drückte ihm eine Hand an die Wange. „Das ist mehr als nur okay." Sie hob den Kopf und schnüffelte. „Rieche ich Kaffee?"

„Ja. Ich habe dir Frühstück gemacht." Er deutete auf das Omelett und den Kaffee auf ihrem Nachttisch. „Ich habe auch die Fernbedienung für dich dabei, und das Buch, das du im Wohnzimmer hattest, damit du gleich hierbleiben kannst, solange du willst."

„Du hast einfach an alles gedacht, oder?" In ihren Augen funkelte Erheiterung.

„Das hoffe ich doch." Er drückte ihr einen Kuss auf die Stirn. „Ruf mich an, wenn du irgendwas brauchst. Oder auch, wenn dir einfach nur langweilig ist. Ich habe nur zwei Termine, aber ich werde heute viel fahren, darum störst du mich vermutlich nicht." Er hatte es geschafft, seinen Terminplan so umzugestalten, dass er nur den halben Tag lang unterwegs sein musste.

„Ich bin sicher, mir geht's gut. Diese Kräuter, die Heilerin Whipple verschrieben hat, haben wirklich mit der Blutung geholfen."

„Wie geht es deinem Rücken?", fragte er, kniff argwöhnisch die Augen zusammen. Sie hatte sich langsam bewegt und mit der Hand den Rücken gestützt, als sie sich am Abend zuvor zwischen Sofa und Schlafzimmer hin und her bewegt hatte.

„Er ist noch steif, aber ich werde an diesen Dehnübungen arbeiten. Mach dir keine Sorgen um mich. Was soll schon passieren, während ich hier im Bett liege?"

Er stieß ein wenig erheiterte Lachen aus. „Fordern wir das Schicksal nicht heraus, indem wir diese Frage stellen, okay?"

Ihr Lächeln war sanft, während sie zu ihm aufschaute. „Guter Punkt. Aber mir geht es echt schon so viel besser. Jetzt los, damit du wieder hier sein und weiter um mich herumschweben kannst."

Grayson warf einen Blick auf ihr Frühstück. „Es sieht aus, als würdest du nicht unter zu viel Aufmerksamkeit leiden."

Amelia grinste, nahm beide seine Wangen und zog ihn zu einem Kuss herab. Als sie sich schließlich voneinander lösten, sagte sie: „Nein. Ich leide überhaupt nicht."

GRAYSON FÜHLTE SICH SELTSAM, als er sein Haus betrat. Es hatte nur ein paar Tage gedauert, bis Amelias Haus sich für ihn mehr wie ein Zuhause anfühlte als dieses Mietshaus. Sein Haus war kalt und unpersönlich, während ihres sich genau richtig anfühlte, auf eine Art, von der er sicher war, dass sie mit ihrer Anwesenheit zu tun hatte, und überhaupt nichts mit der Einrichtung.

Er ging direkt in sein Bad, duschte rasch, und dann füllte er eine Sporttasche mit der Kleidung, die er den Rest der Woche brauchen würde. Er war auf dem Weg zurück nach draußen, als er hinter sich Schritte hörte.

„Du gehst doch nicht schon wieder?", fragte Kira.

Er drehte sich zu ihr um und runzelte die Stirn. Ihre Haare waren im Pferdeschwanz, und sie trug eine alte Jogginghose mit einem Hello-Kitty-Shirt, an das er sich irgendwie aus der

Zeit erinnerte, als sie gerade nach New York gezogen waren. Aber was ihn wirklich überraschte, waren die dunklen Ringe unter ihren Augen. „Hast du überhaupt geschlafen?"

„Nicht wirklich." Sie rollte sich in der Ecke des Sofas ein und fragte: „Hast du ein paar Minuten zum Reden, bevor du zurück zu ihr gehst?"

„Ich war auf dem Weg raus zur Arbeit."

Sie warf einen Blick auf die Reisetasche in seiner Hand und hob eine Augenbraue.

Er zuckte mit den Schultern. „Und? Ich bleibe die restliche Woche dort."

Kira nickte. „Ich verstehe. Verbringen wir überhaupt Zeit miteinander, während ich hier bin?"

„Hör mal, Kira …"

„Ist egal." Sie schüttelte den Kopf. „Ist nicht deine Schuld, dass ich unangekündigt aufgetaucht bin. Ich habe nur …" Tränen standen in ihren Augen, und sie wandte sich schniefend ab.

Verdammt. Kira hatte nur zweimal geweint, seit sie Kinder gewesen waren, und beide Male war es wegen traumatischer Ereignisse in ihrem Leben gewesen. Er ließ seine Tasche fallen und ging, um sich auf den Beistelltisch direkt gegenüber von ihr zu setzen. „Was ist denn?"

Sie sah ihn lange an, schien sich entscheiden zu wollen, ob sie ihm sagen wollte, was ihr durch den Kopf ging. Dann holte sie tief Luft und sagte: „Ich habe versucht, Kontakt mit meiner Mutter aufzunehmen, am Tag, nachdem ich hier ankam. Das ist nicht gut gelaufen."

„Okay." Er runzelte die Stirn. Was war denn los mit Kira und ihren Eltern? Selbst wenn sie sich nicht sonderlich gut verstanden, hatten sie niemals aufgehört, miteinander zu reden. „Was ist nicht gut gelaufen?"

„Alles." Tränen liefen inzwischen ungehindert über ihr Gesicht hinab. „Sie ... will sich nicht mit mir treffen."

Grayson schüttelte den Kopf, versuchte, die Verwirrung zu durchdringen. Hatte sie irgendein Event, von dem sie wollte, dass ihre Mutter hinging? Es wäre nicht das erste Mal, dass ihre Mutter eine Einladung abgelehnt hatte. Kiras Mutter mochte die Stadt nicht sonderlich, oder den Besuch von Premieren. Zu oft hatte Kira ihre Mutter allein gelassen, während sie sich bei Produzenten und Regisseuren beliebt gemacht hatte. „Dich wo treffen?"

„Du verstehst das nicht", sagte sie, schüttelte den Kopf.

„Ich glaube, das ist ziemlich klar", sagte er. „Was regt dich denn so auf?" Er machte sich inzwischen wirklich Sorgen. Die Frau, die vor ihm saß, war eine, die er nicht wiedererkannte.

Sie schaute an ihm vorbei auf die Wand, während sie sagte: „Es gibt etwas, was ich dir über meine Familie nie erzählt habe."

Er nickte einmal und hielt ihr dann seine Hand hin. Weitere Tränen liefen, während sie ihre Hand in seine legte. Dann wartete er, hielt sie nur fest, während er ihr den Raum gab, den sie brauchte, um die Worte herauszubringen. Wenn es eines gab, was er über Kira wusste, dann, dass sie immer alles erledigte, wenn es für sie passte.

Eine Uhr an der Wand tickte in der Stille. Trotzdem wartete er noch.

Schließlich hob sie den Blick und hielt seinen fest, während sie sagte: „Kurz bevor wir nach New York aufbrachen, habe ich herausgefunden, dass ich adoptiert bin."

Grayson schnappte nach Luft, schockiert von ihrem Geständnis. Als er ihr zum ersten Mal erzählt hatte, dass er ihre Heimatstadt verlassen und seiner Pflegefamilie den Rücken kehren würde, hatte sie davon gesprochen, mit ihm zu kommen. Aber das war irgendwie sehnsüchtig gewesen, die Art Geschwätz, wenn jemand etwas tun wollte, aber nicht wirklich glaubte, dass man es konnte. Aber dann, am Tag, bevor er aufbrechen wollte, war sie durch sein Schlafzimmerfenster gekommen. Mit Tränen in den Augen hatte sie sich mit ihm auf dem Bett zusammengerollt und ihm gesagt, er solle nicht ohne sie gehen. Sie war mit ihm in den Bus gestiegen. Es war erst das zweite Mal, dass er gesehen hatte, wie sie je geweint hatte. Zu diesem Zeitpunkt hatte er gedacht, sie wäre nur emotional, weil sie ihre Heimat verließ oder einfach nicht wollte, dass er ohne sie wegging.

Verdammt, er war naiv gewesen.

„Warum hast du mir das damals nicht erzählt? Das hättest du tun können, weißt du?" In seinem Tonfall lag kein Vorwurf, nur Neugier.

„Ich weiß es nicht." Sie schloss die Augen, während sie sich mit der Hand durch die platinblonden Haare strich, dann sagte sie: „Ich wollte es, aber damals konnte ich es einfach nicht. Sie haben es mir in der Hitze des Augenblicks gesagt, gleich nachdem ich ihnen erzählt habe, dass ich mit dir nach New York gehen würde. Meine Mom hat es wie eine Waffe eingesetzt, mir vorgeworfen, dass ich undankbar wäre, nach allem, was sie für mich getan hätten. Mein Dad saß einfach nur da und ließ sie sich an mir austoben. Ich schätze, sobald wir nach New York kamen, wollte ich einfach nicht mehr darüber nachdenken."

Grayson drückte ihr die Hand, zeigte ihr seine Unterstützung auf die einzige Art, die er kannte. „Du hast deinen Schmerz begraben."

Sie zuckte mit den Schultern. „Ich schätze, das könnte man sagen. Ich war auf sie beide wütend, und dann fing ich an, mir auszumalen, wie ich meine echte Mom treffen könnte."

„Haben deine Eltern gewusst, wer sie war?"

„Nein, nur, dass sie eine Schauspielerin war."

Die Worte hingen in der Luft, und Grayson verstand allmählich, woher ihre ganze Entschlossenheit kam, die Beste zu sein. Immer ganz oben zu stehen. Perfekt zu wirken. Eine Rolle zu bekommen, die ihr die Chance auf einen Oscar verschaffen würde. Seine Miene war wohl verständnisvoll geworden, denn als er etwas sagen wollte, schnitt sie ihm das Wort ab.

„Mach jetzt bloß keine Psychoanalyse, Grayson."

„Okay", sagte er mit einem sanften Lächeln. „Also hast rausgefunden, wer sie ist?"

Kira nickte. „Nachdem ..." Sie räusperte sich. „Du weißt schon, nachdem, was vor ein paar Jahren passiert ist, konnte ich nicht aufhören, an sie zu denken, also habe ich einen Privatdetektiv angeheuert. Es hat bis jetzt gebraucht, aber er hat sich schließlich bei mir gemeldet."

„Und du hast versucht, mit ihr Kontakt aufzunehmen?"

„Ja, weil es nicht funktioniert hat, habe ich meinen Anwalt eingeschaltet, denn sie wollte meine Anrufe nicht annehmen. Er fand heraus, dass sie nicht daran interessiert war, sich mit mir zu treffen oder auch nur mit mir zu reden." Ihre Augen füllten sich mit den Tränen, sie wischte sie wütend weg.

Grayson war sich nicht sicher, dass es das Richtige gewesen war, ihren Anwalt zu benutzen, um mit ihrer leiblichen Mutter Kontakt aufzunehmen, aber wenn man bedachte, dass Kira ein riesiger Star war, schätzte er, dass es schon einen gewissen Sinn ergab. Sie würde wollen, dass jemand anders den ersten Anruf tätigte, um sicherzustellen, dass daraus kein Image-Albtraum wurde.

„Das Schlimmste ist, der Privatdetektiv sagte, sie hätte schon seit Jahren gewusst, wer ich bin. Ich schätze, das erklärt, weshalb ich die Rolle in *Die Hoffnung des letzten Jahres* nicht bekommen habe." Sie stieß ein humorloses Lachen aus. „Das nenne ich mal Ironie."

Grayson blinzelte sie an, versuchte zusammenzusetzen, was sie gerade gesagt hatte. Dieser Film über eine schwierige Beziehung zwischen einer Mutter und ihrer erwachsenen Tochter hatte in der Starrolle Jeanette Brooks gehabt, eine legendäre Schauspielerin in Hollywood. „Du meinst ... Jeanette Brooks ist deine ..."

Sie nickte langsam.

„Heilige Scheiße."

„Ja."

Was aus ihrer Beichte folgte, war erstaunlich. Eine der mächtigsten Schauspielerinnen in Hollywood war ihre Mutter, hatte gewusst, dass Kira ihre Tochter war, und wollte sie trotzdem nicht treffen. Graysons Herz brach für sie. „Es tut mir so leid, Kira."

„Mir auch." Sie war von Traurigkeit erfüllt, als sie sagte: „Es tut mir leid, dass ich mich im Café vor Amelia so zickig benommen habe. Ich hatte gerade erst von meiner Mutter erfahren, und ich schätze, ich bin ein wenig durchgedreht. Du bist der einzige Mensch der Welt, mit dem ich reden kann." Sie senkte die Stimme und flüsterte: „Ich schätze, ich fürchte, dass ich dich verliere."

„Kira", sagte er leise, während der aufstand. „Wir sind eine Familie. Du wirst mich nicht verlieren. Nur weil ich selbst ein Leben anfangen muss, das sich von deinem unterscheidet, bedeutet das nicht, dass ich nicht mehr dein Freund bin oder nicht mehr für dich da sein werde." Er zerrte sie auf die Füße und nahm sie dann in die Arme, hielt sie ganz fest. „Du bist meine älteste und beste Freundin. Das weißt du doch."

„Aber Amelia braucht dich jetzt, und du gründest eine

Familie." Ihre Stimme zitterte. „Ich bin ... ich bin mir nicht sicher, wie ich da reinpasse."

„Als Tante Katy?", fragte er hoffnungsvoll. „Ich kann nicht derjenige sein, der ich früher war, derjenige, der all die Geschichten und Gerüchte im Auge behält. Es gibt andere PR-Leute, die das alles gut im Griff haben. Aber ich kann derjenige sein, mit dem du redest, wenn du jemanden brauchst. Derjenige, der dich aus den Kulissen anfeuert. Und jemand, der niemals aufhört, dich zu lieben, ganz gleich, was passiert."

Sie klammerte sich mit allem an ihm fest, und nach einem Augenblick sagte sie: „Das würde mir echt gefallen."

KAPITEL 19

$\mathcal{B}$is zum Nachmittag war Amelia ruhelos geworden. Nachdem sie im Internet gesurft, einen Film geschaut und dann versucht hatte, sich eine Stunde lang auf das Buch zu konzentrieren, das Grayson ihr da gelassen hatte, war sie mehr als bereit, aus dem Bett zu steigen und tatsächlich etwas zu tun. Irgendwas. Yoga und Backen standen hoch auf ihrer Prioritätenliste. Sie hatte es so satt, herumzusitzen, dass sie sogar Tagträume davon hatte, ihren Gefrierschrank abzutauen.

Aber sie würde nichts tun, was ihr Kind in Gefahr brachte. Stattdessen schnappte sie sich das Handy und scrollte durch ihre Kontakte, suchte nach jemandem, mit dem sie plaudern konnte. Rex schloss sie sofort aus. Er würde sie nur mit Fragen über Grayson nerven, und wenn sie ihm von ihrem Sturz erzählte, konnte man das einfach vergessen. Sie würde ihn nie wieder loswerden. Der Mann würde alle paar Stunden anrufen und ein Update wollen.

Schließlich landete sie bei Georgias Nummer, als ihr klar wurde, dass sie es nicht zu dem Mädelsabend schaffen würde, den sie geplant hatten. Außerdem hatte es nicht mehr so viel Reiz, über Katy Carmichael zu plaudern. Bei ihr und Grayson gab es schlicht zu viel Vorgeschichte. Amelia hielt es für besser, den Mund einfach geschlossen zu halten.

Das Handy läutete viermal, bis Georgias Mailbox ranging. Amelia hinterließ ihr eine rasche Nachricht, um sie wissen zu lassen, wie die Anweisungen der Heilerin lauteten, und sie darum zu bitten, ob sie einen anderen Termin vereinbaren konnten, um sich zu treffen.

Sie wollte gerade Yvette Townsend anrufen, die Einzige, die sie gekannt hatte, bevor sie in das Städtchen gezogen war, als eine Nachrichtenmeldung auf ihrem Handy aufploppte.

In der Schlagzeile hieß es: *Katy Carmichael verliebt?*

Wenn das stimmte, war es wirklich eine Neuigkeit, dachte Amelia. Die Schauspielerin hatte nichts davon gesagt, dass sie mit jemandem ausging. Tatsächlich hatte sie irgendwann am Vorabend sogar eine Bemerkung abgegeben, wie lange es her war, seit sie mit jemand Interessantem ausgegangen war. Sie hatte gelacht und im Scherz Grayson als den perfekten Mann bezeichnet und gesagt, dass sie ihn vor all den Jahren nicht hätte gehen lassen sollen. Es war irgendwie peinlich und als Witz gemeint gewesen, aber Katy hatte sich nicht gerade damit zurückgehalten, dafür zu sorgen, dass Amelia erfuhr, dass sie Grayson für den Ihren hielt und Amelia nur etwas Vorübergehendes war. Neugierig öffnete Amelia die Gerüchtespalte, und ihr quollen beinahe die Augen aus dem Kopf, als sie ein Foto der Schauspielerin sah, die in Graysons Armen lag. Ihre Augen waren geschlossen, während Graysons Gesicht versteckt war, weil sein Kopf auf eine Art und Weise gebeugt war, die nahelegte, dass er sie gleich küssen würde. Sie musterte die Bildunterschrift und stieß ein angeekeltes Knurren aus, als sie sah, dass das Datum von heute war.

Katy Carmichael wurde erst vor ein paar Tagen in dem kleinen verzauberten Städtchen Keating Hollow gesehen. Quellen behaupten, dass sie bei ihrem langjährigen Freund und ehemaligem Angestellten Grayson Riley wohnt. In der Vergangenheit wurde berichtet, dass die beiden einander kannten, seit die Kinder waren, und es wurde spekuliert, ob sie früher eine Beziehung hatten. Es scheint, als wäre das Paar wieder zusammen, und eine Quelle dicht an Ms. Carmichael behauptet: „Sie ist glücklicher als je zuvor." Sieht so aus, als wäre der Star aus Bis du da warst *vom Markt verschwunden.*

Amelias Magen drehte sich um, und die Übelkeit machte sie wacklig. Sie gab nicht viel auf die Worte des kurzen Artikels. Das schien alles Spekulation zu sein. Selbst die Quelle, die sie zitiert hatten, blieb vage, und es fehlte vermutlich der Kontext. Es war das Foto, das es ihr unbehaglich werden ließ. Darin lag eine Vertrautheit, die nur schwer zu leugnen war.

Sie schaute sich das Foto näher an und schloss, dass sie in Graysons Wohnzimmer gestanden hatten, in der Nähe des vorderen Panoramafensters. Offensichtlich hatten es die Paparazzi von draußen geschossen, ohne dass sie es mitbekommen hatten.

Grayson war an diesem Vormittag nach Hause gefahren, um sich umzuziehen und eine Tasche zu packen. War er tatsächlich gegangen, um sich mit Katy zu treffen? Amelias Gedanken waren erfüllt von Bildern der beiden. Und sie hörte immer wieder Katys Worte im Kopf, als die Frau ihr gesagt hatte, dass Grayson bald zurück in New York sein würde. Hatte Grayson sie angelogen? Waren sie tatsächlich zusammen, oder verbrachte er nur wegen des Babys Zeit mit Amelia?

Jede Unsicherheit, die Amelia je verspürt hatte, kehrte brüllend zurück, sorgte dafür, dass sie an sich zweifelte, und an allem, was Grayson in den letzten paar Tagen zu ihr gesagt hatte.

Es ist nur ein Foto, sagte sie sich. Und eine Geschichte aus der Gerüchteküche war doch öfter falsch als richtig. Amelia wusste, dass Grayson die Chance verdient hatte, es zu erklären, dass Grayson ihr wahrscheinlich nur eine freundschaftliche Umarmung gegeben hatte ... Aber als sie wieder hinschaute, wurde die Übelkeit nur noch schlimmer. Das Bild war keines, das „nur Freunde" sagte.

Amelia verbrachte die nächsten Stunden damit, Grayson Riley und Katy Carmichael aus ihren Gedanken zu verbannen. Es funktionierte nicht wirklich. Sie setzte ein paarmal dazu an, Grayson anzurufen, hielt sich aber auf, bevor sie eine Verbindung aufbauen konnte. Das war keine Unterhaltung, die sie übers Telefon führen sollten. Sie wollte sein Gesicht sehen, wenn sie ihn danach fragte. Das hielt sie nicht davon ab, sowohl Katy als auch Grayson zu googeln. Sie fand einen Artikel früher aus Katys Karriere, der ihn mit ihr in Verbindung setzte, aber dort stand nichts, außer dass sie ihn mit zu einer Premiere genommen hatte. Es gab nichts sonst, außer einer Erwähnung hier und da, einer ‚Stellungnahme, die Grayson Riley für Ms. Carmichael' abgegeben hatte. Es gab nichts Skandalöses, was Amelia spekulieren ließ, dass er außerordentlich gut in seinem Job gewesen war.

Ein lautes Klopfen an ihrer Tür riss Amelia aus ihrer Internetspirale. Dankbar für die Ablenkung stieg sie aus dem Bett, um nachzusehen, und es war Georgia Exler, die auf ihrer Türschwelle stand. Die Autorin, die Jeans, einen dicken Pulli und Kunstfellstiefel trug, sah toll aus mit den dunklen Locken, die ihr Gesicht rahmten.

„Ich schätze, du hast keine Witze gemacht, als du gesagt hast, du hättest Bettruhe verschrieben bekommen", sagte

Georgia, die lächelte, während sie Amelia von oben bis unten musterte.

Amelia warf einen Blick an sich herab. Sie hatte ihren Satin-Schlafanzug gegen weiche Leggings getauscht, dicke Wollsocken und einen übergroßen Pulli mit einem Weinfleck auf der linken Seite. „Ist das nicht das übliche Outfit, wenn man zu Hause bleiben muss?"

„Klar, aber die meisten Leute kämmen sich", scherzte sie.

Amelia strich sich mit der Hand über die Haare und verzog das Gesicht, als ihr klar wurde, dass eine Seite völlig verfilzt war. Aber dann zuckte sie mit den Schultern und ließ die Frau rein. „Ich habe niemanden erwartet, also wen kümmert's?"

Georgia lachte leise. „Ich verstehe das total, als jemand, der sich einschließt und manchmal tagelang niemanden trifft. Aber richte dich mal her. Wir müssen wohin."

Amelia blinzelte sie an. „Hast du meine Nachricht nicht bekommen? Ich soll nicht herumlaufen." Sie schaute an sich herab und seufzte. Wenn Grayson hier gewesen wäre, hätte er ihr bereits befohlen, sich hinzusetzen.

Grayson.

Ihr Herz tat weh, wenn sie nur an ihn dachte.

„Ich hab's verstanden. Aber wo wir hingehen, wirst du überhaupt nicht herumlaufen müssen. Kämm dir doch einfach die Haare und zieh dir einen sauberen Pulli an. Vertrau mir." Sie grinste Amelia an. „Du bist in sicheren Händen."

Amelia zögerte unsicher. Sie wollte unbedingt aus dem Haus raus, aber sie würde nichts tun, was ihre Schwangerschaft in Gefahr brachte. „Wo gehen wir hin?"

„In Faiths Spa. Es ist für den Abend geschlossen, aber Hanna hat sie überzeugt, uns kommen zu lassen und einen Mädelsabend mit Gesichtsbehandlung, Maniküre, Pediküre und Meerwasser-Peeling zu kriegen. Für dich keine Massage wegen deines Zustands, aber ich wette, du könntest jemanden überreden, dir die Augenbrauen zu zupfen oder irgendwas mit Wachs bearbeiten zu lassen, wenn das dein Ding ist."

Amelia drückte sich die Finger auf die Augenbrauen, plötzlich ganz unsicher. „Sind meine Augenbrauen wirklich so schlimm?"

Georgia beugte sich nach vorne, musterte Amelia. „Nein, aber ein bisschen Formen könnten sie vermutlich vertragen."

Nickend traf Amelia eine Entscheidung aus dem Stegreif und sagte: „Gib mir ein paar Minuten."

Es war mindestens ein paar Monate her, seit Amelia sich etwas Tolles für sich gegönnt hatte. Und wenn es einen Tag gegeben hatte, an dem sie das brauchte, war es dieser. Solange sie sich nur zurücklehnen und entspannen konnte, schadete es sicher nicht, ins Spa zu gehen.

„IHR HABT ES GESCHAFFT!", rief Hanna, die Amelia umarmte. Die Cafébesitzerin hielt sie ein wenig länger fest als nötig, aber Amelia machte es nichts aus. Nachdem sie zwei ganze Tage damit verbracht hatte, sich zu Hause einzuigeln, war es gut, mit anderen Frauen unterwegs zu sein. Hanna ließ Amelia los, begrüßte Georgia und wies sie dann an, ihr zu folgen. „Kommt schon, auf zur Party." Sie führte sie hinaus auf die Veranda des Spa und deutete auf die Liegestühle. „Setzt euch hierher. Alles, was ihr wollt, wird man euch bringen."

„Danke." Amelia drapierte sich auf einen der Stühle und sah sich im Spa-Außenbereich um. Obwohl die Temperatur in Keating Hollow kalt genug war, dass einem die Zähne klapperten, war es im Außenbereich des Spa überhaupt nicht kalt. Die Liegestühle waren in einem Kreis aufgestellt, rund um eine beeindruckende Feuerstelle, während weitere Heizpilze an verschiedenen Stellen hinter ihnen aufgestellt waren, um einen warmen Bereich zu schaffen. Es gab auch Lichterketten, die den herrlichen Ort beleuchteten, der mit etlichen Pflanzen und wunderbaren Blumen vollgestellt war, die in ihrer Temperaturzone auf gar keinen Fall Saison hatten.

Die Tür, die ins Spa führte, öffnete sich, und eine zierliche Frau mit blonden Haaren, die zu einem langen Pferdeschwanz zusammengefasst waren, trat heraus. Ihre braun-grünen Augen leuchteten vor Freude, als sie sich zwischen Hanna, Georgia und dann Amelia umschaute, die sagte: „Du hast wohl eine Erdhexe unter deinen Angestellten, die alles am Blühen hält."

Faith Townsend lachte leise. „Nicht meinen Angestellten. Das ist mein Dad. Da er inzwischen den Betrieb der Brauerei mehr oder weniger meinem Schwager Clay und Hannas Mann Rhys anvertraut hat, hat er ein wenig Zeit für sich. Er kommt gerne einmal in der Woche vorbei oder so, um sich hier um den Garten zu kümmern. Ist das nicht toll? Bevor er das übernommen hat, hatten wir nur beruhigende Steine und Wasserfälle."

„Es ist wirklich wunderbar." Amelia fühlte sich so friedlich mit dem Feuer vor sich und dem Lavendel, der hinter ihr blühte.

„Lin, Faiths Vater, ist fantastisch", sagte Hanna, die sich zu ihr beugte. „Er ist so was wie die Vaterfigur des der Stadt. Er tut wirklich alles für alle, und ihm ist das Städtchen ehrlich wichtig. Wir haben so ein Glück, ihn zu haben."

„Er klingt toll", sagte Amelia, die wusste, dass die Townsends mehr oder weniger das Herz von Keating Hollow waren, zusammen mit den Pelshes. „Dein Dad ist auch ziemlich toll. Ich habe ihn bei Shannons Hochzeit getroffen. Er war total aufgeregt, weil sich die Weinkellerei zu etwas entwickelt, das für die Stadt echt gut ist."

Hannas Mine wurde weicher. „Ja, ist er. Wie ist es mit dir? Ich weiß, dass Rex dein Bruder ist und in Christmas Grove lebt. Ist der Rest einer Familie auch dort?"

Amelia schüttelte den Kopf. „Nein. Meine Mom, mein Stiefvater, meine Stiefmutter und meine anderen Halbgeschwister sind drüben im Osten. Mein Dad ist gestorben, als ich noch ziemlich jung war. Ich stehe eigentlich nur Rex recht nahe."

Hanna griff herüber und drückte ihr die Hand. „Tut mir leid, das mit deinem Dad zu hören. Und es ist einfach schade, wenn die Familie so weit weg ist. Aber keine Sorge. Wir sind jetzt deine Familie." Sie zwinkerte ihr zu. „Sobald es für dich gefahrlos machbar ist, wirst du nach dieser Einführung gezwungen werden, bei Golfmobilrennen, schlüpfrigen Liebesroman-Buchclubs und Weinverkostungspartys mitzumachen. Ganz zu schweigen von den wöchentlichen Gesichts- und Fußbehandlungen."

„Golfmobilrennen?", fragte Amelia mit einer gehobenen Augenbraue. „Wo und wann finden die denn statt? Und gibt es auch Preise zu gewinnen?"

Hanna und Faith lachten beide leise, während Georgia interessiert zuhörte.

Faith drückte ihnen Tassen mit Kräutertee in die Hand und sagte: „Sie finden normalerweise unten am Fluss statt. Wann? Einfach immer, wenn die Mädels sich treffen. Abby hat einen Wagen und Wanda auch. Was die Preise angeht, ist die Belohnung der süße Geschmack des Ruhms."

„Das fasst es so ziemlich zusammen", sagte Hanna. „Wir fahren in Teams, und jeder darf seine Magie auf jede Art einsetzen, durch die man einen Vorteil erlangt. Die einzige Regel ist, dass es eigentlich keine Regeln gibt."

Amelia schaute sie an, nicht ganz sicher, ob sie das ernst meinten, aber dann beschloss sie, dass es ihr egal war. Wenn es Golfmobilrennen gab, war sie dabei. „Betrachtet mich als Mitfahrerin. Na ja, nachdem ich dieses Baby rausgepresst habe. Ich will nichts machen, was das Risiko birgt, dass ich wieder das Bett hüten muss."

„Was ist passiert?", fragte Faith.

„Ich bin auf den verschneiten Stufen ausgerutscht. Heilerin Whipple hat sich allerdings gut um mich gekümmert. Ich bin mir sicher, alles wird gut gehen. Ich muss es jetzt nur locker angehen lassen, bis der Braten durch ist, schätze ich." Sie lächelte sie an, genoss ihre Zeit mit den Mädels sehr.

„Darum haben wir den Mädelsabend heute abgeändert. Um deinen Stress runterzufahren, nachdem heute Nachmittag diese Geschichte aufgeschlagen ist", sagte Hanna.

Amelia fuhr zusammen. Sie hatte nicht über Grayson oder Katy reden wollen. Tatsächlich hatte sie während der Zeit, die sie im Spa verbracht hatte, nicht einmal an einen von ihnen gedacht. Sie schätzte, es war unvermeidlich, wenn das Gesicht desjenigen, mit dem man zusammen war, neben einem riesigen Star auf alle Gerüchtewebseiten gepflastert war.

Georgia und Faith schauten Hanna beide mit empörten Minen an.

„Was?", fragte Hanna. „Wollen wir wirklich um den heißen Brei reden? Ich wollte, dass Amelia weiß, dass wir für sie einstehen. Und so arschig, wie sich diese Katy vorgestern im Café benommen hat, hat unsere Freundin ein bisschen Verstärkung verdient, oder?"

„Aber natürlich", sagte Faith, die ihre Freundin am Arm

tätschelte. „Aber wenn ich Hunter auf einem solchen Bild mit seiner Ex sehen würde, würde ich darüber womöglich nicht mit einer Gruppe Frauen reden wollen, die ich gerade erst kennengelernt habe." Sie wandte sich an Amelia. „Es tut mir leid. Wir können das unter den Tisch kehren. Sag Hanna einfach, sie soll sich um ihren eigenen Kram kümmern. Das ist in Ordnung. Sie ist daran gewöhnt. Das sage ich ihr die ganze Zeit."

„Nein, machst du nicht", erwiderte Hanna mit einem Lachen.

„Würde ich, wenn ich der Meinung wäre, du wärst zu neugierig", sagte Faith mit einem empörten Unterton.

„Na, das stimmt schon. Aber du bist auch keine, die sich bei irgendjemandem zurückhält."

Die beiden lachten, wären Georgia und Amelia zusahen. Schließlich wandte sich Georgia und an Amelia. „Wir werden eines Tages genauso gute Freundinnen sein."

„Werden wir?", fragte Amelia, die sie angrinste.

„Ja. Das erkläre ich jetzt, also kannst du erwarten, dass ich dich die ganze Zeit anrufe und mich mit dir zum Kaffee treffe."

„Wie oft ist die ganze Zeit?" Eine Leichtigkeit ließ sich auf Amelia nieder, die sie seit Ewigkeiten nicht mehr gespürt hatte. Es war das Gefühl aufblühender Freundschaften, das sie sich nicht zu erkunden gestattet hatte, seit sie Victoria verloren hatte. Würde sie das, was sie verpasst hatte, mit Georgia finden? Und falls ja, würde sie sich gestatten, es in die Arme zu schließen? Sie hoffte es wirklich, denn nachdem sie mit Grayson über Victoria geredet hatte, war ihr klar geworden, dass sie nicht weiterhin alle auf einer Armeslänge Abstand halten konnte, wenn sie sich von dieser Tragödie erholen wollte. Die Albträume würden sich einfach weiter bei ihr einschleichen. Aber wenn sie ihr Herz wieder für eine Freundschaft öffnete, konnte sie vielleicht weiterziehen.

„So etwa ein- oder zweimal die Woche. Ich bin eine eigenbrötlerische Schriftstellerin. Du kannst nicht zu viel erwarten", sagte Georgia mit einem Grinsen.

„Ach, gut", erwiderte Amelia erleichtert. „Ich bin nicht die Art Mädchen für tägliche Telefonate. Ich glaube, das wird gut funktionieren."

„Perfekt." Georgia hielt ihre Tasse hoch, um mit Amelia anzustoßen. „Ist also abgemacht. Freundinnen fürs Leben."

Amelia stieß mit ihrer Tasse an die von Georgia und sagte: „Abgemacht."

Die anderen beiden jubelten zustimmend.

„Wer ist bereit für eine Gesichtsbehandlung?", fragte Faith, die aus dem Sessel aufstand.

„Ich!", riefen die anderen drei gleichzeitig.

„Bin dabei. Lasst mich Esme und Lena holen. Sie werden sich heute Abend um uns kümmern." Als Faith gerade wieder ins Gebäude zurückkehren wollte, fing Amelias Handy an zu läuten.

„Ach, tut mir leid", sagte Amelia, die es aus ihrer Tasche angelte. „Ich stelle es auf lautlos …" Sie starrte auf den Namen, der auf dem Bildschirm aufblitzte, und spürte dann, wie die Übelkeit zurückkam.

„Was ist denn los?", fragte ihre neue beste Freundin. „Wer ist es denn?"

„Grayson", erwiderte Amelia, die das Handy anschaute, als würde es beißen.

„Du kannst einfach nicht rangehen, das weißt du", sagte Georgia. „Du musst nicht mit ihm reden."

„Ich weiß. Es ist nur … Ich sollte zu Hause sein, und ich bin sicher, er fragt sich, wo ich bin."

Georgia streckte die Hand nach dem Handy aus. „Gib es mir. Ich sage es ihm für dich."

Amelia schüttelte den Kopf. „Nein. Das musst du nicht machen. Ich hab das im Griff." Sie drückte auf *Annehmen*.

Georgia beugte sich vor und flüsterte: „Wenn du es irgendwann satthast, kannst du mir das Handy einfach geben. Hast du verstanden?"

Mit einem schiefen Lächeln nickte Amelia. Ja, mit einer Frau wie Georgia konnte sie beste Freundinnen werden, einer, die ihre Entscheidungen respektierte, aber ihr immer den Rücken stärkte. Sahen so alle Erwachsenen-Freundschaften aus? Sie wusste es wirklich nicht, denn sie hatte sich zu lange abgeschottet. Es war auf jeden Fall Zeit, das zu ändern.

„Amelia? Hallo?", fragte Grayson.

„Ich bin dran." Sie schaute auf das Feuer, versuchte das Bild von ihm und Katy aus ihren Gedanken zu löschen.

„Wo bist du?", fragte er. „Ich mache mir Sorgen um dich."

„Unterwegs mit Freundinnen", sagte sie, verriet ihm absichtlich keine Einzelheiten. Es war irgendwie kleinlich, aber sie kochte immer noch wegen des Artikels.

„Was meinst du denn mit ‚unterwegs'? Du sollst doch das Bett hüten."

„Ich bin bei Georgia und ein paar anderen Mädels. Keine Sorge. Ich bin nicht auf den Beinen und kümmere mich um das Baby." Dann fügte sie an: „Du kannst nach Hause. Ich bin sicher, du möchtest sowieso gern mehr Zeit mit Katy verbringen."

Er seufzte. „Nein, ich will nicht nach Hause. Ich will hier sein."

„Bist du dir da sicher?" Diesmal klang ihr Tonfall eisig.

Es gab eine lange Pause. „Du hast diesen Artikel gesehen, oder?"

„Leider." Der Schmerz in ihrem Magen wurde stärker, und sie fragte sich, ob sie sich gleich übergeben würde.

„Du weißt, dass das alles nur Spekulation ist, nachdem ganz widerlich in die Privatsphäre eingedrungen wurde. Ich bin nicht mit ihr zusammen. Das weißt du", sagte er leise.

„Vielleicht nicht, aber das Bild war von heute, und weißt du was, Grayson? Fotos können nur schwer lügen. Ihr beiden geht viel zu vertraut miteinander um."

„Das war nichts", beharrte er. „Sie hatte mir nur gerade etwas Wichtiges erzählt, und ich habe sie umarmt. Nicht mehr. Das schwöre ich."

Sie sagte nichts. Es gab nichts zu sagen. Sie wusste, was für ein Gefühl das Bild ihr gab, und nichts daran war gut.

„Du glaubst mir nicht, oder?"

„Um ehrlich zu sein, bin ich nicht sicher." Sie wusste einfach nicht, was sie denken sollte. Vielleicht war es ein Fehler, mit einem Mann zusammen zu sein, der so eng mit jemand anderem verbunden war.

„Verdammt", murmelte er. „Gibt es irgendwas, was ich sagen kann, damit du mir glaubst? Denn es klingt, als hättest du dich bereits festgelegt."

„Ich brauche einfach etwas Raum, Grayson. Kannst mir das geben? Geh nach Hause, und morgen reden wir."

In der Leitung herrschte Schweigen, und sie fragte sich schon, ob er den Anruf beendet hatte. Aber dann sagte er: „In Ordnung. Wenn du das brauchst. Ruf mich an, falls … Na ja, ruf mich einfach an."

„Okay", sagte sie leise und drückte dann auf *Beenden*. Sie schloss die Augen und stieß ein Stöhnen aus, denn sie war völlig überzeugt, dass sie aus einer Mücke einen Elefanten machte.

„Es ist niemals schlecht, einen Schritt zurückzutreten", sagte Georgia.

„Da hat sie recht", stimmte Hanna zu.

„Ja", sagte Faith.

Amelia öffnete die Augen und lächelte sie dankbar an. „Vielen Dank."

„Gern geschehen", erwiderte Faith. „Jetzt zu diesen Gesichtsbehandlungen. Sind wir bereit?"

Sie nickten alle begeistert, und von dem Augenblick an, als Esme anfing, ihr Gesicht zu reinigen, schaffte es Amelia tatsächlich, Grayson und Katy Carmichael in den nächsten paar Stunden aus ihren Gedanken zu schieben, während die Damen, die im Spa arbeiteten, sie wie verrückt verwöhnten.

KAPITEL 20

Grayson ging in seiner Küche auf und ab, unfassbar frustriert. Er war heimgekommen, um eine Horde Paparazzi auf seinem vorderen Rasen herumhängen zu sehen. Blitzlichter hatten vor seiner Nase geflackert, gefolgt von einem Dutzend Fragen über seine Beziehung zu Katy Carmichael. Er hatte die Fragen ignoriert und sein Bestes getan, die Fotografen dazu zu bewegen, sein Grundstück zu verlassen. Als sie nicht hörten, hatte er bei Drew Baker anrufen müssen, dem Hilfssheriff des Städtchens, damit sie auf die andere Straßenseite weiterzogen.

Der Umgang mit Paparazzi war etwas, das er sich im Lauf der Jahre angewöhnt hatte, aber es war etwas anderes, wenn er in einem kleinen Haus in einer normalen Wohnstraße lebte. Es gab keine Tore oder Security, um sie abzuhalten. Und das nervte ihn tierisch.

Zumindest hatten sie keine Horde Fans angezogen, wie es oft in der Großstadt passierte. Das war der einzige Trost. Er war ins Haus gegangen und hatte sich sofort daran gemacht, alle Jalousien zu schließen. Verdammt sollte er sein, wenn von ihm und Kira noch ein weiteres Bild online auftauchte.

Er machte Amelia keinen Vorwurf, dass sie skeptisch wegen der Geschichte in der Klatschpresse war. Das Foto ließ es wirklich wirken, als wären Grayson und Kira ein Paar. Das Ironische war, dass nach all der Zeit, die sie miteinander verbracht hatten, noch nie zuvor ein Klatschmagazin eine Geschichte über sie geschrieben hatte. Er fragte sich, weshalb jetzt.

Er nahm sein Handy, und nachdem er durch seine Kontakte gescrollt hatte, fand er die Nummer, die er suchte, und rief an. Zehn Minuten später, nach einer angespannten Unterhaltung mit der Rechtsabteilung der Muttergesellschaft der Klatschseite, hatte er eine mündliche Übereinkunft erzielt, dass sie die Geschichte runternehmen würden. Das war etwas, was er unzählige Male bei seiner Arbeit als Katy Carmichaels PR-Manager gemacht hatte. Tatsächlich hatte er mit genau diesem Anwalt schon mal zu tun gehabt. Die Vorgeschichte sorgte oft dafür, dass die Dinge schneller gingen.

Eine Bewegung im Flur zog seine Aufmerksamkeit auf sich, und er schaute hoch, um zu sehen, wie Kira dort stand und den Griff ihres Koffers hielt. Er hob eine Augenbraue. „Mir war nicht mal klar, dass du da bist."

„Ich bin losgezogen, um einen Kaffee zu trinken, aber sobald die Geschichte rauskam, bin ich hierher zurückgekommen. Es war nur eine Frage der Zeit, bis die Paparazzi auftauchen."

Er nickte. Es war einfach ein Fakt ihres Alltags. Er warf einen Blick auf ihren Koffer. „Du gehst schon?"

„Ich glaube, das sollte ich. Ich habe hier schon genug Schaden angerichtet." Sie presste die Lippen fest aufeinander. „Ich will dein Leben nicht über den Haufen werfen, Grayson.

Ich habe nur einen sicheren Ort gebraucht, um ein wenig auf die Beine zu kommen, nach allem, was passiert ist. Aber jetzt, da die Presse mich gefunden hat, werden sie keinen von uns in Ruhe lassen, so lange ich da bin. Das wissen wir beide."

Er bewegte sich nicht von der Stelle, während er sie musterte. Sie trug Jeans, ein langärmliges Baumwollshirt und weiße Sneakers. Ihre Haare waren auf einer Seite zu einem Pferdeschwanz zusammengefasst, und falls sie geschminkt war, sah er es nicht. Die Frau, die vor ihm stand, wirkte überhaupt nicht wie Katy Carmichael. Sie wirkte wie Kira, das Mädchen, mit dem er nach New York weggelaufen war, als sie gerade mal achtzehn gewesen waren. Andererseits war er erleichtert, dass sie zurück nach New York ging. Wenn sie nicht hier war, würde der Presse egal sein, was er vorhatte. Und er war sich sicher, es würde die Anspannung mit Amelia lindern. Andererseits machte er sich Sorgen um Kira und befürchtete, wenn sie zurück nach Hause ging, würde sie direkt in ihre alten Muster verfallen. „Bist du sicher, dass du das machen willst?"

„Ich bin sicher." Sie nickte ernst. „Ich bin ein großes Mädchen, ich kann mich nicht darauf verlassen, dass du den Rest meines Lebens all meine Probleme für mich löst." Kira lächelte ihn sanft an. „Du hast hier was Gutes mit Amelia und der Familie laufen, die du gründen willst. Es ist nicht fair, wenn ich dir das vermassele."

Es war seltsam, diese Worte von ihr zu hören. In den letzten zehn Jahren hatte sie ihn behandelt, als würde er ihr gehören. Als würde er immer an ihrer Seite stehen, für den Rest ihres Lebens. Etwas hatte sich bei ihr geändert, und er war nicht ganz sicher, was. „Was machst du denn, wenn du nach Hause kommst?"

„Das übliche. Einen Tag im Spa verbringen. Shoppen

gehen. In einem Club rumhängen." Sie zwang sich zu einem Lächeln, dasjenige, das sie immer aufsetzte, wenn sie log.

„Kira", sagte er. „Komm schon. Sei ehrlich. Was ist bei dir los?"

„Nichts. Es ist nur ..." Sie ging hinüber zum Tisch und setzte sich, bedeutete ihm, er solle sich mit ihr hinsetzen. Sobald er saß, beugte sie sich vor, die Ellbogen auf die Knie gestützt, und sagte: „Ich habe in den letzten paar Tagen so richtig meine Seele erforscht. Seit ich gehört habe, dass meine echte Mutter sich nicht mit mir treffen will, habe ich mich gefragt, was ich mit meinem Leben eigentlich mache. Ich glaube, ich muss einfach mal etwas Zeit mit mir allein verbringen, neue Dinge probieren, zu denen nicht Schauspielerei oder rote Teppiche oder Fotoshootings gehören."

Er nahm sie an der Hand und drückte sie, erfreut, dass sie vorhatte, sich etwas Zeit für sich zu nehmen. Sie hatte über zehn Jahre lang ununterbrochen gearbeitet. Es war an der Zeit, dass sie etwas tat, was nur für sie war. „Ich glaube, das ist eine tolle Idee. Machst du das in New York?"

Sie schüttelte den Kopf. „Nein. Es gibt da ein Haus in Rhode Island, für das ich bereits ein Angebot gemacht habe. Es ist an der Küste, aber weg von den Leuten in der Industrie, und es steht zur Verfügung, sodass ich gleich einziehen kann. Ich habe meinem Finanzmanager gesagt, das Haus in Cape Cod soll auf den Markt. Es ist an der Zeit, loszulassen."

Er nickte verständnisvoll. Das Haus auf Cape Cod war voller schrecklicher Erinnerungen für sie beide. Es war kein Ort, an den man ging, um zu heilen. „Schreib mir die Adresse, damit ich weiß, wo ich dich finden kann."

Sie grinste ihn an. „Ich habe sie bereits in deine Kontakte geschrieben."

„Was?" Er riss sein Handy heraus, tippte sein Passwort ein und scrollte zu ihrem Namen. Und tatsächlich, da stand eine Adresse in Rhode Island. „Wann hast du das gemacht?"

„Heute Morgen, als du in der Dusche warst." Sie stand auf, tätschelte ihm das Knie und sagte: „Benji wartet draußen. Ich rufe dich an, wenn ich mich in Rhode Island eingerichtet habe."

Er stand auf und folgte ihr zur Tür. „Kira?"

„Ja?"

„Es gibt da was, das mich stört", sagte er.

„Und zwar?"

„Wo zum Teufel war Benji die ganze Zeit, und ist er derjenige, der dich in der Stadt herumfährt?"

„Ja. Er ist mein Fahrer. Wer denn sonst?" Als er nur die Schulter zuckte, fuhr sie fort. „Er hat in der Pension von Keating Hollow übernachtet. Wenn er nicht dort war, hat er die Stadt erkundet. Sein liebster Laden ist *Ein Löffelchen Magie*, dieser Schokoladenladen in der Nähe des Cafés."

„Aber natürlich", sagte Grayson mit einem Lachen. Ihr Fahrer war die größte Naschkatze, die er je getroffen hatte. „Richte ihm Grüße aus, und dass es mir leidtut, dass ich ihn verpasst habe."

„Mache ich." Sie zog die Tür auf, drehte sich um, um direkt die Paparazzi anzusehen, winkte ihm und warf ihm einen Luftkuss zu, dann eilte sie hinüber zu dem schwarzen Town Car, das auf seiner Zufahrt stand. Benji öffnete ihr die Tür, schnappte sich ihren Koffer und verstaute ihn im Kofferraum, bevor er seinen Platz hinter dem Lenkrad einnahm. Bis das Auto um die Ecke verschwunden war, lösten sich die Fotografen bereits auf. Es sah aus, als wären die Tage, an denen er sich mit Paparazzi herumschlagen musste, zu einem Ende gekommen.

Grayson schüttelte den Kopf, schnappte sich seine Schlüssel und war unterwegs zur Keating Hollow Brauerei. Dort war es auf jeden Fall ruhiger als beim letzten Mal. Diesmal war Rhys der Einzige hinter dem Tresen. Grayson glitt auf einen Barhocker und wartete geduldig, da er erst jemand anderem noch ein Bier einschenkte.

„Hey, Mann", rief Rhys freundlich. „Ich war überzeugt, du hättest heute Abend alle Hände voll zu tun, nachdem diese Geschichte rauskam."

Stöhnend rieb sich Grayson mit der Hand übers Gesicht. „So wäre es vermutlich gekommen, wenn Amelia mir nicht abgesagt und Katy die Stadt nicht verlassen hätte."

„Verdammt. Das klingt heftig. Hast du sie also beide an einem Tag verloren?" Rhys schlug diesen besorgten Tonfall an, den die meisten Barkeeper perfektioniert hatten.

„Ich habe Katy nicht verloren. Sie ist nur eine Freundin, die vor ein paar Tagen aufgetaucht ist und dann nach Hause fuhr. Amelia?" Er biss die Zähne zusammen, während er über ihr letztes Telefonat nachdachte. „Ich habe keine Ahnung. Aber ich schätze, ich kann es ihr nicht übel nehmen, wenn sie nicht dafür zu haben ist, Zeit mit einem Typen zu verbringen, der manchmal in der Klatschpresse steht, weil er in Verbindung zu einer berühmten Schauspielerin steht. Dieses Drama will doch keiner."

„Aber bekommt Amelia nicht ein Kind von dir?", fragte Rhys, der sich auf dem Tresen nach vorne lehnte.

„Ja. Das ist der echte Knaller." Er warf einen Blick auf die Zapfhähne. „Kann ich ein Bier haben? Ein Dunkles."

„Natürlich." Rhys ging an den Zapfhahn und machte sich an die Arbeit. „Hör mal, ich weiß, dass du dir Sorgen wegen Amelia machst, aber irgendwas sagt mir, dass alles funktionieren wird. Also halt einfach durch, okay?"

„Warum sagst du das? Kennst du Amelia überhaupt?", fragte Grayson.

„Klar. Sie war schon mal hier, und ich hab sie in Hannas Kaffee ziemlich oft gesehen. Sie und Hanna haben sich angefreundet. Sind sie nicht gerade jetzt zusammen in Faiths Spa?"

Grayson nickte. Er war so froh, zu hören, dass sie Freundinnen fand. Das hatte sie in ihrem Leben verdient. „Ja. Sie hat gesagt, es wäre ein Mädelsabend."

Rhys nickte. „Genau. Hoffen wir einfach, dass sie nicht die Golfmobile rausholen." Sein Lächeln wurde zu einem Grinsen. „An einem Abend wie heute würde das für eine Menge Schlamm sorgen, mit dem man später irgendwie fertig werden muss."

„Will ich überhaupt wissen, wovon du da redest?", fragte Grayson.

„Vermutlich nicht. Na ja, außer dir gefällt es, ein Mädchen auszuziehen und ihr den Schlamm aus den Haaren zu waschen."

Das hätte Grayson gern getan, und noch mehr. Aber Schlamm in den Haaren? Er kniff die Augen zusammen und schaute den Mann an. „Ich glaube, du musst mir mehr erzählen."

Er warf den Kopf in den Nacken und lachte. „Es ist nichts, was man erklären kann. Es ist eher ein Abenteuer, das man erlebt haben muss. Warte mal. Lass mich Clay anrufen."

Grayson wartete, während Rhys den Anruf tätigte. Ein paar Minuten später grinste Rhys ihn an und sagte: „Trink mal lieber dieses Bier aus. Die Party trifft bald hier ein."

KAPITEL 21

*A*melia konnte sich nicht erinnern, dass sie schon jemals entspannter gewesen wäre. Ihre Zeit im Spa mit ihrem neuen Freundeskreis war alles gewesen, von dem sie nie geahnt hatte, dass sie es brauchte. Ihre Zehen glitzerten, ihre Augenbrauen waren geformt, und ihre Haut strahlte. Sie merkte sich vor, es sich zur Gewohnheit zu machen, mindestens einmal im Monat Tage einzuplanen, an dem sie sich etwas für sich gönnte. Sie hatte es verdient, oder? Aber natürlich.

„Hey, Ladys", rief Hanna, die wieder nach draußen auf die Veranda kam, ein Tablett mit Keksen in der Hand. „Nehmt euch lieber mal einen Snack, denn es sieht aus, als wäre unser Abend noch nicht vorbei."

Amelia nahm einen der Kekse mit Zuckerglasur, und sie konnte nicht leugnen, dass sie sich ein wenig wie ein kleines Mädchen an Weihnachten vorkam. Dieser Mädelsabend war einfach ein unendlicher Quell der Freude. „Was kommt jetzt? Ein Körperpeeling von heißen Typen?"

Georgia kicherte. „Na, das wäre ja verflixt guter Service. Was sagst du, Faith? Wann kann ich meinen Termin buchen?"

„Äh, entschuldige, aber als die beste Freundin glaube ich, stehe ich ja wohl ganz oben auf der Liste", sagte Hanna, während sie vor Faith mit den Wimpern klimperte.

Faith verdrehte die Augen. „Ich bin mir ziemlich sicher, so ein Service würde eine ganz andere Geschäftslizenz erfordern."

„Wir können vermutlich Spenden für die Gebühren eintreiben." Hanna lächelte sie unschuldig an.

„Ich wette, das könntest du. Ich frage mich, was Rhys wohl davon halten würde?"

Hanna warf sich die dunklen Locken über die Schulter und schnaubte. „Ach, bitte. Derzeit arbeitet er so viel, dass ich halb erwarte, er würde mir selbst einen Termin ausmachen, nur damit er ein wenig mehr Schlaf bekommt … wenn ihr wisst, was ich meine."

Faith lachte.

Georgia stieß ein Seufzen aus. „Ich wünschte, ich wüsste, was du meinst. Es ist viel zu lange her, seit dieses Mädchen irgendwas Heißes hatte."

„Bei mir auch", sagte Amelia. Die drei anderen Frauen drehten sich alle um und starrten erst sie und dann ihren Bauch an.

Amelias Gesicht wurde warm. Sie räusperte sich und fügte an: „Na ja, zumindest nicht in den letzten paar Monaten."

„Ernsthaft?", fragte Georgia. „Hast du mit diesem heißen Mann denn nichts angestellt? Nicht mal, während er bei dir übernachtet hat?"

Sie schüttelte den Kopf. „Nö. Wir haben nur die Verbindung wiederhergestellt und gehen es irgendwie langsam an."

„So kann man es natürlich auch formulieren", scherzte Georgia.

„Okay, Hanna", sagte Faith, in ihren Augen funkelte Erheiterung. „Was hast du denn als nächstes für uns geplant? Einen Ausflug in die Brauerei, sodass du im Büro einen Quickie mit deinem Mann bekommst?"

„Wie komisch", sagte Hanna trocken zu der zierlichen Blondine. „Als ob du und Hunter nicht ein paar Orte hier im Spa eingeweiht hättet."

Faith zuckte unverbindlich mit den Schultern. „Dieses Mädchen genießt und schweigt."

„So stelle ich mir das vor." Hanna wandte sich an Georgia und Amelia. „Auf jeden Fall kommt mal mit. Wir sind unterwegs zum nächsten Abenteuer."

Georgia schoss aus ihrem Sessel hoch, aber Amelia nahm sich Zeit, wollte nichts verpassen, wusste aber auch, dass sie eigentlich nach Hause sollte. Es war okay gewesen, ins Spa zu gehen, aber dort war sie die ganze Zeit von vorne bis hinten bedient worden. Wenn sie ausgingen … das ging gegen Heilerin Whipples Anweisungen. Sie würde ihnen aber Folge leisten.

Trotzdem folgte Amelia ihnen ins Spa und hinaus in den Empfangsbereich. „Leute?"

Alle drei drehten sich um, um sie anzuschauen.

„Das ist echt toll gewesen, aber ich glaube, ich gehe mal besser nach Hause. Ich soll doch nicht viel rumlaufen, und …"

Die Tür schwang auf, sodass die Glocken läuteten, und vier attraktive Männer kamen herein, alle hatten ein Lächeln auf, und in ihren Mienen blitzte der Schalk. Aber einer insbesondere zog Amelias Aufmerksamkeit auf sich. „Grayson?", fragte sie. „Was machst du denn hier?"

Er kam herüber und ließ die Hand über ihre gleiten,

drückte sie sanft. Dann zog er sie vom Rest der Gruppe weg und senkte die Stimme. „Ich weiß, du hast gesagt, du brauchst ein wenig Raum, und ich hatte auf jeden Fall vor, ihn dir zu geben. Das schwöre ich."

„Und doch bist du da", erwiderte sie, hob eine Augenbraue.

„So scheint es." Er warf einen Blick zurück zu den anderen Typen. Rhys hatte einen Arm um Hanna gelegt, während Clay in der Nähe stand und mit Georgia redete. Es gab noch einen Typen, den sie nicht erkannte, er hatte Faith in den Armen, und sie nahm an, dass es ihr Mann Hunter war.

„Ist das so eine Art aufgeputschtes Doppeldate?", fragte Amelia ihn.

Er lachte leise. „So sieht es irgendwie aus, oder?"

„Na ja."

„Nein. Das ist überhaupt kein Date. Es ist ein Golfmobilrennen." Er grinste sie an. „Ich wurde von Rhys mitgeschleppt und wusste nicht mal, dass wir hierher kommen würden. Obwohl ich nicht sagen kann, dass es mich unglücklich macht."

Ihr Herz wurde schwer, als sie ihn anschaute, und dann den Rest der Leute. Sie hatte eine Menge über die berüchtigten Golfmobilrennen gehört, aber sie konnte nicht mitmachen. Was hatte sich Grayson dabei gedacht? „Dir macht das vermutlich Spaß, aber wir wissen doch beide, dass ich das nicht tun kann. Ich gehe dann mal nach Hause. Ich sollte jetzt nicht mal unterwegs sein."

„Ich weiß", sagte Grayson rasch. „Darum fahren wir ja kein Rennen. Wir sind die Schiedsrichter."

„Also glaubst du, ich stehe hier nur rum, während die anderen im Golfmobil rumheizen?", fragte sie und klang verärgert.

„Nein. Sie haben für uns einen dritten Wagen mitgebracht."

Er zupfte leicht an ihrer Hand. „Sieh es dir einfach mal an, und wenn du dann immer noch nach Hause willst, fahre ich dich."

Sie seufzte. „In Ordnung. Aber nur ganz kurz. Ich bin bereits zu lang auf den Beinen."

Grayson ging voraus, und sobald sie außerhalb des Gebäudes waren, sah sie drei Golfmobile. Eines war lila, mit Blitzlichtern ausgestattet, und bot Platz für sechs Mitfahrer. Princes „1999" dröhnte aus den Lautsprechern, und Wanda Danvers, die Immobilienmaklerin, die ihr geholfen hatte, ihr Mietshaus zu finden, saß hinter dem Lenkrad und sprach aufgeregt ins Handy. „Du versäumst was, Abby. Ich sage dir, es wird episch", sagte sie, während sie Amelia zuwinkte. Amelia erwiderte das Winken und lächelte die Frau an.

Ein zweiter Wagen für sechs Personen ohne irgendwelche Modifikationen war neben dem vom Wanda geparkt. Und der letzte hatte Platz für vier, mit übergroßen Reifen und maßgeschneiderten Sitzen, die aussahen, als wären sie für die Kabine eines Trucks gebaut, nicht ein Golfmobil.

„Das letzte ist für uns", sagte Grayson. „Es gehört Lincoln Townsend. Er hat es vor ein paar Monaten umbauen lassen, damit es gemütlicher ist, denn er nutzt es oft in seinem Obsthain."

Amelia ging hinüber zu dem fraglichen Wagen, schaute ihn mit großen Augen an. „Ich glaub's ja nicht. Er sieht sehr viel gemütlicher aus als die anderen beiden."

„Ist er auch. Es ist derjenige, den ich hier rübergefahren habe." Er deutete nach hinten, wo es ein Kissen und eine Decke gab. „Die sind für dich, nur für den Fall, dass dir kalt wird oder du mehr Stütze im Rücken brauchst."

Die Tür zum Spa öffnete sich, und die restliche Horde kam heraus.

„Hey, Amelia", rief Hanna. „Bist du dabei?"

Amelia nahm sich einen Augenblick, um darüber nachzudenken, und als sie sich zu allen umschaute, trat ein Lächeln auf ihre Lippen. „Ja, ich bin dabei. Machen wir's."

„Ja!", rief Georgia, die zu ihr lief und sie rasch umarmte. „Sorg dafür, dass du mein Team zum Sieger erklärst. Das ist deine Pflicht als beste Freundin. Das weißt du, oder?"

„Bin dabei", erwiderte Amelia, die vor ihr salutierte. „Jetzt los, und lass es gut aussehen. Wenn du weit zurückliegst, werde ich immer noch ein gutes Wort für dich einlegen, aber du weißt schon, dann merken sie vielleicht, dass es geschwindelt ist."

Sie lachte leise. „Ich sorge dafür, dass du nicht enttäuscht wirst." Mit einem Winken lief sie hinüber zu dem lila Golfmobil und sprang auf den Vordersitz neben Wanda. Die beiden schienen einander bereits zu kennen und fingen beinahe sofort über etwas zu lachen an.

In Windeseile stiegen die Frauen in Wandas Golfmobil, und die drei Männer nahmen das andere. Grayson half Amelia in ihr Fahrzeug, und dann fuhr Grayson los, folgte den Rennfahrern die Hauptstraße entlang zum Fluss. Immer noch lief Musik, und Amelia begann sich allmählich wieder wie ein sorgloser Teenager zu fühlen. Sie lächelte Grayson an und sagte: „Vielen Dank. Allein schon das Herumzischen macht Spaß."

Er erwiderte ihr Lächeln und gab ihr seine Hand. Sie zögerte einen Moment, aber dann ließ sie die Finger zwischen seine gleiten. Grayson hielt ihre Hand hoch, bis er rechts auf den Weg abbiegen musste, der für die Golfmobile vorgesehen war und durch die ganze Stadt führte.

„Das ist ziemlich cool", sagte Grayson. „Ich hatte keine Ahnung, dass das existiert."

„Ich schon. Anfangs, als ich in die Stadt kam, habe ich eine

Menge Zeit damit verbracht, spazieren zu gehen, einfach nur, um nachzudenken. Dieser Weg war eine schöne Überraschung. Ich wusste bis vor Kurzem nichts von den Golfmobilrennen, und ich war auch noch bei keinem dabei."

Grayson lachte leise. „Ich schätze, es ist gut, dass wir nur Schiedsrichter sind. Weniger Druck."

„Ja." Amelia drückte sich eine Hand auf den Bauch. „Zumindest nicht, bis dieser süße Fratz da ist."

Graysons Miene wurde weich, während er zustimmend nickte. „Dagegen habe ich nichts einzuwenden."

Die anderen beiden Golfmobile kamen nicht weit vom Flussufer entfernt zum Stillstand. Grayson manövrierte ihren Wagen so hin, dass sie seitlich als Beobachter geparkt waren.

Sowohl Hanna als auch Rhys sprangen aus den Wagen. Sie standen da, die Köpfe dicht zusammengesteckt, debattierten ganz offensichtlich etwas. Als sie fertig waren, schüttelten sie einander die Hand und kehrten zu ihren jeweiligen Teams zurück.

„Rhys und ich haben uns abgesprochen", sagte Hanna. „Da wir dieses Mal Schiedsrichter haben, haben wir beschlossen, dass das Rennen allein auf Basis der Technik entschieden wird. Es spielt keine Rolle, wer zuerst über die Ziellinie geht. Das Einzige, was uns wichtig ist, ist der magische Stil. Welches Team auch immer den meisten Flair bringt, wird zum Gewinner erklärt."

„Toll!" Wanda, die neben ihrem Wagen stand, hob die Arme hoch und wackelte mit den Hüften. „Bei mir geht's immer um Stil." Georgia und Faith sprangen heraus und taten es ihr nach. Faith übertrieb es ein bisschen mit ihrem Hüftschwung und stolperte genau in eine kleine Schlammpfütze. Als sie sich wieder hinsetzte, hatte sich ein Klumpen davon in ihren Haaren verfangen.

„Verdammt!", sagte Faith, als gerade alle anderen vor Lachen fast umkippten.

Nachdem sich die Lachanfälle wieder beruhigt hatten, zeigte Rhys auf Faith und rief dann Grayson zu: „Siehst du? Schlamm. Jedes Mal."

Grayson nickte ihm zu und sagte: „Ich freue mich aufs Saubermachen." Rhys nickte mit einem wissenden Lächeln.

„Worum ging's denn da?", fragte Amelia.

Grayson lachte nur leise. „Nichts Wichtiges."

„Ach ja." Amelia beäugte ihn, hatte wirklich Spaß. Sie wusste, dass sie sich die Zeit nehmen sollte, um herauszufinden, wie sie sich damit fühlte, mit einem Mann zusammen zu sein, der emotional noch an jemand anderen gebunden zu sein schien, aber gerade wollte sie an nichts anderes denken, außer, eine gute Zeit zu haben.

„Amelia", sagte Hanna, die auf sie zukam. „Wie wir schon besprochen haben, gibt es eigentlich keine Regeln. Wir werden trotzdem noch zum Ende und wieder zurück ein Rennen fahren, aber schaut euch einfach an, was wir magisch auf die Beine stellen, und dann entscheidet du und Grayson den Gewinner. Der einzige Lohn ist, dass man damit angeben darf, also besteht eigentlich gar keinen Druck."

„Das glaubst du", erwiderte sie und nickte zu Georgia hin. „Sie hat mir bereits befohlen, sie zur Siegerin zu erklären. Alle anderen sollten lieber mal was Besonderes auffahren, oder sie sind dem Untergang geweiht."

Hanna verdrehte einfach nur die Augen und eilte zurück zu ihrem Wagen. „Mädels gegen Jungs. Möge der Tumult beginnen!"

Es wurde nicht gezögert. Beide Wagen fuhren mit voller Geschwindigkeit los. Das Frauenmobil hatte gleich eine Regenwolke über sich, die einen sintflutartigen Regen und auch etwas Donner produzierte. Der Männerwagen hatte Schlamm überall auf der Windschutzscheibe, weil ein ständiger Hagel aus Schlammbällen darauf zuflog.

Weiterer Schabernack folgte, als jede Gruppe versuchte, die andere zu verlangsamen, und Amelia fragte sich schon, ob sie vergessen hatten, dass sie nicht notwendigerweise Sieger wurden, wenn sie als erste über die Ziellinie fuhren.

Aber als Wanda anfing, winzige feuerspeiende Drachen zu erzeugen, die um die Wagen flitzten, wurden die Dinge richtig wild. Fliegende Wasseraffen, Schlammtrolle, eine Schar Blätter in der Gestalt eines Vogels und eine Vielzahl anderer animierter Tiere tauchten auf. Anfangs schienen sie der anderen Seite aus dem Weg zu gehen, aber in dem Augenblick, in dem sie zusammenstießen, war das die Hauptattraktion. Kleine feuerspeiende Schlammaffen begannen, um die Wagen zu laufen, und brachten Amelia zum Lachen.

Schließlich pfiff Amelia auf ihrer Schiedsrichterpfeife und sagte: „Ich habe genug gesehen. Der Preis geht an ... den Frauenwagen! Der einzige Grund, weshalb ihr gewonnen habt, liegt daran, dass mich Wandas Einsatz verschiedener Medien einfach begeistert hat."

Die Typen stöhnten, während die Frauen jubelten und sich abklatschten. „Sieger!", riefen sie gemeinsam.

„Zumindest haben wir Schlamm", sagte Rhys, während er an ihnen vorbeiging und dann Hanna von hinten umarmte.

„Was ist so toll an Schlamm?", fragte Amelia.

„Einigen Leuten macht das Saubermachen Spaß", erwiderte Grayson.

„Wenn du es sagst." Amelia lehnte sich zurück an ihren Banksitz und sagte: „Ich wünschte, wir könnten länger bleiben, aber ich werde allmählich echt müde."

„Okay, fahren wir." Grayson ging wieder hinters Lenkrad,

und nachdem sie sich von ihren neuen Freunden verabschiedet hatten, fuhren sie zurück zur Stadt.

„Darin fährst du mich nach Hause?", rief Amelia. War er verrückt? Sie wohnte auf halbem Weg den Berg hinauf.

„Nein." Er verdrehte die Augen in ihre Richtung. „Wir bringen es zurück zu Lin, und dann holen wir mein SUV ab. Den habe ich dort stehen lassen."

„Ach, gut", stieß sie mit einem erleichterten Seufzer aus. „Ich hatte schon befürchtet, ich wäre durchgefroren, bis wir oben ankommen."

Er schaute zu ihr hinüber und schüttelte den Kopf. „Habe ich mich je nicht um dich gekümmert?"

Sie schüttelte den Kopf. „Nein."

„Das habe ich mir doch gedacht. Jetzt entspann dich. Ich hab dich im Nu nach Hause gebracht."

„Grayson?", fragte sie.

„Ja?"

„Danke dir", sagte sie leise. „Ich hatte heute Abend wirklich Spaß."

„Ich auch."

„Wenn wir zurück zu mir kommen, glaubst du, wir können reden?", fragte Amelia, deren Brust schmerzte, denn sie wollte nicht über die Geschichte reden, die heute herausgekommen war, aber sie hatten keine Wahl.

„Bist du sicher, dass du dafür heute Abend zu haben bist?", fragte er. „Ich weiß, dass du müde bist."

„So müde auch wieder nicht." Sie hatte den ganzen Abend lang nicht aufgehört, ihn anzuschauen, und plötzlich wünschte sie sich, ihr wäre keine Bettruhe verordnet worden, denn alles, was sie wollte, war, die Arme um ihn zu legen und ihn wieder zu dem Ihrem zu machen.

KAPITEL 22

G rayson folgte Amelia in ihr Haus und sagte: „Mach es dir gemütlich. Ich mache uns heiße Schokolade."

Sie lächelte ihn an, dieses warme Lächeln, in dem er inzwischen so viel Trost fand. „Danke." Nachdem sie ihm einen raschen Kuss auf die Wange gegeben hatte, verschwand sie im Flur, und Grayson sah ihr nach.

In seiner Brust kam Hoffnung auf. Einen ganzen Abend lang war sie entspannt und glücklich gewesen. Das musste doch etwas Gutes bedeuten, oder? Vielleicht konnten sie, nachdem Kira weg war, diese verdammte Geschichte hinter sich lassen und dorthin zurückkehren, wo sie gewesen waren, bereit, es noch einmal zu versuchen.

Er beschäftigte sich in der Küche, und als er ins Wohnzimmer kam, hatte sich Amelia bereits auf das Sofa gekuschelt, eine Decke um die Beine geschlungen.

„Dankeschön." Sie lächelte zu ihm auf und nahm mit beiden Händen die Tasse.

„Jederzeit." Er nahm auf dem anderen Ende des Sofas Platz

und sagte: „Ich will mich für dieses Bild auf dieser Webseite heute Morgen entschuldigen.“

Sie legte den Kopf schief und fragte: „Nur, dass es veröffentlicht wurde oder dass ich es gesehen habe, oder für den Inhalt selbst?“

In ihrer Stimme lag kein Vorwurf, nur leichte Neugier. Er räusperte sich. „Alles drei, schätze ich? Die Geschichte ist Müll, und ich habe sie bereits überzeugen können, sie runter zu nehmen.“

„Echt? Wow. Ich schätze, du warst echt gut in deinem Job.“ Der Hauch eines neckenden Lächelns lag auf ihren Lippen.

Er stimmte ein leises Lachen an. „Das musste ich, wenn ich in diesem Bereich irgendwie länger angestellt bleiben wollte.“

„Ich schätze schon.“ Sie nahm einen Schluck von ihrer heißen Schokolade und stieß ein leises vergnügtes Stöhnen aus.

Verdammt, das wollte er wieder hören. Aber nächstes Mal wollte er, dass es seine Lippen auf ihren waren, die ihr dieses Geräusch entlockten. „Was den Inhalt angeht, ich habe sie nicht geküsst. Ich habe sie umarmt, nachdem sie mir was echt Schmerzhaftes und Persönliches erzählt hat. Ich weiß, wie es aussieht, aber ich schwöre, so ist es nicht.“

Sie nickte. „Ehrlich gesagt glaube ich, dass ich das bereits wusste.“

„Ehrlich? Wie?“ Er war unfassbar neugierig darauf, zu erfahren, weshalb sie beschlossen hatte, ihm zu vertrauen. Er war sich nicht sicher, dass er das verdient hatte. Nicht nach der Art, wie er sie damals im Dezember verlassen hatte.

„Als ich mich im Spa entspannt habe, hatte ich Zeit, über die letzten Tage nachzudenken. Mir ist aufgefallen, dass du sehr wenig Zeit mit Katy verbracht hast, und stattdessen hast du dich entschieden, hier bei mir zu bleiben und dich um ein meine Bedürfnisse zu kümmern. Du wolltest nicht so dringend Zeit mit ihr verbringen. Und als sie hier war, war euer Umgang miteinander vertraut, behaglich, aber ihr habt nicht wie zwei Menschen gewirkt, die ein romantisches Interesse aneinander zeigen. Eher wie Bruder und Schwester, obwohl ich sogar wusste, dass ihr früher mal ein Paar *wart*."

„Ja. Ich würde sagen, das trifft es ziemlich gut. Wir streiten auf jeden Fall oft genug wie Bruder und Schwester", sagte er, nickte zustimmend. „Ich sehe sie gar nicht mehr auf romantische Weise. Außerdem ging es bei dieser Beziehung mehr darum, dass jeder von uns jemanden gebraucht hatte, und nicht, dass wir als Liebespaar toll zusammen gepasst hätten. Wir haben es abgebrochen, und das war's. Wir sind danach nie wieder zusammen gekommen."

„Du bist geblieben, weil du dich gern kümmerst", sagte sie und griff nach seiner Hand. „Du hast das Bedürfnis, dich um die Leute um dich herum zu kümmern."

Das konnte er nicht leugnen. Sein Therapeut hatte ihm einmal gesagt, dass das vermutlich ein Nebenprodukt der Tatsache war, dass er seine Eltern so jung verloren hatte. Er hatte ein tief sitzendes Bedürfnis, diejenigen zu schützen, die er liebte. „Schuldig."

„Mir ist auch aufgefallen, was du mir niemals angetan hast, war, mich anzulügen. Hast du was zurückgehalten? Sicher. Aber jetzt, da ich den Grund kenne, verstehe ich das völlig. Warum habe ich also einen dummen Klatschartikel zwischen uns treten lassen? Reine Eifersucht und Unsicherheit."

„Es gibt nichts, worüber du dir unsicher sein musst." Er strich ihr über die Wange. „Ich bin in dich verliebt."

In ihren Augen flackerten Gefühle. „Ich glaube dir. Aber als ich dieses Bild sah, haben sich auf jeden Fall Zweifel breitgemacht. Ich weiß, was sie dir bedeutet. Und das ist okay für mich. Aber ich glaube manchmal, ich muss wohl an meinen eigenen Problemen mit dem Verlassenwerden arbeiten, und sie nicht dir überstülpen, wenn ich so Zeug sehe. Denn ich liebe dich auch, und ich muss zugeben, dass ich Angst habe, dich wieder zu verlieren."

Er rückte näher an sie und zog sie in seine Arme. „Du wirst mich nicht verlieren", flüsterte er.

Sie sagte nichts, vergrub nur ihr Gesicht an seiner Schulter und hielt sich fest. Trotzdem lag etwas in der Art, wie sie sich leicht versteifte, und es störte ihn. Sie glaubte immer noch nicht ganz, dass er ihr gehörte. Alles, was er tun konnte, war, sich jeden Tag unter Beweis zu stellen. Das würde vielleicht einige Zeit brauchen, aber er war entschlossen, und Geduld war etwas, was er in Massen hatte.

„Komm schon", sagte er und erhob sich vom Sofa. „Es ist spät. Bringen wir dich und dieses Baby hier ins Bett."

Sie wehrte sich nicht, als er sie auf die Füße zog, und als sie zu ihrem Schlafzimmer kamen, drehte sie sich zu ihm und begann langsam, ihm das Hemd aufzuknöpfen.

Grayson stand still, beobachtete, wie sich Zeit damit ließ, ihn auszuziehen. Erst als sie das Hemd ganz abgestreift und ihm die Hände auf die Brust gelegt hatte, stieß er ein leises wohliges Seufzen aus. „Ich habe es vermisst, dass du mich berührst."

„Ich auch." Sie beugte sich vor und küsste ihn sanft, bevor sie nach dem Knopf seiner Jeans griff. Es dauerte nicht lang, bis sie ihn bis auf die Boxershorts ausgezogen hatte. Jeder seiner Nerven stand für sie in Flammen. Es war viel zu lange her, dass sie zusammen gewesen waren, und obwohl er wusste, dass sie die Dinge an diesem Abend nicht zu weit führen würden, genoss er trotzdem ihre Berührung. Es war genug, einfach so in ihrer Nähe zu sein. Der Rest konnte warten.

„Ich bin dran", sagte er, zupfte an ihrem Pulli und hob ihn über ihren Kopf. Sie stand da, nur in ihrem schwarzen Spitzen-BH und Leggins, ihr kleiner Babybauch faszinierte ihn. Er ließ die Hände auf ihre Hüften gleiten, ging auf die Knie und drückt ihr einen Kuss auf den Bauch, betete sie und alles an, was sie in sein Leben gebracht hatte. „Du bist auf jede erdenkliche Art perfekt, Amelia."

Sie stieß ein leises Wimmern aus und vergrub die Hände in seinen Haaren, während er ihre ganze Haut mit Küssen bedeckte.

„Die muss weg", sagte er und zupfte an ihrer Leggins.

Amelia nickte und beobachtete, wie er ihr den Rest ihrer Kleider auszog, sodass sie komplett entblößt war.

Grayson schnappte scharf nach Luft, weil sie so schön war. Sie strahlte, war voller Leben und Liebe und allem, was gut war. „Ich will heute Abend einfach nur neben dir liegen, Haut an Haut, und dich mit Händen und Lippen anbeten."

Bebend nickte Amelia und zog ihm die Shorts aus, die ihn zurückhielten.

Nachdem er die Hände an ihre Wangen gelegt und sie gründlich geküsst hatte, nahm sie Grayson an der Hand und zog ihn ins Bett, wo sie den Rest der Nacht damit verbrachten, einander mit Händen und Lippen zu erkunden, und immer aufhörten, kurz bevor sie etwas tun konnten, was ein Risiko für ihre Schwangerschaft darstellte. Es war quälend, sich zurückzuhalten, und trotzdem gleichzeitig schön in der Art, wie sie sich umeinander kümmerten, sich ihre Liebe mit sanften Berührungen und zärtlichen Küssen zeigten. Später würde Zeit für mehr sein, aber im Augenblick reichte es, die Nacht in ihren Armen zu verbringen und ihr zu zeigen, wie sehr er sie liebte.

～

In den folgenden Tagen zog Grayson mehr oder weniger offiziell bei Amelia zu Hause ein. Er hatte immer noch sein Mietshaus in der Stadt, jedoch suchte er es nicht mehr auf, es sei denn, er musste etwas holen. Das Leben war ganz häuslich, und er glaubte, er war niemals glücklicher gewesen.

Grayson hatte gerade das Abendessen fertiggemacht, als er hörte, wie sich die Tür öffnete. Er lächelte vor sich hin und schenkte Amelia ein Glas Ginger Ale ein. Das war etwas, nach dem sie sich neuerdings sehnte, zusammen mit Erdbeeren. Es schien, als könnte sie von beidem derzeit nicht genug bekommen.

„Das Essen ist in fünf Minuten fertig", rief er.

„Kann es warten?", fragte sie von hinter ihm.

Er lächelte sie über die Schulter an. „Es ist Salat und Lasagne, also nichts, was zu schnell schlecht wird. Warum?"

Sie legte die Arme um ihn und drückte ihm einen Kuss auf den Hals, bevor sie flüsterte: „Heilerin Whipple hatte gute Neuigkeiten für mich. Da es keine Blutungen mehr gab und es meinem Rücken besser geht, sagt sie, es gibt keine weiteren Einschränkungen mehr. Keine Bettruhe. Ich kann zurück zur Arbeit, solange ich nicht schwer hebe, und ..." Amelia knabberte an seinem Hals direkt unter dem Ohr. „Wir haben grünes Licht für Spaß im Schlafzimmer."

Grayson drehte sich in ihren Armen und grinste sie an, als er sagte: „Also Monopoly und Backgammon?"

Sie lachte leise. „Nur, wenn wir Strip-Monopoly und - Backgammon spielen."

Er grinste sie an, griff nach hinten, um den Ofen abzuschalten, und zog sie dann durch den Flur zum Schlafzimmer. „Sieht so aus, als hätten wir einiges aufzuholen."

Kichernd fiel sie mit ihm auf das Bett. Im Nu waren ihre Klamotten auf dem Boden, und Amelia lag unter ihm, die Glieder um seinen Körper geschlungen.

„Verdammt, das werde ich genießen", sagte er und senkte den Kopf, um einen Kuss auf die Rundung ihrer Brust zu drücken.

„Das tust du besser mal", hauchte sie und drückte den Rücken durch, um sich an ihn zu pressen. „Sonst bekommen wir hier Probleme."

„Da gibt es keine Probleme", sagte er. Und dann machte er sich an die Arbeit, ließ sie immer und immer wieder vor Lust stöhnen, bis tief in die Nacht hinein.

KAPITEL 23

„Sie lebt!", rief Georgia und öffnete die Arme weit für Amelia, als sie ins *Incantation Café* kam.

Amelia grinste ihre Freundin an und umarmte sie fest. „Tut mir leid! Es waren ein paar stressige Wochen."

„Aber sicher doch." Hanna verdrehte die Augen und stellte drei Kaffeetassen auf den Tisch neben ein paar Teilchen. „Sich in diesem Haus mit Grayson einzukuscheln muss ja die reinste Folter für dich gewesen sein."

Mit rotem Kopf wandte Amelia den Blick ab. Sie und Grayson waren tatsächlich abgetaucht, wenn es um soziale Aktivitäten ging. Nach dem Abend mit der ganzen Horde auf dem Golfmobil hatten sie die meiste Zeit bei ihr zu Hause verbracht. Sie hatten sogar den Grillabend bei Lin Townsend zu Hause verpasst, weil Amelia immer noch zur Bettruhe gezwungen gewesen war und sie mit ein wenig Übelkeit zu kämpfen gehabt hatte. „Ich bin jetzt wieder zurück in der Arbeit, weißt du."

„Aha. Teilzeit, habe ich gehört." Georgia zwinkerte ihr zu.

Amelia zuckte nur mit den Schultern. Als sie ihrem Chef

gesagt hatte, dass sie bis zur Geburt nur Verwaltungsaufgaben übernehmen wollte, hatte er zugestimmt, aber es gab einfach nicht viel zu erledigen. Mit Teilzeit war sie zufrieden. „Jetzt bin ich hier."

„Ja, bist du." Georgia setzte sich an den Tisch und beugte sich vor, um zu flüstern: „Und wir wollen alle Einzelheiten."

„Ja. Spuck es aus." Hanna grinste sie an. „Ein paar von uns müssen immerhin das pralle Leben darüber mitnehmen, dass unsere Freundinnen immer noch in der Flitterwochen-Phase stecken."

Georgia verdrehte die Augen in Richtung Hanna. „Bitte, meine Liebe. Du hast mir gerade erzählt, dass Rhys dich die halbe Nacht wachgehalten hat. Ich weiß, dass du nicht davon geredet hast, dass ihr Kekse gebacken habt."

Hanna lachte. „Das heißt ja nicht, dass ich nicht trotzdem die Einzelheiten will. Außerdem, warum unterstützt du sie? Du könntest doch bestimmt eine Auffrischung vertragen, was zu tun ist, falls dich mal ein heißer Typ in die Pfoten kriegt."

Die beiden scherzten noch etwas über Amelias Sexleben, während sie sich zurücklehnte und an ihrem entkoffeinierten Latte nippte. Als sie sich schließlich mit interessierten Mienen ihr zuwandten, sagte sie: „Ich bin immer noch die Art Mädchen, das schweigend genießt. Aber hübscher Versuch."

„Hübscher Knutschfleck", entgegnete Hanna.

Amelia drückte sich eine Hand auf den Nacken und fragte sich, wie zum Teufel ihr die Tatsache entgangen war, dass Grayson ihr einen Knutschfleck verpasst hatte. „Du liebe Götter, echt?"

„Nein, nicht echt." Hanna lehnte sich in ihrem Stuhl zurück, lachte vor sich hin. „Aber jetzt wissen wir, dass es möglich ist."

Georgia schüttelte den Kopf über ihre Freundin.

„Ernsthaft? Seit wann dürstet es dich denn so nach Einzelheiten aus dem Privatleben anderer Leute?"

Sie zuckte mit den Schultern. „Ich weiß nicht. Aber du hast recht, das ist für mich irgendwie neu."

„Da tickt wohl deine Uhr", sagte Georgia.

„Hüte deine Zunge." Hanna zuckte regelrecht zurück, was Amelia zum Lachen brachte.

„Ihr beiden seid einfach zu viel", sagte Amelia.

„Das stimmt vermutlich." Georgia nahm einen Schluck von ihrem Kaffee und sagte: „Also zum Geschäft. Wann ist unser nächster Abend im Spa?"

Die drei machten Pläne, um sich bald wieder zu treffen, und dann ging es weiter zu den Gerüchten aus Keating Hollow. Es hieß, dass Silas' Film als Oscar-verdächtig galt, und dass Shannon beschäftigter als je zuvor damit war, seine Karriere zu managen. Amelia fragte sich, was das für seine Beziehung zu Levi bedeutete, und hoffte, dass sie eine Möglichkeit fanden, die Dinge zum Funktionieren zu bringen.

„Habt ihr gehört, dass Gideon die *Enchanted K* Galerie kauft?", fragte Hanna.

„Miranda Moons Partner Gideon?", fragte Amelia, der einfiel, dass er bereits in der Galerie arbeitete. Sie wusste, dass Miranda damit beschäftigt war, Bücher und Drehbücher mit Cameron Copeland zu schreiben, und dass Gideon ein ehemaliger Hollywood-Produzent war. Sie bekam das Gefühl, dass für sie Geld nicht wirklich eine große Rolle spielte.

„Ja", sagte Hanna. „Er ist jetzt Künstler, darum schätze ich, das ist schon sinnvoll. Die Besitzerin ist kürzlich gestorben und hat sie ihrer Enkelin vererbt, aber es scheint, als hätte die nicht so richtig Zeit dafür und will sie an jemanden verkaufen, von dem sie weiß, dass er nichts Kitschiges daraus machen würde, etwa ein Studio, in dem man seine eigenen Töpferwaren bemalen kann oder so was."

„Na, das ist cool. Ich kann es nicht erwarten, dort vorbeizuschauen und mir anzusehen, was für neues Zeug er dort anstellt", sagte Amelia, die auf die Uhr schaute. Sie wollte sich mit Grayson zum Abendessen treffen. Sobald sie ihr Handy nahm, fing es an zu läuten. Sie erkannte die Nummer mit einer Vorwahl von außerhalb nicht und ging nicht dran. Als die Mailbox aufpoppte, schaute sie sich das Transkript an und wurde blass.

Es war eine Reporterin, die versuchte, einen Kommentar zu einer Geschichte zu bekommen. Sie stand ohne ein Wort auf und ging nach draußen, um sich die Aufzeichnung anzuhören.

Hallo, Ms. Holiday. Hier ist Rosy Tester von der Hollywood Scene. *Ich rufe an, um einen Kommentar zu einer Geschichte zu bekommen, die wir über Katy Carmichael, Grayson Riley und Sie bringen wollen. Bitte melden Sie sich zum nächstbesten Zeitpunkt.*

Amelia verabscheute den Gedanken, mit einer Reporterin zu reden, aber sie musste erfahren, worum es bei dieser Geschichte ging. Sie drückte auf Anrufen und wartete, während das Handy läutete und läutete und läutete, bis endlich jemand ranging.

„Rosy Tester hier. Ich schätze, ich spreche mit Ms. Holiday?", sagte die Frau.

Amelia nickte, obwohl die Frau sie nicht sehen konnte. „So ist es. Was für eine Geschichte bringen Sie denn da?"

„Danke für Ihren raschen Anruf. Ich hätte gern einen Kommentar zu unserer Geschichte, wenn Sie das möchten."

„Ich glaube, das hängt ganz davon ab, was Sie drucken", sagte Amelia, die bereits genervt war.

„Wussten Sie, dass Ihr Partner Grayson Riley eine Beziehung mit Katy Carmichael hatte?", fragte die Reporterin.

„Ich bin mir nicht sicher, weshalb das in irgendeiner Form relevant sein sollte", sagte Amelia.

„Es ist relevant, weil wir hier bei der *Hollywood Scene* zuverlässige Informationen haben, dass Katy Carmichael vor zwei Jahren eine Abtreibung vornehmen ließ, und die Quellen behaupten, dass Grayson Riley der Vater war. Dass Grayson sie gezwungen hat, die Abtreibung vornehmen zu lassen, und sie dann verlassen hat, als sie ihn anflehte, es noch einmal zu versuchen. Waren Sie sich dieser Ereignisse bewusst? Und falls ja, wie können Sie das damit vereinbaren, jetzt ein Kind mit ihm zu bekommen?"

Amelias ganzer Körper wurde taub. Das passierte doch nicht echt. Das konnte nicht sein. Ihre Hand begann zu zittern, und das Handy glitt aus ihren Fingern, landete auf dem gepflasterten Bürgersteig der Hauptstraße.

„Huch. Geht es dir gut?", fragte Shannon Ansell-Knox, die aus dem Nichts erschien und ihr Handy aufhob. Amelia hatte gehört, dass sie und Brian aus den Flitterwochen zurück waren, aber das war das erste Mal, dass Amelia ihr begegnet war.

Amelia starrte die Schönheit mit dem kastanienroten Haar an und schüttelte den Kopf. „Nein. Es soll ein schrecklicher News-Artikel herauskommen, und sie wollen, dass ich dazu einen Kommentar abgebe."

„Über dich?" Sie reichte Amelia ihr Handy zurück und nahm sie an der Hand, während sie die Stirn runzelte.

„Zum Großteil über Grayson und Katy Carmichael, aber ja, mich haben sie da auch mit drin, glaube ich."

Shannon murmelte einen Fluch. „Ich habe gehört, dass

Katy in der Stadt gewesen ist. Ist irgendwas passiert, während sie hier war?"

„Nein." Amelia schüttelte den Kopf. „Das ist offensichtlich von vor ein paar Jahren, aber es ist ziemlich persönlich, und wenn sie es bringen, wird es sie total aus der Bahn werfen. Ich muss wirklich nach Hause und mit Grayson reden." Amelia wandte sich um und wollte zu ihrem Auto eilen.

„Warte", sagte Shannon, in ihrer Stimme lag Sorge.

Amelia blieb stehen und warf einen Blick auf sie.

Sie holte eine Visitenkarte heraus und reichte sie Amelia. „Ich habe eine Menge Kontakte in der Industrie und den Medien. Wenn ich irgendwie helfen kann, lass es mich wissen. Ich bin sicher, Katy hat Anwälte, die von ihrer Seite an den Dingen arbeiten, aber wenn du oder Grayson Hilfe brauchen, werde ich tun, was ich kann."

Amelia hatte keine Ahnung, was das sein könnte, und sie war zuversichtlich, dass Grayson wissen würde, was zu tun war, aber sie wusste Shannons Freundlichkeit zu schätzen. „Vielen Dank. Ich rufe an, falls sich irgendwas ergibt." Sie wollte schon zu ihrem Auto laufen, aber kurz bevor sie die Tür öffnete, rief sie: „Shannon?"

„Ja?", erwiderte die Frau mit der Hand an der Tür des Cafés.

„Kannst du Georgia und Hanna sagen, dass ich losmuss und dass ich sie später anrufe?"

„Auf jeden Fall."

Mit einem Nicken stieg Amelia in ihr Auto und fuhr los zu der Bergstraße, die sie zu Grayson führen würde.

Amelia stieß ein erleichtertes Seufzen aus, als sie seinen Toyota Highlander in ihrer Zufahrt sah. Sie hatte versucht, ihn unterwegs über Bluetooth anzurufen, aber Grayson war nicht ran gegangen. Sie fürchtete, dass er immer noch unterwegs sein würde, um einen Kunden zu treffen, oder in einem Gebiet mit schlechtem Empfang feststeckte. Wenn es eines gab, was Grayson niemals tat, war es, nicht auf Amelias Anrufe zu reagieren.

Sie eilte ins Haus. „Grayson?"

Im Flur waren Schritte zu hören, und sie drehte sich um, um festzustellen, dass er dort stand, den Griff seines Rollkoffers in einer Hand und das Handy in der anderen. Sie starrte auf das Handy, sah das virtuelle Flugticket. Es lief eiskalt durch sie hindurch. Das war Hollys Vision, die sich vor ihr abspielte. Die Freundin ihres Bruders hatte hundertprozentig richtig gelegen, als sie gesagt hatte, dass es Amelia überhaupt nicht gefallen würde. „Musst du irgendwohin?"

„Wir müssen reden", sagte er, stellte seinen Koffer ab und kam an ihre Seite.

Sie trat einen Schritt zurück, brauchte ein wenig Abstand. Sie hatte nicht gewusst, was sie denken sollte, als sie den Anruf von dieser Reporterin bekommen hatte. Abtreibung? Graysons Baby? Das wirkte alles höchst unwahrscheinlich, wenn man bedachte, wie Grayson zu dem Kind stand, aber was, wenn das der wahre Grund gewesen war, weshalb er sie im Dezember verlassen hatte?

„Amelia", sagte er, Sorge strömte in seine dunklen Augen. „Was ist denn? Hat die Reporterin dich auch angerufen?"

Sie nickte langsam und sank dann hinab in den riesigen Sessel.

Grayson stieß eine Reihe Flüche aus und ließ sich auf das Sofa fallen, rieb sich den Nacken mit einer Hand, während er ausspuckte: „Diese Geier."

„Wohin gehst du denn?", versuchte Amelia es noch einmal, starrte seinen Koffer an, den er am Ende des Fluges hatte stehen lassen.

„Rhode Island. Dort sind Kira und ihre Anwälte. Ich muss Schadenskontrolle betreiben. Es geht nicht nur um Kira. Es geht auch um dich und mich. Meine Geschichte, alles davon, darunter den Unfall meiner Eltern. Da ist auch Zeug über dich und Victoria drin."

„Mich und Victoria?", rief Amelia keuchend. „Weshalb? Das ist achtzehn Jahre her. Weshalb sollte das irgendjemand ausgraben?"

„Weil Schmerz sich gut verkauft. So machen die das. Ich stelle mir vor, dass es da draußen irgendeinen Artikel gibt, der die Tatsache erwähnt, dass du an diesem Tag bei ihr warst, also sind sie darauf eingegangen, obwohl es nichts mit Kira oder der Geschichte zu tun hat, die sie schreiben wollen. Wer immer diesen Artikel geschrieben hat, ist tief in die Vergangenheit von uns allen abgetaucht, und, Liebling, ich werde alles tun, um das aus den Medien fernzuhalten und diese Reporter auf Abstand zu dir zu halten."

Weit hinten in ihren Augen brannten Tränen, aber sie blinzelte sie weg. Das war nicht der richtige Zeitpunkt für einen Zusammenbruch. Sie wollte sich nicht auf den Artikel oder die schmerzlichen Erinnerungen konzentrieren, die er hervorrufen würde. Stattdessen konzentrierte sie sich auf Hollys Vision. „Rhode Island? Ich dachte, du wärst unterwegs zurück nach New York." Das hatte Holly doch gesagt, oder? Dass er in ihrer Vision ein Ticket nach New York hielt?

„Was?" Er runzelte verwirrt die Stirn. „Warum fragst du mich das?"

„Holly hat mir gesagt, dass sie eine Vision hatte, in der du ein Ticket nach New York in der Hand hältst." Sie schnappte sich sein Handy, das auf dem Beistelltisch lag, und hielt das Telefon hoch, wartete darauf, dass er das Passwort eingab. Das tat er kommentarlos. Als sie das Handy öffnete, war es da. Das

Ticket nach New York. „Ich dachte, du hast gesagt, Rhode Island?"

„New York ist ein Zwischenstopp." Er biss sich auf die Unterlippe. „Holly hatte eine Vision? Davon hast du mir nichts erzählt."

Sie zuckte mit den Schultern. „Ich versuche, da nicht zu viel drauf zu geben, besonders, wenn es um etwas geht, das mir nicht gefällt. Normalerweise fehlt einfach der Kontext."

Er nickte. „Richtig. Aber es tut mir leid, dass sie wahr geworden ist. Und es tut mir wirklich leid, dass du darin verwickelt wurdest. Was hat die Reporterin denn zu dir gesagt?"

Sie wiederholte das Gespräch und endete mit: „Ich habe ihr gar nichts gesagt. Um ehrlich zu sein, hatte ich keine Ahnung, was ich sagen sollte."

„Hör mal, Amelia." Er nahm sich ihre Hand, hielt sie in seinem beiden fest. „Kira war schwanger. Aber sie hatte keine Abtreibung. Sie hat das Baby verloren. Und dann hat sie eine Ausschabung gebraucht. Und nein, ich war auf gar keinen Fall der Vater. Das schwöre ich."

Erleichterung strömte auf sie ein, sie hatte das Gefühl, dass ihr ganzer Körper zusammensackte. Sie hatte gehofft, dass es eine Erklärung gab, aber der Schock, den die Worte der Reporterin hinterlassen hatten, hatte sie komplett durchgerüttelt. Und sie saß da, sah Grayson an, ihre ganze Erleichterung verwandelte sich plötzlich in eine riesige Traurigkeit um Katys willen. „Sie hat das Baby verloren? Das ist schrecklich."

„War es. Schlimmer war noch, dass es zu einer Zeit passierte, als ich nicht da war. Sie rief an, aber ich habe sie ignoriert, weil ich von ihrem Benehmen angepisst war. Ich habe versucht, allein voranzukommen, und sie rief ständig wegen irgendwelchem trivialen Zeug an. Ich hatte genug. Dann passierte das. Es war ziemlich früh, und Kira wollte sich nicht mit der Notaufnahme herumschlagen, darum ist sie zu Hause geblieben und hat das alles allein durchgestanden. Erst am nächsten Morgen hat mich ihre Assistentin endlich aufgespürt und mich angefleht, zu ihr zu gehen. Am Abend hatte sie Schmerzen, und es war klar, dass sie medizinische Hilfe benötigte. Ich war derjenige, der sie ins Krankenhaus brachte, und ich war bei ihr, als sie die Ausschabung hatte. Es war schrecklich und traumatisierend. Wenn das rauskommt, wird es sie ruinieren."

„Und dich. Es ist nicht richtig, dass sie deine Geschichte in dem Magazin drucken. Du bist doch keine Person des öffentlichen Lebens", sagte sie, ihr Herz schmerzte, weil er diese schreckliche Nacht noch einmal durchmachen musste.

„Ich bin tierisch wütend, aber es wird mich nicht ruinieren. Ich bin eher dahinter her, diese Geschichte zu vergraben, um sowohl dich als auch Kira zu schützen."

Diesmal liefen ihre Tränen, aber nicht, weil sie sich Sorgen um sich machte. Ihr wurde klar, dass sie ganz und gar in diesen Mann verliebt war, der ihr gegenüber saß. Er war wirklich der Beschützer, als den sie ihn kannte. Sie war stolz auf ihn, aber auch traurig, dass er ging, und sie hatte keine Ahnung, wann er zurück sein würde.

„Was ist denn, meine Liebe?", fragte er leise. „Wie kann ich dir helfen?"

„Ich werde dich vermissen, das ist alles." Sie schniefte.

„Mich vermissen?", fragte er, Verwirrung stand ihm ins Gesicht geschrieben. „Oh. Ich schätze, ich habe vergessen, es dir zu sagen. Ich habe dir auch ein Ticket gekauft. Ich hätte gern, dass du mit mir kommst."

Ihr Mund stand vor reiner Verblüffung offen. „Meinst du das ernst?"

Er nickte. „Das betrifft dich auch, oder? Kein Grund, zurückzubleiben, außer du kannst dir bei der Arbeit nicht freinehmen."

„Doch, kann ich", erwiderte sie sofort. Da sie nur Verwaltungstätigkeiten ausführte, war sie nicht wirklich wichtig. „Wann fahren wir?"

Er warf einen Blick auf die Uhr an der Wand. „In fünfundzwanzig Minuten."

„Ich bin fertig."

KAPITEL 24

rayson hielt Amelias Hand, als sie zu dem wunderschönen Haus auf der Klippe hinaufgingen, die über den Atlantik hinausschaute. Er musste zugeben, er hätte nicht gedacht, dass das ein Haus sein würde, das Kira ansprechend fand. Es war eindeutig wunderschön, aber verglichen mit den anderen Immobilien, die sich in der Vergangenheit gekauft hatte, war es viel traditioneller. Es hatte eine viel ruhigere Eleganz als das Haus in Cape Cod oder irgendeines ihrer Häuser in L.A., New York oder Vail.

„Das ist atemberaubend", sagte Amelia, die sich auf dem Grundstück umschaute.

Grayson schätzte, dass dazu etwa ein Morgen Land gehörte. Der wurde von einem verschlossenen Tor gesichert, der Großteil davon war aber grün bewachsen, was sich ein wenig nach *Anne auf Green Gables* anfühlte. „Es ist hübsch. Gar nicht das, was ich erwartet hatte."

„Ich auch nicht, um ehrlich zu sein", sagte Amelia. „Deine Freundin hat gewirkt, als wäre ihr was Moderneres und Minimalistischeres lieber."

„Normalerweise ist es das." Er zuckte mit den Schultern und läutete an der Tür.

Die Tür wurde sofort von Kiras langjähriger Hausverwalterin Lindsey Crane geöffnet. „Zum Glück bist du da." Sie winkte ihn herein, hielt aber inne, als sie Amelia sah. Nachdem sie sich geräuspert hatte, fragte sie: „Und wer soll das sein?"

„Lindsey, das ist Amelia Holiday, meine Freundin und die andere Person, die im Artikel erwähnt wird."

„Schön, Sie kennenzulernen", sagte Amelia, die ihre Hand ausstreckte.

Die Hausverwalterin wirkte verblüfft, schüttelte Amelia aber schließlich die Hand. „Ja. Ganz meinerseits." Sie wandte sich an Grayson. „Weiß Katy, dass sie mitkommt?"

Grayson zuckte mit den Schultern. „Spielt es eine Rolle?" Lindsey kannte ihn seit Jahren. Sie wusste verdammt gut, dass er niemals jemanden mitbringen könnte, der eine Bedrohung für Kira darstellte.

„Ich schätze nicht. Es gibt einen Schlamassel aufzuräumen, und ich nehme an, du bist der einzige, der das zu diesem Zeitpunkt kann." Sie trat zur Seite, und Grayson und Amelia betraten das frisch renovierte Haus.

Grayson sah sich um und fragte sich, wer diesen Ort eingerichtet hatte. Zum ersten Mal war eines von Kiras Häusern voller Farbe, geschmackvollen Kunstwerken und gemütlich wirkenden Möbeln anstatt dem modernen Zeug, das sie normalerweise bevorzugte, und bei dem ihm der Rücken wehtat, wenn er nur daran dachte. „Wo ist sie?", fragte er Lindsey.

„Oben, letztes Zimmer rechts."

„Danke." Er nickte ihr zu, dann zog er Amelia mit sich mit.

„Meinst du, ich soll unten bleiben, während du mit ihr redest?", fragte Amelia, als sie an der Treppe ankamen.

„Nein. Das betrifft uns alle. Kira weiß, dass du kommst." Er gab ihr rasch einen Kuss oben auf den Kopf. „Keine Sorge. Du gehörst mit mir hierher."

Sie nickte, aber er konnte erkennen, dass ihr ein wenig unbehaglich war. Er machte ihr keinen Vorwurf daraus; genauso ging es ihm. Beide würden sie einen größeren Einbruch in ihre Privatsphäre erfahren, falls er nicht herausfinden konnte, wie er die Klatschpresse dazu bekam, diese Geschichte fallen zu lassen.

„Sieh dir mal die Aussicht an", rief Amelia, die durch eine Fensterwand im zweiten Stock mit den vielen Zimmern hinausschaute.

„Das ist schon was Besonderes. Aber um ehrlich zu sein, mir ist das Tal mit den Mammutbäumen lieber", sagte Grayson.

Sie lachte leise. „Ernsthaft? Ich weiß, dass es dort schön ist, aber würdest du wirklich die Aussicht über das Tal diesem Ozean vorziehen?"

Er nickte. „Dort bist doch du."

„Verdammt, Grayson. Du bringst mich doch immer wieder zum Weinen. Weißt du, wie schwierig es für eine Schwangere ist, ihre Gefühle in Schach zu halten?"

Er lachte einfach leise. „Du scheinst das schon hinzukriegen."

Amelia wischte sich über die Augen und lächelte ihn dann an. „Du bist ein bisschen kitschig. Romantisch, das schon, aber kitschig."

Er zwinkerte. „Ich versuch's."

Als sie an die Tür am Ende des Flurs kamen, stand sie leicht offen. Grayson klopfte. „Kira?"

„Hier drin", rief sie.

Grayson schob die Tür auf, und die beiden betraten ein Zimmer, das völlig anders als der Rest des Hauses war. Dieses Zimmer hatte er schon mal gesehen. Nur nicht persönlich. Es war in einer Vision gewesen. Es gab keinen Hauch Farbe irgendwo auf den weißen Möbeln, bis auf das strahlende Blau vom dramatischen Blick auf die Küste.

Kira hatte sich auf einer Chaiselongue drapiert, trug eine kurze, weiße Seidenrobe und sonst nichts. Sie hielt ihm eine Hand hin: „Willkommen zu Hause, Grayson."

Er verdrehte die Augen. „Du weißt, dass das nicht mein Zuhause ist und es niemals sein wird. Es ist aber hübsch."

Sie zuckte nur mit einer Schulter. „Du weißt, dass meine Häuser deine Häuser sind. Das war nur so daher gesagt." Ihre Stimme war müde, als hätte sie nicht viel geschlafen. Das war nicht ungewöhnlich. Sie schlief kaum, wenn sie wegen irgendetwas gestresst war. Obwohl er davon beeindruckt war, wie normal sie sich benahm. Früher einmal hätte die Erkenntnis, dass ihre ganzen Angelegenheiten in einem Magazinartikel veröffentlicht werden würden, sie in eine Abwärtsspirale geschickt. Er fragte sich, was diesmal anders war.

Grayson deutete auf die Tür, wo Amelia immer noch stand. „Amelia ist auch hier."

Kira richtete sich sofort auf und warf einen Blick zu ihr hinüber. „Amelia, es tut mir so leid, dass du in diesen Mist hineingezogen wurdest. Du hast nichts davon verdient."

„Es tut mir leid, dass es auch dir passiert", sagte Amelia, die das Zimmer betrat. „Es ist schrecklich, dass sie diese Geschichte bringen."

Kira wandte sich an Grayson. „Du hast ihr alles erzählt? Die Fehlgeburt, und meine Mom?"

„Nicht deine Mom." Er verzog das Gesicht. „Ich habe sie nur über die Dinge aufgeklärt, die die Reporterin sie gefragt hat, um einen Kommentar zu kommen, aus Respekt vor deiner Privatsphäre."

Kira lächelte ihn sanft an. „Du bist ein netter Mann und der beste Freund, den ich je hatte. Aber es ist zu spät. Die Geschichte ist bereits online durchgesickert. Meine Anwälte sind schon über sie hergefallen, damit sie eine Richtigstellung drucken, was die Teile angeht, die falsch sind, aber es spielt keine Rolle mehr. Die Leute werden glauben, was sie glauben wollen."

„Es ist bereits durchgesickert?", fragte Grayson, der sein Handy aus der Tasche zog. Es dauerte nicht lang, bis seine Augen vor Überraschung groß wurden und sich dann wütend zusammenzogen.

„Ist vor etwa zehn Minuten passiert. Ich kann mich nicht genug entschuldigen. Besonders gegenüber dir, Amelia." Sie erhob sich von ihrer Chaiselongue und kam zu ihr herüber. „Ich war furchtbar zu dir, während ich in Keating Hollow war. Ein paar der Dinge, die ich angedeutet habe, waren schrecklich. Es gibt keine Entschuldigung. Ich schätze, meine einzige Ausrede ist, dass es mir schlecht ging, und ich wollte, dass Grayson alles besser macht. Stattdessen war er auf dich konzentriert, und damit kam ich nicht gut klar."

Grayson weinte beinahe, als er sah, wie Kira sich bei Amelia entschuldigte. Diese bescheidene Frau, die ihr Herz ausschüttete, war die Freundin, mit der er aufgewachsen war. Diejenige, an deren Seite er all die Jahre geblieben war, selbst wenn sie sich wie eine verwöhnte Schauspielerin benommen hatte und sich um niemanden als sich selbst zu kümmern schien. Er hatte gewusst, dass sie immer noch da drin war. Er hatte ziemlich oft den Hauch eines Blickes auf sie erhascht, aber niemals in dieser ungefilterten Form, ohne irgendwelche Masken.

„Ich verstehe das, und ich danke dir für deine Entschuldigung. Das bedeutet mir eine Menge", sagte Amelia, die sie freundlich anlächelte.

„Du verstehst das?", fragte Kira, die völlig verblüfft klang. „Warum? Ich war so eine Zicke."

Amelia lachte leise. „Ja. Warst du. Aber ich verstehe, dass Grayson dein Freund ist, und du siehst mich als Bedrohung dieser Beziehung. Da ist es doch naheliegend, dass du in einem Moment der Schwäche um dich geschlagen hast."

Grayson ging näher zu Amelia und legte ihr einen Arm um die Taille. Nachdem er sie auf die Schläfe geküsst hatte, flüsterte er: „Du bist toll."

Sie lächelte zu ihm auf, ihr Gesicht von Liebe und Verständnis erfüllt. „Genau wie du."

„Igitt. Würg. Mit euch beiden wird einem ja übel", scherzte Kira. Ihre Augen waren traurig, aber auf ihren Lippen stand ein schwaches Lächeln.

„Kommst du klar?", fragte er sie.

„Das werde ich, da nun ihr beiden hier seid."

Er hob eine Augenbraue, die sie betont ignorierte. Grayson war überrascht, dass sie Amelia in diese Aussage eingeschlossen hatte, aber er würde sie nicht bedrängen. Sie tat ihr Bestes, und er wusste es mehr zu schätzen, als sie ahnen konnte. „Wenn es euch beiden nichts ausmacht, gehe ich mal nach draußen und sehe nach, ob ich irgendwas wegen dieser Geschichte unternehmen kann. Ich weiß nicht, wie erfolgreich ich sein werde, wenn eine riesige Klagedrohung sie nicht aufgehalten hat, aber ich kann es versuchen."

„Mir geht's gut", sagte Amelia. Dann warf sie einen Blick

auf Kira. „Wenn es für dich in Ordnung ist, natürlich. Ich kann ins andere Zimmer gehen, wenn du deine Privatsphäre willst."

„Nein. Du bist hier willkommen", sagte Kira und deutete auf das Sofa im Sitzbereich ihres riesigen Schlafzimmers. „Setz dich. Ich besorg dir was zu trinken."

Kira schob einen Arm durch den von Grayson und ging mit ihm aus dem Zimmer in den Gang.

„Du holst die Getränke?", fragte er sie erheitert.

„Ja. Ich. Ist das so schwer zu glauben?", entgegnete sie empört.

„Nein. Ich kenne dich doch schon, bevor du Katy Carmichael warst, weißt du noch? Ich bin der Einzige, der weiß, dass du aus dem Nichts eine krasse heiße Schokolade zaubern kannst, und dass du die Pasta am Ende immer zu lange kochst."

Sie schnaubte, und er wusste, dass das daran lag, dass beides stimmte.

Grayson nahm sich einen Augenblick, um sie genau zu mustern, bevor er anfügte: „Aber sieh dich mal an. Du wirkst wie einer dieser Reality-TV-Stars, die Angestellte haben, um alles zu erledigen. Und um der Gerechtigkeit Genüge zu tun, so machst du es derzeit doch auch meistens. Was ist denn los, dass nur Lindsey hier rumhängt?"

„Habe ich dir doch gesagt. Ich nehme Veränderungen vor. Ich habe einfach etwas Zeit abseits von diesem Leben gebraucht, und so unfassbar es wirkt, je einfacher die Dinge sind, umso glücklicher bin ich." Sie zuckte mit den Schultern, und dann grinste sie. „Wie es sich erweist, kann ich mir tatsächlich mein eigenes Mineralwasser holen. Wer hätte denn das gedacht?"

„Ich schon." Er umarmte sie, und dann fragte er sich, ob er damit aufhören sollte, als er einen Blick auf das Schlafzimmer warf, wo Amelia auf ihn wartete. In dem Augenblick, in dem ihm der Gedanke durch den Kopf ging, verwarf er ihn. Sie würde nicht wollen, dass er seine Zuneigung zu seiner besten Freundin ihretwegen zurückhielt. Amelia hatte ein größeres Herz als das. Als er Kira losließ, sagte er: „Lass mich mal sehen, was ich tun kann. Sei nett zu Amelia, ja?"

„Ich war doch nett", erwiderte sie abwehrend.

„Ja, warst du. Ich will nur sicherstellen, dass es auch so bleibt, alles klar?"

Sie verdrehte die Augen. „Ja, Dad." Kira wandte sich ab und ging zurück zu ihrem Zimmer.

„Kira?"

„Ja?"

„Es ist schön, dich zu sehen. Diese Veränderungen, die du vornimmst? Die bemerkt man bereits."

Das schwache Lächeln war wieder da, nur dass es diesmal tatsächlich ihre Augen erreichte. „Danke."

KAPITEL 25

melia stand neben dem Fenster, schaute hinaus auf den weiten Ozean. Sie fragte sich, wie es sein musste, so viel Geld zu haben, dass man sich ein so schönes Haus kaufen konnte, ohne auch nur mit der Wimper zu zucken. Grayson hatte ihr erzählt, dass Katy mehrere Häuser besaß. Für Amelia, die bei der Feuerwehr arbeitete, war es unvorstellbar, auch nur eine Immobilie wie dieses tolle Strandhaus zu besitzen, ganz zu schweigen von mehreren.

„Es ist herrlich, oder?", sagte Katy hinter ihr.

„Es ist atemberaubend. Es macht mir nichts aus, zuzugeben, dass ich ein bisschen neidisch bin", sagte Amelia.

Katy stieß ein schnaubendes Lachen aus. „Da sind wir dann schon zwei."

Amelia drehte sich um, um die Schauspielerin zu beäugen. Sie hatte es geschafft, sich in eine Jeans und ein Wickelshirt umzuziehen, das ihre schmale Taille betonte, ohne dass Amelia es mitbekommen hätte. Vielleicht lag es daran, dass es einen völlig eigenen Ankleideraum gab, in dem zweifelsohne ein

Schrank so groß wie Amelias Haus war. „Äh, warum um alles in der Welt solltest du auf mich neidisch sein? Ich arbeite bei der Feuerwehr."

Katys Blick senkte sich auf Amelias wachsenden Bauch. Schmerz ging über ihre hübschen Gesichtszüge, bevor sie wegschaute.

„Oh Scheiße." Amelia wünschte sich, der Boden möge sich auftun und sie verschlingen. Wie konnte sie denn so sorglos mit ihren Worten umgehen? „Es tut mir leid. Das war wirklich unsensibel von mir. Ich habe nicht nachgedacht."

„Es gibt nichts, wofür du dich entschuldigen musst", sagte Katy, die sich eine einzelne Träne abwischte. „Ich weiß, dass du mir nicht wehtun wolltest."

„Wollte ich nicht. Überhaupt nicht."

Katy antwortete nicht. Sie ging nur zum Sofa, kuschelte sich in eine Ecke und legte sich eine große, weiße weiche Decke über die Beine.

Amelia wusste nicht, was sie sonst sagen sollte, also stieß sie hervor: „Das ist ein echt süßes Top. Es gefällt mir."

„Danke. Mir auch. Offensichtlich muss nicht alles vom Designer sein, um gut auszusehen." Sie verzog das Gesicht, was nahelegte, dass sie sich über sich lustig machte. „Nimm Platz. Wenn es irgendwie wie früher läuft, wird Grayson eine Weile brauchen."

„Klar." Obwohl es ihr lieber gewesen wäre, da zu bleiben, wo sie war, und weiterhin die dramatische Aussicht zu genießen, zog sie sich zurück und setzte sich auf das andere Ende des Sofas.

„Es gibt noch eine Decke hier, falls du eine brauchst." Katy deutete auf einen weiteren weißen Überwurf, der auf der Rückenlehne des Sofas lag.

„Danke. Aber mir geht's gut. Ich bin eine Feuerhexe, darum ist mir normalerweise etwas warm."

„Das ist bestimmt praktisch. Ich könnte dieses Talent brauchen", sagte Katy. „Stattdessen habe ich so ein seltsames Geisttalent, das nur dazu gut ist, zu wissen, ob es schneien wird."

„Echt?", fragte Amelia, die fasziniert war. „Das ist seltsam. Kannst du vorhersagen, ob es regnen wird?"

„Nein, außer ich schaue auf die Wetter-App. Ich hab's dir doch gesagt. Es ist seltsam."

„Na ja, wer braucht denn schon Magie, wenn man so gut Schauspielern kann wie du, oder? Das ist sehr viel mehr Talent, als die meisten Leute haben", sagte Amelia. „Ich kann es gar nicht erwarten, bis der nächste Film rauskommt. Das muss doch irre gewesen sein, mit Maverick Miles zu arbeiten. Er ist umwerfend."

Katy presste die Lippen fest aufeinander, bevor sie abrupt das Thema wechselte. „Kommst du gut mit deiner Mom aus?"

„Äh, ich schätze schon", sagte Amelia. „Ich würde nicht sagen, dass wir uns nahestehen, aber sie liebt mich, und ich liebe sie. Sie ist ein guter Mensch."

Katy nickte. „Wenn du sie jetzt anrufen würdest, würde sie ans Telefon gehen?"

„Wenn sie Zeit hätte, klar." Amelia runzelte die Stirn, verwirrt von dieser Reihe von Fragen und der Tatsache, dass die Schauspielerin eine völlige Kehrtwende in der Unterhaltung hingelegt hatte. „Kira, es tut mir leid. Habe ich irgendwas Falsches gesagt, als ich Maverick erwähnt habe? Denn falls das so ist, habe ich damit nichts andeuten wollen. Ich wollte mich nur unterhalten. Ich habe nicht versucht, dich irgendwie zu überreden, dass du mich ihm vorstellst oder so was."

Sie wedelte sorglos mit der Hand. „Natürlich nicht." Dann lachte sie leise. „Mir kam tatsächlich nie der Gedanke, dass du versuchen würdest, mich zu benutzen, um weitere Promis kennenzulernen, also mach dir darum keine Sorgen. Das bin nur ich. Ich will im Augenblick nicht über die Schauspielerei reden. Ich mache Pause, versuche, mich zu erholen und herauszufinden, was ich als nächstes mit meinem Leben anfangen möchte. Wenn man von Ex... Co-Stars redet, wird das nur schwerer. Ich wollte nicht unhöflich sein."

„Ich verstehe", sagte Amelia, der die Pause nicht entgangen war, als sie ‚Ex' gesagt hatte. War sie mit Maverick zusammen gewesen? Wenn ja, dann war verständlich, dass sie nicht über ihn reden wollte, aber sie nahm die Schauspielerin beim Wort, dass sie einfach nicht über ihren Job sprechen wollte. „Das tut mir leid. Okay, zurück zu Müttern. Verstehst du dich mit deiner?"

„Meiner Adoptivmutter, ja. Wir verstehen uns meistens. Es ist irgendwie ähnlich. Sie liebt mich, ich liebe sie, wir stehen uns aber nicht supernahe. Sie begreift mich einfach nur selten, und ich begreife oft sie nicht."

„Du bist adoptiert?", fragte Amelia, die den überraschten Unterton nicht verbergen konnte. Das war nichts, was sie hatte kommen sehen.

Katy neigte den Kopf. „Grayson hat es dir nicht erzählt?"

Amelia schüttelte den Kopf. „Weshalb sollte er?"

„Der Artikel, da steht alles drin ... Ach, warte. Er hat gesagt, dass er meine Privatsphäre respektieren will, oder nicht?"

„Hat er", stimmte Amelia zu. „In so was ist er gut."

Sie stieß ein Seufzen aus und drückte sich zwei Finger auf die Schläfe, rieb darüber. „Du hast recht. Er ist der Beste. Ich habe ein solches Glück, ihn zum Freund zu haben."

Amelia öffnete den Mund, um zu sagen, dass sie sicher war,

dass es Grayson genauso ging, aber Katy fing wieder an zu reden, schnitt ihr das Wort ab.

„Aber meine leibliche Mutter? Nein. Sie hat kein Interesse daran, mich zu treffen. Offensichtlich ist das Dasein als erfolgreiche Schauspielerin, die eine Rolle nach der anderen in einem Geschäft angeboten bekommt, das unzuverlässiger ist als eine streunende Katze, nicht gut genug für die großartige Jeanette Brooks."

Amelia musste sich zwingen, nicht zu keuchen. Jeanette Brooks? Sie war so was wie die größte Schauspielerin aller Zeiten. Sie hatte jede Rolle von Jackie O bis Audrey Hepburn gespielt und für den Großteil davon auch Oscars bekommen. „Wow. Das ist ..."

„Verrückt? Krass? Schräg?", sagte Katy.

„Ja, das alles", sagte Amelia. „Wann hast du herausgefunden, dass sie deine Mutter ist?"

„Vor nicht allzu langer Zeit. Einem knappen Monat. Tatsächlich war es, als ich in Keating Hollow war, als mein Anwalt mir sagte, dass sie sich nicht mit mir treffen will. Ich war völlig durch den Wind. Ich fürchte, ich habe einiges davon an dir ausgelassen. Das tut mir übrigens sehr leid."

„Du hast dich schon entschuldigt, und es ist bereits vergessen." Das war eine Lüge. Sie hatte Amelia wirklich sehr nervös gemacht, aber Amelia würde darauf nicht herumreiten, und sie war entschlossen, sich mit Graysons bester Freundin anzufreunden, und wenn es das letzte war, was sie tat. Sie erkannte, dass die andere Frau Qualen litt, und es war offensichtlich, dass sie jemanden zum Reden brauchte. Trotz ihrer Instinkte, die ihr rieten, nicht nachzubohren, fragte Amelia: „Woher weißt du, dass sie sich nicht mit dir treffen will? Hast du es geschafft, Kontakt mit ihr aufzunehmen?"

„Mein Anwalt hat mit ihrem Anwalt gesprochen. Das ist

nicht gut gelaufen. Jetzt ist die ganze verdammte Geschichte da draußen, und ich schätze, Jeanette wird glauben, dass ich das absichtlich gemacht habe, damit die Leute herumschnüffeln und rausbringen, wer sie ist."

„Ich glaube, ich muss diese Geschichte lesen", sagte Amelia. „Denn ich verstehe nicht, weshalb sie das denken sollte."

„Ach, die liegt ausgedruckt drüben auf meinem Schreibtisch." Sie wedelte mit der Hand zu einer Nische auf der anderen Seite des Zimmers hin. „Mach ruhig. Lies sie, und dann kannst du mir sagen, wie schrecklich du es findest."

Amelia ging durch das Zimmer und schnappte sich die Blätter. Bevor sie anfing, den Artikel zu lesen, blieb ihr Blick an einer Reihe Fotos hängen. An einem ganz besonders. Es war von Grayson, der in einem Schlafzimmer mit einem weißen Bett stand, auf dem plüschige rosa Kissen lagen. Es sah überhaupt nicht aus wie das hier in dem Haus auf Rhode Island. Aber es sah genauso aus wie das in der Vision, in der sie gesehen hatte, wie Katy Grayson küsste. Amelias Herz hämmerte bis an ihre Lippen, und sie fühlte sich ein wenig schwindlig, als sie das Foto hochnahm.

„Ist das das Foto von Grayson in dem Haus auf Cape Cod?", fragte Katy.

„Ähm, das mit den rosa Kissen auf dem Bett?", fragte Amelia, ihre Stimme quiekte nur ein bisschen.

„Ja, das. Sieht er auf dem nicht wirklich gut aus? Das ist mein liebstes Bild von ihm. Er ist einfach so glücklich."

„Glücklich", wiederholte Amelia, die allmählich betäubt war. Was machte sie denn hier mit Katy Carmichael? Sie war echt naiv gewesen, zu glauben, dass es eine gute Idee war, hierher zu kommen und zu versuchen, sich mit ihr anzufreunden. Sie würden niemals Freundinnen sein, wenn Katy ihre Klauen in Amelias Mann geschlagen hatte.

„Es ist schade, dass ich das Haus verkauft habe. Es war echt toll für Partys", sagte Katy, die den Kopf zurück auf das Sofakissen legte.

„Du hast es verkauft?", fragte Amelia.

„Ja, gleich nachdem es vor ein paar Wochen auf den Markt kam. Das war krass. Warum?"

„Kein Grund", sagte Amelia völlig verwirrt. Ihre Visionen stellten sich nicht immer ein, aber diese war so klar gewesen, dass sie sicher gewesen war, es würde dazu kommen. Aber dann traf es sie. Vielleicht hatte ihre Vision gar keine Ereignisse der Zukunft gezeigt. Vielleicht war es eine Erinnerung? Das gab es manchmal bei Geisthexen. Sie sahen einfach Dinge aus der Vergangenheit oder der Zukunft. Nicht, dass Amelia eine Geisthexe gewesen wäre. Ihre Talente lagen beim Feuer. Aber da sie niemals eine Vision bekommen hatte, bevor sie schwanger geworden war, nahm sie an, dass das von dem Baby verursacht wurde, das schon gut und gerne eine Geisthexe sein konnte, genau wie Grayson.

Eine Anspannung, von der ihr nicht klar gewesen war, dass sie sie mit sich herumtrug, strömte aus ihr hinaus. Das bedeutete, dass Grayson sie nicht für Katy verlassen würde. Er hatte es niemals vorgehabt, und sie hatte recht damit gehabt, nicht dem zu vertrauen, was sie sah. Amelia stieß ein erleichtertes Seufzen aus, während sie auf den Schreibtischstuhl sank.

„Wofür war denn dieses Seufzen?", fragte Katy, die Amelia argwöhnisch beäugte.

„Nichts, ich …" Dann beschloss sie, mit der Schauspielerin einfach ehrlich zu sein. Was hatte sie denn zu verlieren? „Es war eine Vision, die ich hatte." Amelia beschrieb, was ihr Verstand ihr gezeigt hatte, und endete mit: „Also habe ich geschlossen, dass das nur eine Erinnerung war."

Katys Augen wurden groß. Amelia war sich ziemlich sicher, dass es nicht leicht war, die Schauspielerin zu schockieren, darum bescherte ihr das Wissen, dass sie es geschafft hatte, ein leises Vergnügen. „Du hast recht. Das ist eine Erinnerung. Sie ist aus dem letzten Dezember, als ich Grayson zurückgerufen habe, um mir zu helfen, genau diese Geschichte aus der Welt zu schaffen."

„Was? Genau diese? Wie ... Warum ... Ich verstehe es nicht", stammelte Amelia.

„Ich weiß, dass es verrückt ist. Das Einzige, was daran neu war, ging um deine Freundin Victoria. Das haben sie wohl später ausgegraben. Aber diese Gruppe Reporter hat schon eine Weile an diese Geschichte gearbeitet. Grayson schaffte es, das Magazin, das sie veröffentlichen wollte, davon abzubringen, aber die Reporter haben sie weiter verschachert, und ohne genau zu wissen, wer sie sind, hatten wir nur wenige Chancen, sie aufzuhalten, falls sie jemand anderen fanden, der es veröffentlichen würde. Und da stehen wir jetzt. Wieder ganz auf Anfang. Oder vielleicht schon einen Schritt weiter, denn es ist ja bereits durchgesickert."

Also war das der Grund, weshalb Grayson gegangen war. Er hatte nicht nur Katy beschützt, er hatte auch Amelia beschützt. Ihr gefiel es nicht, dass er einfach so ohne eine Spur verschwunden war, aber zumindest verstand sie es jetzt. Und vielleicht liebte sie ihn darum noch ein bisschen mehr. „Ich lese das lieber mal."

„Ich glaube, das wäre klug." Katy legte den Kopf zurück und schloss die Augen.

Amelia schaute auf die Schlagzeile: *Turbulente Dreiecksgeschichte und geheime Schande des Stars.*

„Ekelhaft", murmelte sie, während ihr Magen brodelte. Was

war denn nur los mit den Leuten? So ziemlich eine Menge, wie es sich erwies. Denn der Artikel war voller Halbwahrheiten über die Schwangerschaft und die Ausschabung. Es gab ein Bild von Grayson, der sie an der Hand hielt, als sie das Krankenhaus verließen. Und dann weitere Lügen und Sensationsgeschichten über Katys Leben, darunter Anschuldigungen, dass es flotte Dreier und Drogenabhängigkeiten gab. Sie beendeten die Geschichte, indem sie alles auf die Tatsache schoben, dass Katy adoptiert war, und dass das Gerücht umherging, ihre Mutter wäre eine berühmte Schauspielerin.

Amelia stieß ein leises Keuchen aus. Kein Wunder, dass Katy dachte, diese Zeile könnte Jeanette auf den Gedanken bringen, dass sie sie öffentlich ankreiden wollte. Der Artikel war furchtbar, und sie hatte noch nicht mal was vom geheimen Lover des Stars gelesen.

Mit dem Gefühl, sie würde eine Dusche brauchen, zwang sie sich zum Weiterlesen. Als sie zu dem Teil kam, bei dem es um Grayson ging, zerbrach sie beinahe. Die grundlegenden Fakten stimmten, soweit sie es sagen konnte, aber der Verfasser hatte spekuliert und ihn auf der ganzen Strecke psychologisch analysiert, sodass er wie ein Mann klang, der instabil war, weil er nicht nur ganz jung seine Eltern verloren hatte, sondern ihren Tod auch noch bezeugt hatte.

Amelia biss die Zähne zusammen und stellte sich auf das ein, was sie über sie zu sagen hatten. Es war nicht viel, aber es beschrieb das Trauma, Victoria zu verlieren, und fuhr dann fort, um zu spekulieren, dass Grayson irgendwie auf gebrochene Frauen stand. Als ob ihre Anwesenheit bei dem tragischen Unfall Amelia irgendwie gebrochen hätte, oder der Verlust des Babys Katy dasselbe angetan hätte.

„Ich hasse diese Leute", sagte Amelia plötzlich.

„Willkommen im Club." Katy bewegte sich nicht von ihrem Platz auf dem Sofa weg.

Obwohl sie es besser wusste, nahm sich Amelia eine Sekunde, um sich ein paar der Kommentare anzuschauen, die unten auf der Seite sichtbar waren. Die ersten beiden waren die typischen Idioten, die über Katys Brüste und ihre Größe diskutierten, während sie auf den Inhalt des Artikels gar nicht eingingen. Aber der dritte, der hatte Potenzial.

Ich habe von meiner Freundin gehört, dass die Schauspielerin, die Katys leibliche Mutter sein soll, Jeanette Brooks ist. Seht euch mal Bilder von ihnen an, und ihr bemerkt die Ähnlichkeit. Sie liegt in den Augen. Und übrigens, der einzige Grund, weshalb sie sich nicht getroffen haben, liegt darin, dass Jeanette nicht weiß, dass Katy nach ihr sucht. Ihre Anwältin ist ihre Nichte, und da Jeanette keine anderen Kinder hat, versucht die Nichte, sich als einzige Erbin einzuschleichen.

„Katy! Hast du das gesehen?", rief Amelia.

„Was?"

„Diese Kommentare. Es gibt einen, von dem ich glaube, der wird dich echt interessieren."

„Alle Kommentare sind Müll. Promi-Lektion Nummer 1 lautet: Lies nie die Kommentare."

„Zu spät. Ich hab's bereits getan." Sie las den Kommentar laut vor und war dann nicht überrascht, als Katy vom Sofa hochschoss und kam, um es selbst zu lesen.

„Heilige Scheiße. Was, wenn das stimmt?", sprach Katy vor sich hin.

„Es gibt eine ziemlich gute Möglichkeit, das herauszufinden." Amelia zog ihr Handy heraus und googelte Jeanette Brooks' Nichte. Es dauerte nur zwei Sekunden, um zu bestätigen, dass Jeanettes Anwältin wirklich ihre Nichte war.

„Du musst versuchen, noch einmal Kontakt mit Jeanette aufzunehmen", beharrte Amelia. „Das riecht nach einer Verschleierungsaktion."

„Riecht nach einer Verschleierungsaktion? Wer bist du denn? James Bond?", fragte Katy, die leicht erheitert aussah.

„Du weißt, was ich meine. Ich denke, dieser Kommentar könnte die Wahrheit sagen. Was schadet es denn, es zu versuchen?"

„Alles." Katy drückte sich eine Hand aufs Herz. „Letztes Mal hat es mich fast umgebracht. Ich will das nicht noch mal durchleben."

Amelia ließ den Artikel wieder auf den Schreibtisch sinken, und als sie den Ausdruck auf Katys Gesicht sah, fühlte sich schrecklich, weil sie es überhaupt erwähnt hatte. „Tut mir leid. Ich werde nichts mehr dazu sagen."

„Danke." Katy drückte die Augen fest zu, dann schüttelte sie den Kopf, als würde sie versuchen, den Gedanken aus ihrem Verstand zu lösen.

Amelia wollte schon aus dem Zimmer gehen, um ihr Privatsphäre zu geben, aber Katy rief: „Warte. Sehen wir doch mal, was wir noch über diese Nichte rausfinden können."

Vierzig Minuten später hatten sie nichts, bis auf ein Instagram-Bild, auf dem die Nichte mit Silas Ansell posierte. Als Amelia das sah, schaute sie noch einmal nach, dann wurde ihr klar, dass Silas gerade in diesem Augenblick einen Film mit Jeanette drehte. Sehr wahrscheinlich war die Nichte ein Fan und hatte um das Bild gebeten. Als Amelia nicht aufhören konnte, es anzustarren, wurde Katy ungeduldig.

„Was genau siehst du dir da an? Dieser Instagram-Account ist nur eine riesige Wand aus Promi-Trophäenbildern. Da wirst du gar nichts finden."

Amelia tippte auf das Bild von Silas und sagte: „Ich habe eine Idee."

„Welche denn?"

„Einen Anruf." Amelia angelte Shannons Visitenkarte aus ihrer Handtasche und legte sie auf den Tisch.

KAPITEL 26

*E*s waren enorm stressige vierundzwanzig Stunden gewesen. Grayson hatte den halben Tag damit verbracht, einem Dutzend Leuten mit Klagen zu drohen, die groß genug waren, um ihnen auf jeden Fall so viel Angst einzujagen, dass sie den Artikel runternahmen. Er ließ sich nicht komplett aus der Welt schaffen, denn so funktionierte das Internet nicht, aber zumindest würde die ursprüngliche Quelle fehlen.

Keine Chance.

Das Klatschmagazin schien es kein bisschen zu kümmern, und sie zitierten immer wieder das Recht auf Redefreiheit. Grayson erklärte rasch, dass dieses Recht ihnen keinen Strich weit helfen würde, wenn es eine Klage auf Rufschädigung gab. Das war ebenfalls ignoriert worden, und sie alle benahmen sich, als würden sie sich in einer Welt ohne Konsequenzen bewegen. Vermutlich taten sie das auch, aber Grayson versprach ihnen und sich, dass es diesmal nicht so kommen würde. Er würde dafür sorgen.

Als Grayson es schließlich satthatte, mit ihnen zu reden,

wandte er sich einem neuen Plan zu. Er musste nur Kira überreden, in einer landesweit ausgestrahlten Talkshow aufzutreten und ihre Seite der Dinge zu berichten, bevor das Magazin gedruckt wurde. Das würde bedeuten, dass die Leute diese Geschichte zum ersten Mal von ihr persönlich erzählt bekommen würden. Und der Magazinartikel würde einen schnellen Tod sterben und als ein sensationslüsternes Stück Text in Vergessenheit geraten, das die meisten Leute nicht beachten würden.

Diese Idee war ziemlich schnell abgestürzt. Oder zumindest war sie das, bis Amelia es irgendwie geschafft hatte, eine Nachricht an Jeanette Brooks durchzubringen, dass Katy sich mit ihr treffen wollte. Und Jeanette war tatsächlich höchst erfreut gewesen. Sie wollte wissen, wo sie sich treffen und etwas Privatsphäre haben konnten. Katy hatte sie sofort hierher eingeladen, und Jeanette hatte im selben Augenblick einen Charterflug vom Filmset in Kanada gebucht.

Die beiden waren die ganze Nacht wach geblieben, hatten geredet, Geschichten über die Schauspielerei ausgetauscht und wegen ihrer Trennung geweint. Und als Katy ihr die Neuigkeiten über den Artikel mitgeteilt hatte, war Jeanette diejenige gewesen, die darauf bestanden hatte, ihre Geschichte als erste zu erzählen. Mit Jeanette im Team waren sie rasch für die nächste Sendung von *Maven's* gebucht worden, der beliebtesten Talkshow des Landes.

Jetzt waren Grayson und Amelia in den Zuschauerrängen im Studio in New York und beobachteten, wie sie beide versuchten, die Geschichte geradezurücken. Jeanette war diejenige, die als erste sprach. Sie erzählte mutig von ihrem Kampf als Single, als Schauspielerin mit kaum Arbeit, die plötzlich ein Kind aufziehen musste, und das, während sie es mit den sexistischen Produzenten von Hollywood zu tun hatte.

Ohne eine Familie, die ihr half, hatte Jeanette sich gezwungen gesehen, ihr Kind zur Adoption freizugeben. Aber sie hatte dreißig Jahre lang jeden Tag auf den Anruf gewartet, dass ihre Tochter sie treffen wollte.

Katy sprach von dem Gefühl, dass sie niemals ganz in ihre Familie gepasst hatte, selbst bevor sie wusste, dass sie adoptiert war. Und als sie es dann herausgefunden hatte, begann alles einen Sinn zu ergeben. Sie erzählte auch die Geschichte, wie am Boden zerstört sie gewesen war, als sie gehört hatte, dass ihre eigene Mutter sich nicht mit ihr treffen wollte.

Jeanette hatte nach Katys Hand gegriffen, um sicherzustellen, dass sie wusste, dass das niemals der Fall gewesen war.

Die ganze Stunde war wie eine kostenlose Therapiesitzung gewesen, aber Grayson war es nur wichtig, dafür zu sorgen, dass seine Freundin glücklich war, und dass er und Amelia nach Hause konnten.

„Ich mag sie", sagte Amelia.

„Wen? Jeanette?"

„Schon, aber ich habe Jeanettes Tochter gemeint. Katy Carmichael. Sie hat Mumm und Haltung. Es macht Spaß, sich mit ihr zu unterhalten … solange wir einer Meinung sind. Wenn nicht? Dann ist es schon irgendwie scheiße."

Grayson lachte. „Ich werde alle Hände voll zu tun haben, wenn ihr beide im Rest meines Lebens eine Rolle spielt, oder nicht?"

Amelia stellte sich auf die Zehenspitzen, küsste ihn und sagte: „Zähl darauf."

AMELIA UND GRAYSON waren ganze drei Tage wieder zu Hause, als sie beschlossen, dass es an der Zeit war, dass Grayson auf Dauer in ihr Haus einzog. Es war töricht, wenn sie beide Miete zahlten, obwohl sie immer bei ihr zu Hause waren. Es war recht einfach, seinen Mietvertrag zu kündigen, da Miteigentum in Keating Hollow so dünn gesät war. Mit Wandas Hilfe hatte es nicht lange gedauert, bis der Besitzer der Immobilie einen neuen Mieter fand.

Es war Freitag, und Grayson freute sich darauf, endlich mit Amelia in ihrem Haus auf den Hügeln zu leben. Nur dass er erst sein Zeug noch fertig packen musste. Nach der Arbeit ging er direkt zu seinem Mietshaus, wollte seine Koffer füllen, aber als er in sein Schlafzimmer kam, stutzte er, als er die hübsche Brünette sah, die auf seinem Bett lag.

Nackt.

„Wird aber auch Zeit, dass du nach Hause kommst, Grayson", sagte sie mit verführerischer Stimme und klimperte spielerisch mit den Wimpern. „Ich habe schon gewartet."

Grayson betrachtete sie von oben bis unten, leckte sich über die Unterlippe, als er sich vorstellte, was er mit ihr anstellen wollte.

„Ich wollte dich nicht aus deinem gemieteten Haus rauslassen, bevor deine Vision wahr wurde."

„Hä?", fragte er, fast zu abgelenkt, um zu verarbeiten, was sie gesagt hatte. Aber dann traf es ihn, und er grinste. Sie wusste es noch. Denn an dem Abend von Shannons und Brians Hochzeit hatte er ihr gesagt, dass er eine Vision hatte, wie sie nackt in seinem Bett lag. Seine Lippen krümmten sich zu einem schiefen Lächeln. „Ist das mein Abschiedsgeschenk oder mein Einweihungsgeschenk? Ich bin mir da nicht sicher."

„Auf jeden Fall dein Abschiedsgeschenk", sagte sie. „Aber

ich besorge dir ein Einweihungsgeschenk, sobald du offiziell eingezogen bist."

„Verdammt, ich glaube, ich hab mich gerade schon wieder in dich verliebt." Er machte sich daran, sich selbst auszuziehen, begierig darauf, zu ihr ins Bett zu kommen. Grayson hatte sie zwar erst letzte Nacht gehabt, aber sie so zu sehen, wie sie sich ihm anbot, stellte Dinge mit ihm an, die ihn in den Wahnsinn trieben.

Amelia nahm eine der Rosen, die auf dem Bett gelegen hatten, und strich mit der Blüte über ihre Haut, von der Brust bis zur Hüfte.

Die langsame Bewegung sorgte dafür, dass ihm der Mund wässrig wurde. Er war hin- und hergerissen dazwischen, sie zu betrachten und sie zu vernaschen. Es war keine Überraschung, als sein Verlangen die Sache für sich entschied und er über ihren nackten Körper stieg, bereit, sich in ihr zu verlieren.

„Ich glaube, wir schaffen es erst bis irgendwann morgen nach Hause", sagte sie, strich mit den Fingerspitzen über seine Bauchmuskeln.

„Morgen? Ich dachte irgendwann am Sonntag." Er knabberte an ihrem Hals und küsste dann die Haut gleich über ihrer Pulsader. „Was meinst du?"

„Sonntag", hauchte sie, als sein Mund ihren fand, „klingt perfekt."

Grayson lachte leise und sagte dann: „Amelia?"

„Ja?"

„Ich liebe dich."

„Ich liebe dich auch." Ihre Miene wurde einen Augenblick lang weich, bevor reine Freude ihr Gesicht erhellte. „Grayson", sagte sie, in ihren Augen standen Tränen, während sie sich eine Hand auf das Herz legte. „Unsere Tochter hat mir gerade eine Vision geschickt. Sie war wunderschön. Wir drei zusammen auf einem Picknick unten am Fluss, alle haben wir gelacht. Sie ist so toll. Dicke blonde Locken mit großen, grünbraunen Augen. Und ein so glückliches kleines Mädchen." Ihre Stimme brach, als sie hinzufügte: „Unser Leben mit ihr zusammen? Wart's einfach ab, es ist besser, als sich einer von uns vorstellen kann."

Grayson dachte, sein Herz würde in eine Million Stücke zerbersten. Dieses Leben mit seinen Mädchen war alles, was er je gewollt hatte, und mehr als das. Er legte ihr eine Hand auf den Bauch und sagte: „Sag mir, was hältst du davon, es mit einem Bruder oder einer Schwester für diese süße Kleine zu probieren?"

Sie lachte. „Ich glaube, das kriegen wir schon hin. Aber wir werden eine Menge üben müssen."

Er grinste sie an. „Perfekte Antwort."

KAPTIEL 27

Sechs Monate später

Georgia Exler saß an einem Tisch im *Incantation Café* und starrte auf ihren Laptop. Es war Zeit, ihren neuesten paranormalen Liebesroman anzufangen, aber wie üblich hatte sie keine Ahnung, wo sie loslegen sollte.

Ein witziges erstes Treffen, sagte sie sich. Schreib einfach in witziges erstes Treffen, und der Rest ergibt sich dann schon.

Okay, sie konnte das. Sie brauchte nur eine charmante Begegnung, wo zwei Leute sich zum ersten Mal sahen. Was war denn daran so schwer? Sie hatte das schon ein dutzendmal geschrieben. Das konnte sie doch auf jeden Fall noch einmal machen. Oder?

Falsch.

Seit sie nach Keating Hollow gezogen war, hatte sie tatsächlich überhaupt nichts mehr schreiben können. Das war nicht die Schuld der Stadt. Es lag an ihr. Sie litt an einem gebrochenen Herzen, und obwohl es über ein Jahr her war, dass sie Nick verloren hatte, hatte sie immer noch Schwierigkeiten damit, etwas zu schreiben, das ein glückliches Ende enthielt.

Vielleicht war sie blockiert, weil man sie um ihres betrogen hatte?

Es war möglich. Aber das änderte nichts an der Tatsache, dass sie Abgabetermine hatte, und wenn sie die nicht einhielt, würde das Begleichen ihrer Miete ein größeres Problem darstellen, als sich ein witziges Treffen einfallen zu lassen.

Sie holte tief Luft und beschloss, zu den Grundlagen zurückzukehren. Zu schreiben, was sie kannte.

Okay, das konnte sie.

Sie schaute sich im Café um, sah einen attraktiven Mann, vielleicht Mitte, Ende dreißig, mit breiten Schultern, langen Beinen und Unterarmen, die zum Sterben schön waren. *Was findest du nur an Unterarmen?*, fragte sie sich. Die meisten Leute hielten doch Unterarme nicht für sexy, oder? Na ja, schade für sie, denn sie verpassten was.

Mr. Unterarm da drüben sah aus, als würde er professionell mit Äxten umgehen, und sie konnte nicht verhindern, ihn sich draußen hinter ihrem Haus vorzustellen, wo er Holz hackte. *Heiß.*

Das erste Prickeln eine Idee machte sich in einem entfernten Winkel ihres Verstandes bemerkbar, und Georgia legte die Finger auf die Tastatur und schrieb:

Heather saß in einem Café, starrte einen umwerfenden Mann an und fragte sich, ob sie ihn dazu bringen konnte, ihr Feuer in Gang zu setzen. Nicht das im Schlafzimmer, obwohl sie dagegen sicherlich auch nichts gehabt hätte, nicht bei diesen Unterarmen. Nein, sie brauchte jemanden, die ihr half, herauszufinden, wie ihr neuer Holzofen funktionierte.

Sie kicherte vor sich hin und schrieb weiter eine witzige Szene über Heather, die den Mann zu sich einlud, und wie er auf ganz falsche Gedanken kam, weil er dachte, sie würde nach einem Callboy suchen.

„Was?", rief Heather. „Nein. Oh. Mein. Gott. Wie wirke ich denn bloß auf dich? Wie die Art Mädchen, die sich einen Mann anheuern muss?"

Er lachte leise. „Hier wird niemand verurteilt, Ma'am. Alle haben Bedürfnisse."

Heather funkelte ihn an, marschierte zurück zu ihrem Tisch und setzte sich, ohne den Augenkontakt mit ihm abzubrechen, auf den nächstbesten Stuhl, nur um ein überraschendes Quietschen auszustoßen, als sie sich in den Kuchen setzte und spürte, wie die kühle Creme-Glasur durch ihre Jeans sickerte.

Der Mann, dem sie offenbar einen unsittlichen Antrag gemacht hatte, warf ihr ein schiefes, sexy Grinsen zu und sagte: „Wir sehen uns morgen wegen dieses Feuers, das es anzufachen gilt."

Georgia las die Worte noch einmal, die sie geschrieben hatte, und lächelte vor sich hin. Es war ein anständiger Anfang, von dem sie wusste, dass sie später darauf aufbauen konnte, aber sie würde einen Spaziergang im Wald machen müssen, um herauszufinden, wo sie damit hin wollte. Weil sie verstand, dass weitere Worte zu diesem Zeitpunkt nicht nützlich sein würden, schloss Georgia das Notebook und verstaute es in der Tasche.

„Hey!", sagte Hanna, die rüberkam, um sie zu begrüßen. „Sieht aus, als wärst du fertig mit der Arbeit."

„Vorerst schon", stimmte Georgia zu. „Was ist mit dir? Kommst du mit mir nach Hause, wie du es geplant hast, damit du mir mit diesen Glyzinien-Ranken helfen kannst, die alles überwuchern, oder musst du hierbleiben?" Georgia hatte aus einer Laune heraus beschlossen, nach Keating Hollow zu ziehen, als Yvette letzten Winter nebenbei erwähnt hatte, dass sie einen Mieter für ihr Haus finden musste. Der vorherige Mieter hatte sich nicht groß um ihren Garten gekümmert, und Yvette war eine so gute Freundin, dass sie ihr einen Nachlass auf die Miete angeboten hatte, falls Georgia sich damit herumschlagen wollte. Georgia war darauf eingegangen. Heute war der Tag, an dem sie und Hanna vorgehabt hatten, mit diesen Ranken fertig zu werden, die zu einem kleinen Dschungel geworden waren, aber im Café sah es voll aus, und Georgia konnte sich nicht darauf verlassen.

„Tut mir leid. Ich wünschte, ich könnte, aber Candy hat es heute nicht geschafft, weil sie irgendeine Prüfung hat, auf die sie lernen muss, also springe ich für sie ein. Verschieben wir es?"

„Klar." Georgia nickte, in dem Wissen, dass ihre Freundin nicht anders konnte. Sie verstand das völlig, aber sie war trotzdem traurig. Sie hatte sich auf die Gesellschaft gefreut.

„Weißt du, du könntest auch Logan fragen", sagte sie und deutete auf Mr. Unterarm. „Er ist neu in der Stadt und könnte dir vielleicht helfen. Bevor er Autor wurde, hatte er eine Baumschule."

Georgia wurde hellhörig. „Er ist Autor? Was schreibt er denn?"

Sie zuckte mit den Schultern. „Romane, glaube ich. Fantasy? Science-Fiction? Irgend so was in der Art."

Das war geradezu perfekt. Sie hätten gleich etwas gemeinsam. „Toll. Ich glaube, das mache ich." Georgia zwinkerte ihrer Freundin zu und ging dann hinüber zu Mr. Unterarm.

Er schaute in dem Augenblick auf, als sie an seinen Tisch

kam. „Ach, gut. Ich nehme einen weiteren doppelten Karamelllatte mit extra Sahne."

Georgia blinzelte ihn einen Augenblick lang an. Dann drehte sie sich mit einem Schulterzucken um und ging rüber zum Tresen, wo Hanna bereits einen weiteren Kunden bediente. Als sie dran war, bestellte sie sein Getränk.

Hanna lachte, als ihr klar wurde, was gerade passiert war. Und weil es sie so amüsierte, legte sie noch ein Stück Kuchen als Bonus für Logan obendrauf.

„Du bist eine öffentliche Gefahr. Das weißt du, oder?", sagte Georgia, als Hanna nicht aufhören könnte, zu kichern.

„Ja." Sie reichte ihr das Getränk und den Kuchen und sagte: „Viel Spaß."

Georgia kehrte zum Tisch zurück, um festzustellen, dass er voller Notizen war, mit einem Laptop in der Mitte, aber kein Logan weit und breit. Sie stellte die Kaffeetasse auf einen der wenigen freien Plätze, fand aber keinen freien Platz, wo sie den Kuchen abstellen konnte, darum hielt sie ihn einfach in der Hand, bis er zurückkkam.

„Ach, danke schön. Das weiß ich zu schätzen. Wie viel macht das?", fragte er.

„Nichts. Hanna hat gesagt, das geht aufs Haus. Hier", sie reichte ihm den Kuchen, „der auch. Das liegt daran, dass sie sich amüsiert hat, weil du mich mit einer Barista verwechselt hast."

Er runzelte die Stirn, dann schaute er von ihr zum Tresen und wieder zurück. „Äh." Er stellte den Kuchen ab und lächelte verlegen zu ihr auf. „Ich hab wohl so intensiv über mein nächstes Buch nachgedacht, dass mir nicht klar war, dass du nicht mal einen Kittel trägst. Tut mir leid. Du hättest mir wirklich keinen Kaffee holen müssen."

Sie wedelte mit der Hand, deutete an, dass es kein großes

Ding war. „Schon gut. Ich bin mehr oder weniger sowieso die ganze Zeit hier. Reserve-Barista." Sie winkte zu ihrem Tisch, wo ihr Notebook mit Ideen immer noch gut sichtbar war. „Ich bin auch Schriftstellerin."

„Echt? Was schreibst du denn?", fragte er, in seinen Augen leuchtete Interesse.

„Paranormale Liebesromane. Du?"

„High Fantasy." Er lachte leise, während er auf seine Notizen deutete. „Wie du siehst, wird es etwas kompliziert."

Sie lachte. „Das sehe ich auf jeden Fall. Bist du für eine Pause zu haben, um mit einer Autorenkollegin zu plaudern, oder bist du heute zu beschäftigt?"

„Ich könnte schon eine Pause vertragen", sagte er, sammelte seine Papiere ein. Da waren diese Arme wieder. Warum konnte sie nicht aufhören, seine Arme anzustarren?

Logan hörte auf, seine Papiere zu sortieren, und als sie schließlich den Blick hob, um ihm wieder in die Augen zu schauen, spürte sie dasselbe prickelnde Interesse, das sie anfangs bei Nick gespürt hatte. Das erwischte sie völlig auf dem falschen Fuß, und sie tat einen kleinen Schritt zurück.

„Alles in Ordnung … äh, tut mir leid, ich habe deinen Namen nicht mitbekommen."

„Georgia", sagte sie, ihre Stimme ein wenig rau.

„Schön dich kennenzulernen, Georgia. Ich bin Logan." Er hielt ihr eine Hand hin. Und als sie sie nahm und er ihr ein umwerfendes Lächeln zuwarf, war es um sie geschehen. Sie war völlig weg. Hatte große Augen, ihr Herz flatterte, und sie fragte sich, ob sie zurück in ihr fünfzehnjähriges Ich versetzt worden war. Denn sie hatte genau denselben Gefühlssturm, den sie seit ihrer Zeit an der Highschool nicht mehr erlebt hatte.

„Warum setzt du dich nicht?", fragte er.

„Klar", sagte sie, beobachtete ihn immer noch, während sie sich auf den Stuhl setzte, und das feuchte Sickern der Kuchencreme durch ihre Jeans spürte.

„Ach, so ein Mist", sagte Logan. „Das tut mir so leid. Ich habe vergessen, dass ich den hier abgestellt habe, weil der Tisch so voll war."

Sie schaute peinlich berührt nach unten, als ihr klar wurde, was sie gerade getan hatte, aber dann schaute sie mit offenem Mund Logan an und sagte: „Das kann ich nicht glauben."

„Was? Dass du dich auf meinen Kuchen gesetzt hast?" Er schüttelte den Kopf und lachte leise. „Es ist nur Kuchen. Aber wenn du willst, helfe ich nur zu gerne beim Saubermachen."

Georgia spürte, wie ihr Gesicht warm wurde, weil er mit ihr flirtete, denn im Augenblick wäre ihr nichts lieber gewesen, als seine Hand auf ihrem Hintern, aber dann erinnerte sie sich an das, was sie ihm hatte erzählen wollen. „Nein, ich kann glauben, dass ich mich auf den Kuchen gesetzt habe. Was ich nicht glauben kann, ist die Tatsache, dass ich gerade eine Version dieser Szene geschrieben habe, kurz bevor sie passiert ist."

Er runzelte die Stirn. „Du meinst, du hast die Szene geschrieben und sie dann nachgespielt?"

„Nein. Ich habe gerade nur eine witzige Kennenlern-Szene geschrieben, und dann wurde eine ähnliche Version mit dir wahr."

Er grinste sie an. „Das nennst du ein witziges Kennenlernen? Du sitzt auf Kuchen, Georgia."

„Verdammt." Georgia sprang auf, funkelte ihn finster an und sagte: „Vergiss es. Es ist kein witziges Kennenlernen. Nur eine unglückselige Kuchensituation."

„Es ist ein witziges Kennenlernen", erwiderte er mit einem Grinsen. „Ich freue mich darauf, dich bald wieder zu treffen, damit wir sehen können, wohin diese neue Romanze führt."

„Da möchte ich wetten", sagte sie, dann marschierte sie weg, um etwas wegen des Kuchens zu unternehmen. Aber sie übertrieb absichtlich mit dem Hüftschwung, denn sie wusste, dass er zusah. Mit Sahne auf dem Hintern und allem.

ÜBER DIE AUTORIN

Die *New York Times-* und *USA Today*-Bestseller-Autorin Deanna Chase ist gebürtige Kalifornierin, abgewandert ins südöstliche Louisiana, wo die Uhren etwas langsamer ticken. Wenn sie nicht gerade schreibt, genießt sie mit ihrem Mann das Leben in New Orleans oder spielt mit ihren Hunden, zwei Shih Tzus. Weitere Informationen und Updates zu ihren neuesten Büchern findet man auf ihrer Website www.deannachase.com

www.ingramcontent.com/pod-product-compliance
Lightning Source LLC
Chambersburg PA
CBHW030320200626
46816CB00006BA/1870